KB251829

THE
GAME
ADVENTURE

Fantasy Frontier Spirit

FLYING

비상 7

파령 게임 판타지 소설

초판 1쇄 찍은 날 § 2005년 2월 17일
초판 1쇄 펴낸 날 § 2005년 2월 27일

지은이 § 파령
펴낸이 § 서경석

편집장 § 문혜영
편집책임 § 최하나
편집 § 장상수 · 김민정
마케팅 § 정필 · 강양원 · 이선구 · 홍현경

펴낸곳 § 도서출판 청어람
등록번호 § 제1081-1-89호
등록일자 § 1999. 5. 31
어람번호 § 제1-0583호

주소 § 경기도 부천시 원미구 심곡1동 350-1 남성B/D 3F (우) 420-011
전화 § 032-656-4452 팩스 § 032-656-4453
http://www.chungeoram.com
E-mail § eoram99@chollian.net

ⓒ 파령, 2004

ISBN 89-5831-429-X 04810
ISBN 89-5831-236-X (SET)

FLYING
THE
GAME
ADVENTURE

파령 게임 판타지 소설

飛翔
Fantasy Frontier Spirit
비상
vol. 7

FLYING

초극의 힘

KG8789 805977

도서출판
청어람

Contents

◆ 비상(飛翔) 마흔아홉 번째 날개
응원군

비상(飛翔) 마흔아홉 번째 날개 응원군

콰앙—!

굉음이 하늘 끝까지 뻗어나간다.

새파란 빛이 하늘을 가로지르고 그 뒤를 한줄기 선이 따라가며 마치 유성이 내려오는 듯한 모습을 일궈내니, 그 모습 또한 아름답기 그지없 더라.

아름다운 푸른 빛과 선의 선율은 단순한 아름다운 모습만을 자아내 는 것만이 아니었다. 푸른 빛이 지나가는 자리에는 여지없이 굉음이 잇따랐고, 하얀 선은 무엇이든 베어버릴 듯 허공을 수놓았다.

"이곳이 여기에서 제법 난다 긴다 하는 문파냐?"

풀어내는 화려하고 정교한 무공과는 달리, 그의 말투는 저잣거리에 서나 볼 수 있는 시정잡배의 그것과 유사했다.

왠지 보기만 해도 몸서리가 칠 듯한 미소를 입가에 잔뜩 띤 사내. 그는 푸른 빛의 정체인 약간 구부러져 더욱 날카로운 예기를 발산하는 듯한 유엽비도(柳葉飛刀)를 손 위로 던졌다 받았다를 반복하고 있었다.

유엽비도 끝에 이어진 은사가 거추장스러울 만도 한데 전혀 상관없다는 듯 유엽비도를 가지고 노는 사내. 그는 바로 천진랑이었다. 그리고 천진랑의 뒤편, 방금까지만 해도 한 문파의 대문이 있었을 법한 곳을 지나 저 멀리서 뛰어오고 있는 이들은 다름 아닌 쥬신의 인물들이었다.

"너, 넌 누구냐!"

천진에서 한창 세력을 넓히기에 여념이 없던 풍혼문(風魂門)의 문주는 오늘도 급격히 확장되어 가는 풍혼문의 세력에 흐뭇한 미소를 짓고 있다가 난데없이 들려오는 굉음에 급히 뛰어나왔다. 그런데 천진의 어느 한 문파가 풍혼문을 치러 온 것이라 생각했던 것과는 달리 쳐들어온 이라고는 고작 한 명이니…….

산산조각난 대문을 보며 머리끝까지 화가 난 풍혼문주는 입가에 미소를 띠고 당당히 서 있는 사내를 향해 외쳤다.

사내, 천진랑은 그런 풍혼문주의 모습에 눈을 빛내며 입을 열었다.

"네가 문주냐?"

"그, 그렇다! 넌 웬 놈이기에 이런 행패를 부리는 것이냐!"

"너 내가 보낸 서찰 받았어, 못 받았어?"

"서, 서찰이라니?"

풍혼문주는 문득 한 시진 전, 비조를 통해 날아온 서찰이 기억났다. 한창 잘 나가고 있는 세력 싸움을 당장 멈추라는, 말도 안 되는 서찰이어서 바로 찢어발겼던 것이 기억났다.

천진랑이라는 발신자의 이름을 어디선가 들어본 것 같아 약간은 기분이 씁쓸하기는 했지만, 조금만 더하면 이 천진을 휘어잡을 수 있는데 지금 그것을 그쳐야 한다니……. 어불성설이었다. 미치지 않고서야 그럴 수는 없었다.

"그, 그럼 그 서찰이?"

"그래, 내가 바로 천진랑이지."

"대체 넌 누구냐! 어째서 이런 행패를 부리는 것이냐!"

"아, 거참. 말길 못 알아듣네. 이봐, 난 천진랑이고 넌 내가 보낸 서찰을 봤을 거야. 여기까지는 이해하겠어? 좋아, 그런데 넌 내가 보낸 서찰을 읽었음에도 불구하고 아무런 대책을 취하지 않았단 말이야. 즉, 내 말을 씹은 거지. 여기까지 이해됐으면 내가 왜 이러는지 알 텐데?"

"그러니까 서찰을 보낸 지 한 시진 만에 그렇게 할 수는 없다고요!"

"어라? 공아 왔냐?"

천진랑은 어느새 뒤쫓아온 공아를 바라보며 미소 지었다. 어떻게 보면 푸근함마저 느껴질 미소일진대도 공아는 그 미소가 싫었다. 저런 미소 끝엔 항상 좋지 않은 일이 기다리고 있었다는 경험 때문이다.

'어쩌다가 내가…….'

공아는 불행히도 자신이 사부, 즉 천진랑의 뒷수습을 맡았다는 사실을 상기하며 속으로 질펀한 눈물을 흘렸다. 자신에게 천진랑의 뒤처리를 맡기며 교활한 미소를 띠던 치우에게 저주를 보내며…….

"그러니까 고작 한 시진으로 뭘 할 수 있다고 그러십니까!"

"음… 할 수 없을까?"

"물론이죠! 게다가 자신의 정체도 밝히지 않고 무작정 철수하라니… 어떤 미친놈이 그 말을 듣겠습니까?"

"나 천진랑이라고 분명히 밝혔어!"

"그러니까 천… 군이란 걸 확실히 밝히셔야 저들이 알아듣죠!"

"음… 그런가? 뭐, 일단 온 거니까 여기만 때려 부수고 다음부터는 그렇게 하지 뭐."

어쨌든 이 풍혼문은 때려 부수겠다는 속셈이었다. 공아는 안달이 나 말리려다가 천진랑의 눈동자 깊숙한 곳에서 느껴지는 진한 즐거움이라는 감정에 결국 고개를 젓고 말았다.

사실 지금까지 이 말썽쟁이 사부를 비롯한 삼총사가 아무런 사고도 치지 않고 버틴 것만으로도 용한 것이었다. 무슨 사고를 저지를까 하는 불안 가득한 쥬신인들의 눈길이 그들을 주시하고 있어서 그렇지, 안 그랬다면 이미 이 천진쯤은 뒤집어졌어도 한참 전에 뒤집어졌을 것이다. 적어도 천진랑, 비마, 디다 이 세 사람에게는 그럴 만한 힘이 있었다.

이렇게 되니 본인이 알든 알지 못하든 간에 불쌍한 것은 풍혼문주일 따름이었다. 하지만 그런 사실을 꿈에도 알지 못할 풍혼문주는 갑자기 쳐들어온 괴사내만 해도 열 받는데, 그 뒤를 이어 또 다른 이가 들어와서는 다짜고짜 자신을 무시하자 그 열이 머리끝까지 치밀어 올랐다.

"감히 나를 무시해! 이렇게 되면 인정사정 볼 것 없다! 얘들아! 쳐라!"

꼭 영화에서나 나올 법한 삼류건달 두목 같은 말을 내뱉으며 풍혼문주는 수하들에게 명령했고, 풍혼문주의 명령만 기다리고 있던 풍혼문의 문도들은 천진랑과 공아를 향해 달려들기 시작했다.

"이야압!"

풍혼문의 문명에 들어가는 풍이라는 글자는 괜한 것이 아니었다. 풍혼문의 문주가 익힌 무공은 풍혼검이라는 외 3등급, 초일류검법이었다. 때문에 풍혼문의 모든 문도들은 전부 풍 속성의 무공을 익히고 있었다.

때문에 천진랑과 공아를 향해 짓쳐 들어가는 풍혼문도들의 모습은 마치 한줄기의 질풍과도 같은 모습이었다.

"호오, 제법인데? 어떻게 할 테냐? 말릴 테냐?"

"에휴… 제가 어쩌겠습니까. 하지만 다음부터는 절대 안 됩니다! 아시겠죠?"

"으음, 생각해 보고!"

"사부! 생각해 보고라니 그런 무책임한……!"

그러나 공아의 말이 미처 끝나기도 전에 천진랑의 신형은 이미 움직이고 있었다.

자신의 보법인 투공비천보(透空飛天步)를 밟으며 하늘을 날듯 땅을 쓸어 내리며 이동하는 천진랑의 모습은, 마치 창공을 비상하다 먹이를 발견하곤 급하강하여 땅을 쓸어 내리며 먹이를 낚아채는 한 마리의 매와도 같았다.

풍혼문도들은 풍혼문의 독문검진을 이루며 천진랑을 향해 쓸어가기 시작했으나 천진랑은 가볍게 그들의 공격을 피해내며 중심을 흘려 지나쳤다.

"제법 시원한 바람이군. 하지만 바람은 하늘이 있기에 존재가 가능한 것. 아무리 강한 바람이라도 하늘에게는 산들바람일 뿐이라네."

그 말을 끝으로 천진랑이 살짝 손을 잡아당겨 햇빛에 은빛의 찬란함이 반사된다고 느낀 순간, 진을 이루고 있던 풍혼문의 중간이 우르르 무너져 버렸다.

그들의 몸에는 천진랑의 비도에서 새어 나온 은사가 감겨 있어 찬란한 빛을 내고 있었다.

단숨에 풍혼문의 독문검진을 깨뜨린 천진랑에게는 그때부터가 본격적인 시작이었다. 풍혼문의 마당을 마치 제집 드나들 듯 다니며 절정 무공인 앙천비도(仰天飛刀)의 초식에 따라 날아다니는 비도와 함께 풍혼문을 박살 내기 시작했다.

비록 풍혼문의 문주가 초일류의 검법을 익히긴 했으나 이미 절정의 무공인 앙천비도를 극성까지 연마한 천진랑의 일수를 받아내지는 못했다. 단순한 무공의 차이만이 아닌, 그것은 경험의 차이였다.

"쩝, 하여튼 간에 못 말려 정말."

그렇게 처참히 박살나는 풍혼문의 모습을 보고 있자니, 하필이면 천진랑의 눈에 띈 풍혼문이 점점 불쌍하게 보이는 공아였다.

그러나 한편, 공아와 비슷하게 생각하는 이들이 있었으니…….

부서지는 풍혼문에 바람만이 남은 자리를 메워가던 그와 같은 시각. 진한 피비린내가 천진의 한곳을 메우고 있었다.

모든 것을 파괴하고 베어버리는 광포한 힘이 느껴지는 곳, 그 광포함이 폭발한 그곳.

이곳을 어느 누가 얼마 전까지만 해도 천진에서 가장 세가 강하다 하여 천진오문이라 불리는 다섯 문파 중 하나인 영검맹(永劍盟)이라 생각할 수 있을까.

얼마 전까지만 해도 넘치는 사기로 덮이었을 영검맹의 하늘은 혈광이 충천하였고, 굳센 기세를 드러내던 정문과 담은 히물이진 채 얼마 전의 영광은 이미 빛바래져 있었다.

무인들의 기합 소리로 쩌렁쩌렁 울렸을 영검맹의 중심에는 이제 비명과 폭발음, 그리고 공포밖에 남아 있지 않았다.

"으악!"

쾅!

검붉은 혈광이 한 번 번쩍일 때마다 영검맹의 무인들은 예외없이 나가떨어졌다. 영검맹의 중심을 휘어잡고 있는 혈광은 영검맹 무인들에게는 마치 지옥에서 걸어나온 저승사자의 손짓과도 같았다.

이미 저항하려는 생각은 버렸다. 천진오문 중 하나인 영검맹을 이 지경으로 만든 사람의 무위는 감히 천진오문 따위가 덤벼들 것이 못 되었다.

하지만 이대로 죽음을 맞이할 순 없었기에 그들 중 대부분은 도망가기에 바빴다.

영검맹을 이렇게 만든 장본인, 비마는 본인 특유의 자욱한 혈광을 뿌리며 자신의 애도 혈아를 휘둘러 갔다.

실상 혈아의 도신 전체를 덮고 있는 도강의 파괴력은 사예가 일으킨 현월광도의 도강에 육박했다. 아니, 단순히 파괴력만으로 따지자면 그보다 우위에 서 있었다.

베는 것이 아닌 파괴하는 것.

물론 베려고 마음먹는다면 베어버리지 못할 것은 많지 않았지만 각 도법마다 특성이 있듯, 비마의 적혈마군도법(赤血魔君刀法)은 그 파괴력을 특성으로 삼고 있는 도법이었다.

때문에 유연하게 휘어져 있는 유엽도, 혈아에 맺힌 핏빛 도강은 그 무엇이라도 파괴할 듯한 강맹한 패기를 내뿜고 있었다.

쾅!

도강이 앞을 막아서는 영검맹의 무인들을 베어버리고 지나가 또다시 영검맹의 담벼락을 무너뜨렸다.

그의 일도 앞에 더 이상 영검맹에 저항할 수단 따위는 남겨져 있지 않았다. 영검맹의 맹주 또한 비마가 대충 뿌린 도강에 수많은 영검맹의 무인들과 함께 생을 마쳤으니…….

"대충 끝나가나?"

악동은 혈광에 무너져 가는 영검맹의 모습에 한숨을 내쉬며 치우에게 물었다. 공아가 천진랑의 뒤처리를 맡았듯이 악동과 치우는 비마의 뒤처리를 맡았던 것이다.

"그런 것 같네요. 이 정도의 피해라면 여기서 끝내도 영검맹은 다시 부활하지 못할 테니까요. 그나저나 우리 사부님도 대단하시지. 사전에 아무런 통보 없이 무작정 찾아와서 다짜고짜 세력 싸움을 중단하라니…….."

"그러게 말이야. 진랑 형은 그래도 서찰이라도 보냈다더군. 그런데 그건 어떻게 되었어?"

"일단 전국에 여행 나간 쥬신인들 모두에게 서찰을 보냈어요. 일단 귀환하라고. 앞으로 인공지능과의 싸움이 어떻게 될지도 모르는데다가, 결국 삼총사께서 나서셨으니 인원이 부족할 듯해서요."

"으음, 잘했어. 확실히 삼총사께서 본격적으로 움직이시면 천진은 물론이고, 그 여파가 비상 전역에까지 이를지도 모르니까 우리가 확실히 막아야지. 어째 나는 인공지능보다 쥬신의 삼총사가 더 무섭다는 생각이 들까?"

악동은 도무지 이해할 수 없다는 표정으로 고개를 살래살래 저으며 말했다. 그 모습에 치우는 한숨을 내쉬며 입을 열었다.

“에휴, 사형만 그런 게 아니에요. 적어도 삼총사를 빼놓고 이 사실을 아는 쥬신 전원이 그럴 테니까요.”

“근데… 이 사실을 너무 쉽게 납득하게 되는 게 너무 무섭다.”

“그래요. 하아, 그나마 디다 형님 쪽은 낫겠죠? 일단은 현자이신데.”

“아마도 그렇겠지?”

악동과 치우는 영검맹을 시작으로 하여 앞으로 자신들이 겪어야 할 수고에 한숨을 내쉬며 디다 쪽으로 간 인물들을 부러워했다.

하지만 그들은 모르고 있었다. 그들은 한숨을 내쉴 뿐이었지만 디다 쪽으로 간 인물들은 현재 피눈물을 흘리고 있다는 사실을……

붉음.

비마와 함께 있다면 피를 연상케 하는 그 붉음.

하지만 같은 시각, 새로이 붉음을 연상케 하는 곳이 천진에 또 있었다.

천진의 한 마을. 그 마을은 원래 평화로운 곳이었다. 주변에 사냥터도 별로 없었고, 때문에 세력이 굉장한 문파 역시 존재하지 않았다. 기껏해야 삼류문파 수준이기에 세력 싸움이 일어난다고 해도 큰 싸움으로 번질 정도는 아니었다.

하지만 오늘은 이 마을의 분위기가 이상했다.

조용했다. 너무나도 조용했다.

평소엔 그래도 삼류문파들 간의 다툼이 자주 있었는데, 오늘은 그런 다툼 또한 찾아볼 수 없었다. 그것은 세 무리의 인파 때문이었다.

조용한 가운데 팽팽한 긴장감을 뿌리는 세 무리의 인파. 그들은 각

각 철창문(鐵槍門), 권왕문(拳王門), 삼천파(三天派)라는 이름을 가진 문
파의 무인들이었다. 그것도 모두 정예들로만 모인.

이들 때문에 마을의 분위기가 이상한 것이었다. 철창문과 권왕문,
그리고 삼천파는 풍혼문, 영검맹과 함께 천진오문이라 불리는 세력들
이었기 때문이다. 그런 문파의 정예들이 한자리에 모이다니…….

그들은 마을의 중심에서 세 갈래로 갈라져 서로를 노려보고만 있었
다. 방금 전 이곳에 도착한 이들은 모두 급하게 이동해 왔는지 옷에 먼
지가 잔뜩 앉아 있었고, 옷자락은 심하게 구겨져 있었다.

서로를 노려보던 그들 중 대표자가 한 명씩 걸어나와 앞에 섰다.

"이곳은 삼천파와 권왕문 소속이 아닐 텐데?"

먼저 말한 것은 낙막한 표정을 짓고 있는 철창문의 대표였다. 놀랍
게도 그는 철창문의 문주였고, 또한 걸어나온 권왕문과 삼천파의 대표
역시 각 문파의 수장이었다.

"그것은 철창문 역시 마찬가지로 아는데?"

"어쩐 일로 귀하신 몸들이 이곳에 납시셨나."

큰 덩치에 근육질의 몸매를 뽐내는 듯한 권왕문의 문주가 차갑게 대
꾸하자 유들유들한 표정을 짓고 있던 삼천파의 수장이 그 사이에 끼어
들었다.

그런 삼천파의 수장이 하는 말에 철창문과 권왕문의 수장들은 삼천
파의 수장을 매섭게 노려보았다.

"그런 너야말로, 매일 쥐새끼같이 도망 다니기에 바쁜 녀석이 여기
까진 어쩐 일이지?"

"뭣이!"

가시가 담긴 철창문주의 말에 삼천파의 수장은 발끈해서 앞으로 나

서려다 이내 마음을 진정시키고 신색을 회복했다. 그런 삼천파의 수장을 보며 철창문주는 경멸이 가득 담긴 비웃음을 날렸다.

"결국 또 도망가는 건가, 쥐새끼?"

"크, 크윽! 조, 좋아. 철창문이 그렇게 정면으로 나온다면 삼천파도 피하지는 않아. 하지만 여기는 아니다. 설마 잊진 않았겠지? 이 주변 지역을 비전투 구역으로 정한 것을."

"흐음."

삼천파 수장의 말에 철창문주도 도발을 멈추고 숨을 들이쉬었다.

천진오문.

천진에서 가장 세가 강한 다섯 개의 세력을 두고 일컫는 말이었다. 그런데 그중에서도 삼천파와 철창문, 권왕문이 위치한 곳은 비교적 다른 두 문파에 비해 서로 가까웠다.

때문에 세 문파 간의 세력 싸움이 일어나기 일쑤였다.

특히 아주 오래전 세력 싸움이 한창일 때 지금 그들이 밟고 서 있는 이 지역에서 가장 많은 세력 싸움이 일어났었다. 그 이유는 바로 세 문파와 거리를 재어보면 가장 중심에 위치한 곳이 바로 이 지역이었기 때문이다.

실질적으로 이 지역은 요충지라고 할 수 있는 곳이 아니다. 때문에 이 지역을 차지한다고 하여 다른 두 문파에 비해 큰 힘을 발휘할 수 있는 것도 아니었다.

하지만 그럼에도 싸움은 끊이지 않고 일어났다, 바로 자존심 때문에.

옛 무협의 지략가나 된다면 별 이익도 없는 지역을 차지하려고 다투는 일 같은 건 없었겠지만 이것은 게임. 아무리 한 문파의 수장이라 하더라도 실제 현대 사회를 살아가는 사람이었고, 자존심 싸움을 피할 정도로 냉철한 사람은 많지 않았다.

결국 이 지역을 차지하기 위해 서로는 물론이고, 다른 주민 NPC들에게 까지 심각하게 피해를 입히게 되자 운영자들이 그들에게 경고를 주게 되었다. 실제 계정 삭제와 같은 일은 할 수 없지만, 계속해서 이와 같은 피해가 지속된다면 군(軍)이라는 이름을 들어 세 문파를 쓸어 버리겠다는 것이었다.

이에 세 문파는 서로 협의하에 이 지역을 비전투 지역으로 만들고 세 문파 간의 싸움을 벌이는 이가 있으면 삼파(三派) 공동으로 죄를 묻기로 하였다.

삼천파의 수장이 말한 것이 바로 이 비전투 구역에 대한 것이었다.

"그런데 정말 어떻게 된 일이지? 여긴 왜 오게 됐느냐는 둘째 치고 어떻게 우리 삼파가 이렇게 한 자리에 모일 수 있었던 것이지?"

권왕문주가 다른 두 문파의 수장들의 기 싸움을 끊으며 요점을 집어 물었다. 그러자 두 문파의 수장들도 그 점에 대해 생각할 수밖에 없었다.

"혹시……."

비교적 두뇌 회전이 빠르기로 소문난 삼천파의 수장이 입을 열려는 찰나, 그들의 중심으로 무엇인가가 떨어져 내렸다.

쿵!

"윽!"

"뭐지?!"

"습격인가?!"

삼파가 갑작스런 소란에 당황해하며 전력을 재정비하려 할 때, 방금 무엇인가가 떨어진 그곳에서 한 그림자가 불쑥 솟아올랐다. 그것은 다름 아닌 한 사내의 인영이었다.

그는 온몸을 피로 칠갑하고 있었는데, 방금 중심으로 떨어진 것이 바로 그였음을 증명이라도 하듯, 피 위로 온통 먼지가 뒤덮여 있었다. 하지만 그는 솟아오르던 것을 멈추려는 생각이 없는지 속도를 늦추지 않고 이내 마을의 한쪽으로 쏜살같이 달려가기 시작했다.

그때였다, 그가 사라진 마을의 한쪽 반대편에서 누군가의 고함 소리가 들린 것은.

"저쪽이다! 저쪽으로 절정무공이 도망갔다!"

아주 멀리서 들려오는 목소리였지만 이 자리에 모인 삼파의 어느 누구도 빼놓지 않고 그 고함 소리를 다 들을 수 있었다. 그리고 이내 피 칠갑을 한 사내가 사라져 간 쪽을 바라보았다.

"절정무공!"

"철창문은 나를 따르라! 가자!"

"권왕문은 뒤처지지 마라! 반드시 잡아야 한다!"

철창문과 권왕문의 수장들은 재빠르게 문도들을 재정비한 뒤 사내가 사라져 간 곳을 향해 질주하기 시작했다. 다들 극한까지 신법을 끌어올린 것인지 그 속도가 가히 범과도 같았다.

그렇게 사라져 간 철창문과 권왕문이었지만 삼천파는 이동하지 않고 있었다.

"문주님, 저흰 안 갑니까? 이러다가는 절정무공을 빼앗기겠습니다!"

삼천파의 문도 중 한 명의 다급한 목소리가 삼천파 수장의 침묵을 깨었다.

"흐음, 절정무공이라… 그런 것인가?"

알 수 없는 혼잣말을 중얼거리는 수장의 모습에 삼천파의 문도들은 애가 타기 시작했다. 애초에 모습을 잘 드러내지 못하게까지 할 정도로 전력을 숨겨오던 삼천파의 수장이 오늘 자신들을 불렀다.

정예들을 모두 소집한 것은 처음 있는 일이라 모두 의아하게 생각했으나 이내 설명을 듣고는 납득할 수 있었다.

절정무공.

그것의 유혹은 굉장한 것이었다.

단연 천하제일이라 칭송받는 성군 단엽도, 비상의 새로운 신성으로 떠올라 어쩌면 단엽과도 비슷한 무위를 지녔을지 모른다는 광무제 무황도 전부 절정무공을 익힌 게 전부라고 그들은 알고 있었다.

즉, 그 말은 절정무공을 익히면 성군 단엽이든 광무제 무황이든 그들과 같은 반열에 올라 천하제일인의 자리를 넘볼 수 있다는 것이다.

비록 천하제일인은 아니더라도 절정무공만 익히면 이 천진쯤 제압하는 건 아주 쉬운 일이라 생각하는 그들이었다.

그런 절정무공이 천진에 나타나 일정한 주인 없이 떠돌고 있다!

삼천파의 수장이 내뱉은 이 말은 모두를 흥분시키기에 충분한 말이었다. 그런데 정작 눈앞에 절정무공을 놔두고도 움직이지 않는 문주의 모습에 설령 그 자신들이 익히지 못한다 하더라도 절정무공이 너무 아까웠던 것이다.

그런 수하들의 마음을 알아서일까? 한마디 내뱉고는 조용히 침묵을 지키던 삼천파의 수장은 고개를 들더니 입가에 쓴 미소를 지었다.

"훗! 내가 자주 써먹는 방법에 내가 걸려들었군. 뭐, 좋아, 걸려주지. 단, 그 대가는 절정무공 하나 따위로는 되지 않을 것이다! 삼천파의 문도들이여! 우린 이제 절정무공의 뒤를 쫓는다! 뒤처지는 자는 버리고 갈 것이며, 그들에게는 당연히 이번 일에 대한 포상도 없다! 모두 뒤처지지 않도록!"

"네!"

그렇게 삼천파의 수장을 비롯한 문도들도 그 자리를 떠나 사내, 철창문, 권왕문이 사라진 곳으로 질풍처럼 달려가기 시작했다.

바야흐로 천진에 피를 머금은 태풍이 불어 닥쳤다.

"흐음, 천진오문에 영 바보들만 있는 것은 아니군요."

"야로야, 천진오문의 수장들이 바보인 것이 아니란다. 아무리 작은 천진의 지역에서만 알아주는 문파라 할지라도 한 단체를 저 정도로 성장시키기는 매우 어렵지. 그들은 자신들의 문파를 천진을 위협할 수 있을 정도로 성장시켰고, 그것은 수장들이 뛰어나다는 것을 말해 준단다."

다다는 자신의 대제자 야로에게 싱긋 미소를 지어주며 그렇게 설명해 주었다. 회색 무복을 멋지게 빼입고, 흑발을 휘날리는 한 사내. 다다의 대제자인 야로라는 사내는 다다의 말에 고개를 끄덕였다.

"그렇군요. 하지만 너무 쉽게 속는 거 아닙니까?"

"그것은 저들이 어리석어서가 아닌, 사람에게는 누구나 주어지는 욕심을 이기지 못해서란다. 사람의 욕심은 끝이 없고 그 욕심을 이성이 감당하지 못하기에 저런 반응이 나오는 것이지."

"흐음, 근데 꼭 이렇게 하실 필요가 있습니까? 그냥 저 하나만으로도 저 세 문파 정도는 쓸어버릴 수 있을 텐데요."

야로가 자신의 주먹을 감싸는 권갑의 촉감을 느끼며 그렇게 말하자 다다는 다시 싱긋 웃었다.

"아직은 때가 아니란다. 시간이 얼마 지나지 않아 지겨울 정도로 싸우게 될 날이 올 것이다. 그때가 오면 싫어도 싸우게 될 것인데 지금부터 미리 힘을 뺄 필요는 없잖느냐."

"그 인공지능 말입니까?"

"후후후, 요즘 따라 특히 이 비상이란 세계가 더 재미있어지는구나."

왠지 음산함마저 느껴지는 디다의 말을 들으며 야로는 문득 조금 전 삼파의 중간에 떨어졌다가 다시 날아올라 도주한 장염을 떠올렸다.

'장염이 녀석, 제법 연기력이 뛰어나군. 떨어지는 것도 수준급이고, 닭 피 바르고 뛰어다니는 것도 제법이야. 그나저나 다른 녀석들도 다 잘하고 있으려나?'

오늘따라 자신이 대제자인 것이 너무나도 고마워지는 야로였다.

그런 야로를 부러워하며 피눈물을 흘리는 이들이 있었으니 그중 하나가 바로 닭 피를 바른 채 꽁지에 불붙은 것마냥 이리저리 뛰어다니니 장염이었다.

"제기랄! 내가 왜 이런 역할을 맡아야 하냐고!"

장염이 맡은 역할이란 천진에 떠도는 절정무공을 우연찮게 얻은 역할이었다. 절정무공을 우연찮게 얻은 그는 이곳저곳을 도망 다니며 결국엔 비참한 죽음을 맞이해야 하는 것으로, 그것이 이번 장염이 맡은 역할의 핵심이었다.

많은 공격을 당해 상처를 입은 척하기 위해 닭 피를 손수 뿌려야 했고, 피비린내를 참으며 평소 같았으면 한 방에 우수수 쓰러뜨렸어야 할 녀석들을 피해 도망 다니고 있었다.

한바탕 꾸며진 경극의 가장 한심한 조연 역할을 맡은 것에 스스로에게 욕설을 퍼부으며 장염은 이리저리 왔다 갔다 뛰어다니기 시작했다.

원래라면 벌써 다음 작업을 시작했어야 하나 웬일인지 삼천파가 다른 두 문파보다 늦게 붙은 탓에 장염은 그만큼 더 뛰어다니며 거리를 조절해야 했다. 그리고 마침내 삼파 간의 거리가 일정해졌을 무렵, 그가 달려가는 숲의 한 방향 앞에 백의를 입은 누군가가 걸어나오기 시작했다.

백의를 입고 푸른색 창을 거머쥔 인영. 긴 머리를 묶어 뒤로 가지런히 내린 것이나 호리호리한 몸매를 비롯해 여러 가지 면에서 인영의 정체가 여성임을 알 수 있었다.

하지만 장염은 그 인영을 여성으로 보지 않았다. 아니, 볼 수 없었다. 다만 다음 단계가 진행된 것에 피눈물을 흘릴 뿐이었다.

"으, 은유 누나."

"자, 다음 단계다. 간다."

"자, 잠깐, 이, 이건 어디까지나 연기라고. 설마 진짜 공격할 셈은 아니겠지?"

"난 어디까지나 널 공격하라는 말만 들었을 뿐이다."

"자, 잠… 으악!"

일정한 어조를 가진 은유의 말에 장염은 다급히 말을 이으려 했으나 시퍼런 빛을 발하며 자신의 미간을 향해 정확히 찔러오는 창촉이 시야에 들어와 급히 옆으로 굴러 피할 수밖에 없었다.

하지만 그것은 시작이었다. 음공(陰功)을 익힌 것을 마치 표시하기라도 하려는 듯 주변의 나무를 비롯한 모든 물체들을 다 얼려 버리는 한기가 잔뜩 서린 창으로 장염을 공격하는 은유였다.

도망가다가 비참하게 죽어버리게 되는 중요한 임무를 맡은 장염이었기에 당연히 그에 방해되는 자신의 검은 디다에 의해 빼앗긴 지 오래였다. 결국 자신의 투박한 신법으로 은유의 날카롭고 매서운 공격을 피해낼 수밖에 없었다.

그런 그들의 모습은 충분히 절정고수라 칭할 만한 것이라 철창문, 삼천파, 권왕문들은 일정 거리를 두고 감히 접근할 생각조차 하지 못하고 있었다.

"제, 제기랄… 왜, 왜 나만 이런 역할이냐고……."

이미 전신에 서리가 내려 움직이기까지 불편해진 장염은 결국 은유의 창대에 갈비뼈 부분을 맞고 나가떨어질 수밖에 없었다.

"윽!"

갈비뼈가 부서지는 아픔이 장염의 두뇌를 자극했다. 분명 대단한 공격이었고 충격이었지만, 이 정도의 충격으로 쓰러진다면 검성의 이름이 아까웠다.

하나 여기서 장염이 맡은 역할은, 다시 말해 도망치다가 비참히 죽는 것. 이제 비참히 죽는 연기를 할 차례가 된 장염은 쓰러지는 도중에 품에서 책자 한 권을 꺼내어 공중으로 던지며 죽은 듯 쓰러졌다.

이때 삼파의 모든 이들이 눈을 빛내고 책자를 바라보았다. 그러나 차가운 눈을 빛내며 창대를 땅에 꽂아 세운 여성 절정고수를 앞에 두고 감히 가지러 갈 생각 따윈 하지 못했다.

그때 보라색의 긴 채찍이 날아와 서적을 감싸더니 되돌아가는 것이 아닌가.

"호호호, 이 절정무공은 내가 가지고 가겠어요."

보라색 채찍의 주인공이자, 높은 나뭇가지 위에 버티고 서서 나타난 이는 푸른색 경장을 차려입고 머리를 양갈래로 꼬아 내린 여성이었다. 사예가 그녀를 보았다면 이렇게 외쳤을 것이다.

'청화 누나!' 라고.

청화는 어색한 대사를 읊으며 붉어지려는 얼굴을 애써 감췄다.

'윽! 내가 했지만 너무 어색해. 아이 참, 내가 왜 이런 역할을 해야 하는 거야?'

속으로야 불평 불만이 많은 청화였지만, 그녀 역시 이번 경극에서 중요한 역할을 맡고 있었기에 결국 연기에 충실할 수밖에 없었다.

그렇게 청화는 자신이 맡은 역할대로 절정무공을 가지고 사라지려고 하였다.

"안 돼!"

절정무공임이 분명한 책을 가지고 사라지려는 한 여성의 모습에 삼파가 이구동성으로 외쳤으나 그따위 말을 들을 청화가 아니었다.

하나, 뒤에서 날아오는 한 자루의 푸른빛이 감돌며 서리가 내린 창의 모습에 결국 몸을 돌려 맞설 수밖에 없었다.

쒜엑!

"윽!"

단순히 어깨를 스치고 지나간 창이었지만 청화는 마치 정통으로 꿰뚫리기라도 한 듯 여태껏 서 있던 나뭇가지에서 떨어지기 시작했다. 하지만 이대로 죽기엔 원통한지 급히 손을 감싸고 있던 채찍을 뿌렸고, 그것은 또 은유의 왼쪽 팔을 살짝 스치고 지나갔다.

하지만 은유는 미리 준비해 뒀던 피가 든 주머니를 터뜨리며 앞으로 쓰러졌고, 청화 역시 준비해 둔 주머니를 터뜨리는 동시에 절정무공을 삼파가 모여 있는 중심에 던져 넣으며 떨어지고 말았다.

이건 누가 보더라도 어색함의 극치를 달리는 연기였으나 모든 정신이 온통 절정무공에 팔린 삼파들은 그런 것을 전혀 의식하지 못하고 있었다.

그때 어느 사이엔가 삼파들 틈으로 숨어들어 간 백의사내, 서백이 크게 소리를 질렀다.

"먼저 갖는 자가 절정무공의 주인이다! 절정무공만 익히면 성군도 별것 아니다!"

이리 외친 서백은 자신의 앞에 위치한 이들을 세게 밀어서 앞으로 내보내며 자신은 뒤로 빠져 서서히 사라져 갔다.

참으로 용의주도하지 않다 할 수 없었다.

"그래, 절정무공은 먼저 가지는 사람이 임자다!"

"저건 내 거야!"

"우와아아아! 천하제일인이다!"

이 모든 어색한 연기에도 불구하고 이미 절정무공이란 거창한 타이틀에 정신이 나간 삼파의 문도들을 비롯한 수장들은 정신없이 절정무공을 향해 달려들기 시작했다.

그리고 곧 태풍은 혈풍으로 변해 버렸다.

혈풍이 잦아드는 데는 반나절이란 시간이 소모되었고, 역시 각 문파의 수장은 그 이름값을 하는지 땅 위에 살아 있는 이라고는 삼파의 수장 세 명뿐이었다.

"크윽! 이제 우리 세 사람 간의 싸움으로 이 절정무공의 주인이 판가름 나는 것인가?"

“크크크, 보나마나 절정무공의 주인은 바로 나겠군.”

권왕문주와 철창문주는 서로를 견제하며 중심에 떨어져 있는 절정무공을 노려보았다. 그런 그들의 모습에 삼천파의 수장은 하늘을 보며 허탈한 웃음을 터뜨렸다.

“결국, 결국 이렇게 될 것이었군.”

한마디를 내뱉은 삼천파의 수장은 아직도 서로 이를 드러내며 싸우려는 다른 두 문파 수장의 모습에 자조적인 말을 뱉어냈다.

“어리석어.”

“뭣이!”

“네놈이 할 말은 아니라고 본다!”

삼천파 수장의 한마디에 잔뜩 발끈한 나머지 두 수장은 그 목표를 삼천파 수장에게로 돌렸다. 하지만 삼천파 수장은 침착했다.

“멍청이들. 우리끼리 싸울 문제가 아니야. 그만 나오지 않겠소? 이만하면 충분한 것 같은데.”

“뭐?!”

영문을 모르겠다는 두 문파의 수장을 무시하고 삼천파의 수장은 눈을 감았다. 그러길 잠시, 한쪽 숲에서 누간가가 걸어나오기 시작했다.

그러자 권왕문주와 철창문주는 잔뜩 신경을 곤두세우며 나타난 이를 혈안이 되어 쳐다보았다. 하지만 나타난 이, 디다는 점잖은 표정을 유지한 채 앞으로 걸어나왔다.

“안녕들하신가.”

“넌 누구냐!”

“너도 절정무공을 노리는 것이냐!”

아직도 상황 파악을 하지 못하는 두 문주의 모습에 삼천파의 수장은 가볍게 한숨을 내쉬며 앞으로 나섰다.

"당신이오, 이 일을 꾸민 것이?"

"그렇다네."

"어째서이오?"

"자네들이 알지 모르겠지만 자네들이 키운 문파들의 세력 싸움이 천진뿐만이 아니라 비상 세계 전체를 어지럽힌다네. 물론 자네들과 자네들의 문파만이 잘못했다고 할 순 없는 노릇이지만, 불행히도 자네들이 모든 이들의 본보기가 되었다고나 할까?"

디다의 말에 삼천파의 수장은 가볍게 숨을 들이쉬며 말을 이었다.

"자유로운 세상을 추구하는 비상에서 그런 제재라니, 우습지 않소?"

"자네들을 비롯해 사냥터를 빼앗고, 초보들을 우롱하는 문파들이 세력 싸움을 벌이는 건 자유라 벌어지는 일이 아니라네. 사람마다 자유라는 의미가 다르겠지만 자유라는 건 적어도 그렇게 편협한 것이 아니지."

"훗! 당신이 뭐라고 하든 간에, 당신은 우리에게서 자유를 빼앗으려 하고 있소. 그런 당신의 말을 우리가 들을 것 같소?"

"물론 그렇지 않겠지."

디다와 삼천파 수장의 말은 거기서 끝이 났다.

드디어 뭔가 이상하다는 것을 눈치 챈 다른 두 문파의 문주가 삼천파 수장에게 말을 걸어왔다.

"도대체 어떻게 된 것이냐?"

"우린 속았다."

"속았다니?"

"이번 일은 절정무공이라는, 결코 뿌리칠 수 없는 미끼를 사용한 차도살인(借刀殺人)이라 할 수 있단 말이다."

"차… 도살인?"

철창문주와 권왕문주의 얼굴이 엉망으로 구겨졌다.

삼천파 수장의 말대로라면 자신들은 단순히 다른 이의 계획에 바보같이 인형처럼 놀아난 것이 되지 않는가. 자존심만은 뒤떨어지지 않는다 자부하는 두 문주이니 지금의 심정이 어떤지 능히 짐작할 만했다.

당장 자신의 절기로 디다를 죽여 버리려는 두 문주를 삼천파의 수장이 급히 제지했다.

"잠시 기다려. 혼자 힘으로는 되지 않는다. 우리 세 명이 힘을 합쳐야 상대할 수 있어!"

"뭐?"

"절정무공을 미끼로 쓰는 상대다. 절정무공을 익히고 있는 것은 당연한 일이잖아. 혼자 달려들었다가는 나 죽여줍쇼 하는 것과 마찬가지다. 이 한 권의 절정무공에 대해서는 나중에 생각할 일. 아니, 어쩌면 저자에게 절정무공이 더 있을지도 모른다. 우리가 힘을 합쳐야 정예를 잃은 손해를 만회할 수 있는 것이다."

"그렇군."

"그래……."

결국 삼천파 수장의 말을 들어 권왕문과 철창문은 각각 자신의 절기를 떠올리며 협공을 준비하기 시작했다. 그런 그들의 모습에 디다는 한마디를 뱉어내었다.

"오게나, 편히 보내주지."

그 모습이 너무나도 평온하기에 모든 것을 잃게 된 삼파의 문주들은 다시 피가 끓어오르는 것을 느꼈지만 삼천파의 수장이 다시 제지하기에 이르렀다.

"흥분하지 마라. 흥분하면 진다. 한 번에 각자의 절기를 쏟아내는 것이다. 셋을 세겠다. 셋에 가는 거다. 하나, 둘, 셋!"

삼천파 수장의 말이 끝나는 것과 함께 세 문주는 디다를 향해 자신의 모든 절기들을 다 뱉어내기 시작했다.

삼천파 수장의 수기가 춤을 추었고, 권왕문주의 권기가 광오하게 날아들었으며, 철창문주의 전심전력을 담은 철창이 시퍼런 창기를 머금고 디다를 노려가기 시작했다.

그 모습이 가히 위압적이라 보통의 고수라면 변변찮은 방어도 하지 못하고 죽음을 맞이할 정도였다. 하지만 디다는 끝까지 침착한 기색을 잃지 않았다.

마침내 그들의 의형진기가 디다에 근접했을 때, 디다는 허리춤에 매달려 있는 한 자루의 병기를 손에 쥐었다. 그것은 박도의 형체를 띠었고, 그 박도에는 시뻘건 홍염(紅焰)의 불꽃이 혀를 날름거리고 있었다.

삼파의 문주들은 마치 지옥에 들어온 듯했다. 열화지옥에 들어온 듯 살갗이 모두 타고 있었고, 뼛속까지 녹는 것 같았다.

"잘 가게나."

이 한마디와 함께 디다는 홍염의 도강을 날렸고, 삼파의 문주들이 쏟아낸 절기들은 허무하게 깨져 버리며 사라졌다. 그들의 주인들과 함께.

화르르르르륵!

어느 사이엔가 주변은 불바다가 되어 있었다.

청염신공(淸炎神功)이라는 절정의 신공을 익힌 디다이기에 홍염의 도강을 뻗어내어 얻을 수 있는 결과였다.

디다는 그 불길 속에서 하염없이 하늘만 바라보고 있었다.

"아직 때가 아니야……."

화염에 뒤덮인 숲의 중간에 선 디다의 입가엔 쓴 미소만이 그득할 뿐이었다.

콰앙—!

폭발음과 그 뒤를 잇달아 산산이 부서져 흩날리는 문의 파편.

모래 먼지는 자욱이 피어올라 시야를 가리고, 그 중심에서는 긴장감이 점점 더 고조되어만 갔다.

적의 습격일 것이라 예상한 이들은 자신의 병기를 쥐고선 긴장감의 진원지를 뚫어져라 바라보고 있었다.

"여기가 그곳인가?"

"대체 당신은……!"

뿌연 시야 사이로 들려오는 누군가의 대화 소리에 여원을 비롯한 나머지 일행은 더욱더 긴장감이 고조되어만 가는 것을 느꼈다.

그런데 그들은 문득 뿌연 시야 사이로 들려오는 목소리가 왠지 낯설지 않았다.

'누구지?'

모든 이들의 머리 속에 동시에 떠오른 궁금증이었다. 그리고 곧 그 궁금증은 모래 먼지가 가라앉으며 드러났다.

"헉!"

"다, 당신은?!"

모래 먼지가 가라앉고 의문의 인물들의 정체가 드러나자 장내의 모든 이들은 자신의 눈을 의심하기 시작했다. 도대체 저들이 왜 이곳에 있단 말인가.

"크크큭! 제대로 찾아왔군."

말 한마디에도 감히 범접치 못할 광기가 서려 있어 듣는 이의 마음까지 뒤흔드는 이. 봉두난발의 머리카락이 눈가를 가리는 듯했지만 매섭게 흘러나오는 광기 서린 눈빛은 감추지 못하고 있었다.

햇빛마저 흡수해 버리는 듯한 암녹색의 권갑에는 조금 전, 문을 부순 이가 그임을 말해 주는 듯한 약간의 파편이 남겨져 있었다.

"아, 이런, 나와 계셨군요. 소란을 끼친 점, 정말 죄송합니다."

이제야 여원을 비롯한 친구들을 발견하고는 정중히 고개를 숙이며 방금 전 일에 대해 사과하는 이. 어깨까지 내려오는 머리카락을 단정히 내려뜨리고, 매끈한 용모에 정중함이 느껴지는 움직임을 드러내며 백의를 차려입은 것이 마치 한 마리의 백학과도 같았다.

그렇게 나타난 두 인물의 모습에 무진은 말을 더듬으며 그들의 정체를 밝혀내기에 이르렀다.

"투, 투귀? 그, 그리고 저, 저 사람은 성군이잖아! 저, 저들이 왜?!"

그랬다. 화려하다면 화려하달 수 있는 등장으로 모습을 드러낸 두 인물은 바로, 투귀와 단엽이었던 것이다.

서로 앙숙이기로 소문난 두 사람이 한 장소에 등장하다니… 이것은 곧 싸움을 예견할 수 있는 상황이었다. 물론 지금 장내의 인물들에게 중요한 것은 그게 아니었다.

그들의 등장은 너무나도 의외의 것이었고, 아무런 말도 하지 못한 채 멍하니 그들을 바라볼 수밖에 없었다. 그런 여원들의 모습에 단엽은 잠시 걱정스럽다는 눈치로 그들에게 물었다.

"음… 너무 급작스러웠습니까?"

'당연하지!'

분명 사예가 이 자리에 있었으면 외쳐 줬을 것이나, 불행히도 이들 중에 사예는 없었다.

그렇게 잠시 넋이 빠진 듯한 여원들 중에서 가장 먼저 정신을 차린 것은 소룡이었다. 그 역시 처음엔 도저히 이해할 수 없는 상황에 넋을 잃은 듯한 표정을 짓고 있었지만 이내 특유의 냉랭한 표정을 되찾으며 앞으로 나섰다.

"당신들이 여기엔 무슨 일입니까?"

날카로운 기세를 내세우며 소룡이 앞으로 나서자 그에 가장 빠른 반응을 보인 것은 투귀였다.

"크크큭! 내가 어딜 가고 오는지 네놈 따위에게 보고를 해야 하는가?"

"당신이 어딜 가든 내가 알 필요는 없다. 하지만 여긴 네가 마음 내키면 언제든지 올 수 있는 곳이 아니야."

투귀의 말에 소룡은 냉랭한 얼굴을 더욱더 무표정으로 굳히며 말을 이었다. 어느새 그는 경어를 버리고 평어로 투귀를 대하고 있었다. 또한 그는 허리춤에 매달린 자신의 검대를 잡을 준비를 하고 있었다. 언제라도 공격할 수 있도록.

그런 소룡의 기세는 매서웠으나 투귀에게는 전혀 위협이 되지 못했다. 아니, 단엽을 제외한 그 자리에 모여 있는 모든 이들이 한꺼번에 덤빈다고 하여도 눈 하나 깜짝할 투귀가 아니었다. 오히려 이 상황을 즐기며 상대들을 박살 낼 투귀였다.

과연 투귀는 소룡의 말에 앞으로 나서며 입가에 광기 어린 미소를 지었다.

"크크크. 제법 눈매가 사납군. 하지만 과연 나를 막을 만한 실력이 있는지는 모르겠군."

"언제든지 시험할 수 있도록 해주지. 피하지는 않는다."

"호오! 그렇단 말이지. 크하하하하!"

크게 웃으며 권갑을 낀 손에 주먹을 말아 쥐는 투귀에게선 어느 사이부턴가 진한 투기가 흘러나오기 시작했다. 사람의 심장을 오그라뜨리는 강한 투기와 광기가 투귀의 몸에서 흘러나오자 소룡은 잠시 흠칫하는 듯했으나, 오히려 검의 손잡이에 손을 얹으며 투귀의 공격에 맞설 준비를 하기 시작했다.

그렇게 계속되는 일촉즉발의 상황을 막은 것은 다름 아닌 성군 단엽이었다.

턱!

"그만 하십시오. 약속을 잊었습니까? 우리끼리 싸우려고 이곳에 온 게 아닙니다."

앞으로 나서려는 투귀의 가슴을 검집의 옆면으로 막아내며 단엽은 투귀를 바라보았다. 투귀도 감히 자신을 가로막은 단엽의 두 눈동자를 바라보았다.

"크큭! 그따위 약속… 난 애초에 네놈이랑 손잡는 것 자체가 마음에 들지 않았다. 아니, 너뿐만이 아니라 다른 어떤 녀석들이든 마찬가지다. 내가 누군지 잊었는가? 그렇다면 가르쳐 주지. 내 존재 그 자체를, 이 주먹으로 말이다."

"당신이 약속을 지키지 않더라도 난 약속을 지키기 위해 최선을 다할 것입니다. 설령 당신을 쓰러뜨리게 되더라도."

투귀와 단엽, 멀지 않은 거리를 둔 두 사내 사이에서 강렬한 기파가 새어 나오기 시작했다. 그 기파는 너무나 막강한 것이라 여원을 비롯한 이들은 그들에게 감히 접근할 생각조차 못했고, 가까이 있던 소룡은 뒤로 몇 발자국이나 물러나 여원들과 합류하게 되었다.

"크윽! 제기랄……."

소룡은 그들에게 접근하지 못한 것도 모자라 오히려 뒤로 물러서게 된 것에 자존심이 상해 짧게 욕설을 내뱉었다.

냉정한 이성으로 상황을 판단하여 굽힐 땐 굽힐 줄 알고, 뻗어나갈 때 뻗어나갈 줄 아는 이가 바로 소룡이었다. 웬만한 일에는 심정의 큰 변화를 겪지 않고 그냥 넘어가는 소룡이었지만, 가끔씩 자존심을 굽히지 않고 오히려 더욱더 맞서갈 때가 있었다.

바로 지금의 소룡처럼.

그때 무너진 자존심에 분개한 소룡의 어깨에 여원이 손을 얹었다.

"참아. 지금 물러났다고 해서 부끄러워할 건 없어. 우리도 노력해서 저들처럼 강해지면… 아니, 저들보다 훨씬 강해지면 되는 거야. 그때가 되면… 우린 절대 물러서지 않을 거야. 결코."

소룡은 거세어지는 여원의 손길을 느끼며 다시 투귀와 단엽에게로 시선을 던졌다.

고오오오오오!

상황은 오히려 더 심각해졌다. 소룡과 투귀라는, 어쩌면 너무나도 뻔한 결과의 싸움에서 성군 단엽과 투황 투귀라는 비상 최강자들의 싸움으로 번져 버린 것이다.

자칫 잘못하면 이 장원은 물론이고, 북경 전체가 뒤집어질 수도 있었다. 그만큼이나 두 사람이 내뿜고 있는 기세는 강했으며, 두 사람이

지닌 무위 또한 북경이 포괄하기엔 부족할 정도였다.

그때였다.

쒜엑!

공기를 잔인하게 찢어발기며 날아든 무엇인가가 투귀와 단엽이 만들어낸 기파의 소용돌이를 꿰뚫고 지나가 벽에 박히는 것이 아닌가.

그것은 다름 아닌 한 자루의 창이었다. 그것도 창촉부터 창대 끝까지 전부 흑의 일색으로 되어 있는 창이었다.

창대와 창촉을 잇는 사이에 있는 회색 수실을 멋지게 휘날리는 묵창은 창촉을 모두 박아버리고서야 멈추었고, 그런 창 한 자루에 싸움으로 이어지려던 분위기는 급변했다.

사람들의 시선은 창이 날아온 방향으로 이어졌고, 거기에선 누군가가 부서진 문의 파편을 뛰어넘으며 장원의 안으로 걸어 들어오고 있었다.

"누가 당신들끼리 싸우라고 이곳에 보낸 줄 아나?"

흉신악살의 귀신 형상을 갖춘 청색의 귀갑주(鬼甲胄)를 몸에 걸치고 전신으로 무거운 기도를 뿌리며 걸어오는 사내. 그런 사내를 보는 이들의 눈은 하나같이 커져만 갔다. 투귀와 단엽만 빼고.

"강민 형!"

그랬다. 청색의 귀갑주를 걸친 사내는 바로 강민, 전황 진명이었던 것이다. 그리고 벽 속으로 깊이 박힌 창은 진명의 애병인 흑표(黑豹)였다. 진명이 흑표를 날려 기파의 소용돌이를 끊어버린 것이다.

진명이 나타나자 상황은 급변하여 장원 안을 그득히 채우던 투기가 모두 흩어져 사라졌다.

진명은 걸어 들어오며 손을 펼쳤다. 그러자 창촉까지 깊이 박혀 있던 혹표가 뽑혀져 나와 그의 손아귀로 다시 돌아갔다. 사예에게 투결이라는 스킬이 있듯이 진명에게는 자신의 무기를 이렇듯 손쉽게 조종할 수 있는 스킬이 있었던 것이다.

진명은 투귀의 정면에 멈추어 섰다.

"투귀, 나와의 약속이 그렇게 하찮게 보이던가? 언제든 원하면 파기할 수 있을 정도로? 그렇다면 떠나라. 약속을 가벼이 여기는 남자 따위는 필요하지 않다. 하지만 내가 제시했던 것은 모두 무효가 되는 것이다."

"크큭! 좋다. 약속은 지키지. 하나, 이것만은 알아둬. 때가 되면 내가 직접 나설 것이다. 내가 하는 일에 참견하지 말도록."

진명의 서슬 퍼런 말에 투귀는 그런 말을 마지막으로 내뱉고는 돌아서 버렸고, 그런 투귀의 모습에 진명은 나직이 한숨을 내뱉으며 고개를 돌렸다. 진명이 고개를 돌린 곳에는 바로 단엽이 서 있었다.

"물의를 일으켜서 죄송합니다."

"아닙니다. 애초에 당신들끼리 보낸 것이 잘못이었겠죠. 당신은 약속을 이행하려 했을 뿐입니다."

그렇게 몇 마디를 주고받던 진명은 이번엔 여원들을 바라보았다.

"많이 놀랐겠지?"

"강민 형!"

"대체 어떻게 된 거예요?"

"뭐가 뭔지……."

자신들에게로 시선이 오자 막힌 둑을 허물듯이 쏟아져 오는 질문 세례에 진명은 정신을 차리기가 힘들 정도였다.

“이봐, 이봐. 천천히 하나씩 물어보라구. 그리고 여긴 얘기하기가 그러니 우선 안으로 들어가자고.”

“저들도 데리고요?”

진명의 말에 문득 무진이 투기와 단엽을 가리키며 물었다. 그러자 모두 싫다는 기색이 역력했지만 진명은 그런 그들의 기대를 산산조각 내버렸다.

“물론 저들도 함께.”

“끄응······.”

무슨 일이든 간에 자신들에게 그리 좋은 일 같지만은 않은 것 같다고 예견한 친구들이었다. 그리고 그들의 선경지명은 무척이나 뛰어난 편이었다.

“뭐예요?!”

“아아, 진정하라구. 진정.”

여원은 진명이 하는 말을 자신이 제대로 들은 것인지 의심스러웠다. 도대체 무슨 생각으로 그런 판단을 내렸단 말인가.

여원은 귀의 정상 여부를 떠나서 우선, 진명의 두뇌가 정상적으로 활발하게 움직이고 있는지부터 밝히고 싶을 정도였다.

“그게 말이 되는 소리예요?”

“말이 안 될 건 또 뭐냐.”

“하!”

여원은 어이가 없다는 듯 허탈한 마음으로 숨을 뱉어낸 뒤 의자에 몸을 기댔다. 이런 반응을 보이고 있는 것은 단순히 여원뿐만이 아니었다.

사공이 많으면 배가 산으로 간다고, 이런 공식적인 자리에선 말을 가장 잘하는 여원이 앞에 나서서 해결하는 것이 암묵적으로 정해진 친구들 간의 규칙이었다. 때문에 여원이 나서서 진명과 대화를 하고 있었지만 여원을 제외한 다른 이들의 생각도 여원과 다를 바가 없었다.

"세상에, 보내줄 응원군이 없어서……."

여원의 눈동자는 진명을 지나쳐 저 문 너머, 또 다른 방이 있는 곳을 향하고 있었다.

"저들이 뭐 어때서?"

"생각을 해보세요. 무공만 엄청 강하면 뭘 합니까. 저들을 누가 관리할 건데요?"

진명의 물음에 여원은 말도 안 된다는 식으로 대꾸해 왔다.

여원을 비롯한 친구들이 이런 반응을 보이는 것에는 다 그럴 듯한 이유가 있었다. 그것은 진명이 보낸 서찰과 그것을 직접 설명하는 진명에 의해 발생한 것이었다.

응원군이 곧 도착할 것이다.

달랑 한마디가 적혀 있는 서찰. 분명 이 서찰만으로는 어떠한 응원군을 뜻하는지, 그게 누구인지 등 서찰의 내용에 대해 이해하지 못할 것이 분명했다. 하지만 지금의 상황에서는 설령 진명의 설명이 없더라도 충분히 예상 가능한 말이었다.

투황 투귀, 성군 단엽.

이들이 바로 진명이 보낸 응원군인 것이다. 친구들을 도와 북경의 세력 싸움을 잠재울 바로 그 응원군.

이러한 상황이니 여원이나 친구들의 반응은 당연한 것이었다.

"관리라니, 그냥 마음 편히 가져."

"형도 봤잖아요. 오늘 저들이 한 행동에 대해서요. 막말로 또 한 번 그런 일이 발생하면 어쩔 건데요? 우리 중 누가 저들의 행동을 막을 수 있느냔 말입니다. 응원군을 보낸 것을 보니 형도 계속 여기 있을 게 아닐 것 같고, 또 오늘과 같은 일이 벌어지면 단순히 세력 싸움이 문제가 아니게 된다구요. 잘못하면 이 북경이 뒤집어질 수도 있는데 마음을 편히 가지라니… 그게 말이 되는 소리입니까?"

여원의 말은 단순히 자신의 생각이 아닌, 이 자리에 모인 모든 이들의 생각을 담고 있었다. 아니, 몰라서 그렇지 이 사실을 알게 된다면 북경에 사는 모든 이들이 이와 같은 생각을 하게 될 것이다.

최강자들의 전투.

이것은 무인이라면 한 번쯤 구경해 보길 소원하는 것이지만 그들을 막을 수 있는 이가 없다면? 그래서 그 여파가 주변에 있는 자신에게까지 미친다면?

생각하기도 싫을 것이다. 말 그대로 최강자다. 어긋난 공격 한 번에 자신들과 같은 사람들은 소중한 세 번의 목숨 중 하나를 어이없이 날려 버릴 수도 있었다.

세상에는 독특한 사람이 많다지만 그런 것을 반길 사람이 과연 몇이나 되겠는가.

"오늘 일에 대한 건 나도 뭐라 변명하지 않으마. 하지만 이젠 오늘과 같은 일이 없을 거야. 투귀도 약속을 지킨다고 했고, 단엽이야 성군으로 이름났으니 지키지 않을 리가 없지."

"그렇다 해도 너무 위험합니다."

"하지만 이것보다 나은 방법이 없잖아. 너희도 알고 있겠지만 천진과 북경은 혹여 인공지능이 본격적으로 움직인다고 해도 그것을 막을 수 있는 힘의 발판이 되어줘야 해. 가능하다면 더욱더 많은 지역에서 인공지능을 막아내고 싶지만 지금의 전력으로는 그것이 불가능하니 어쩔 수가 없잖아. 그러니 천진과 북경만큼은 확실히 인공지능의 계략에서 지켜내야 해."

"끄응……."

여원이 뭐라 반박하려 해도 진명의 말은 한 치도 빗나간 것이 없었다.

아무래도 자신들만으론 이 북경을 인공지능의 손아귀에서 벗어나게 하기도 힘들었고, 다른 뚜렷한 방책도 없었다.

"자자, 참아. 참으라구. 이게 전부 비상을 위하고, 그곳에서 플레이하는 너희 자신을 위한 일이잖아. 그래도 투황과 성군이라니, 어디서도 얻을 수 없는 최강의 응원군을 얻은 셈이잖아."

그렇게 진명은 친구들을 설득시키려 애를 썼고, 이와 같은 방법 외엔 다른 방법이 없기에 결국 친구들은 고개를 끄덕였다.

"끄응… 과연 응원군이 될지, 더 큰 문제가 될지……."

어쩔 수 없음에도 끝까지 미련이 남는 여원이었다.

자, 이렇게 이들은 비상의 최강이라면 최강이랄 수 있는 응원군을 얻게 되었다. 하지만 거세게 밀려올 인공지능, 창조주의 힘 앞에서 이들이 과연 얼마나 견딜 수 있을 것인가.

그것은 아직 아무도 알 수 없는 먼 훗날의 일이었다.

◆ 비상(飛翔) 쉰 번째 날개
수련의 나날

비상(飛翔) 쉰 번째 날개 수련의 나날

"잘들하고 있으려나?"

서찰을 보내놓긴 했는데도 걱정이 된다. 쥬신들이야 일원 하나하나가 전부 고수이니 어련히 알아서 하겠느냐마는 문제는 친구들이다. 친구들의 무위만으로 과연 북경을 정리할 수 있을까?

상호나 초매가 있고, 강우 형과 영귀, 그리고 푸우가 그쪽으로 향한다지만 그들만으로는 북경을 정리하기 힘들 것이다. 푸우를 당해낼 인물이 북경에 있다고는 생각지 않지만, 녀석은 그냥 사고만 쳐주지 않으면 그게 도움인데 더 이상 뭘 바랄 수 있을까.

강민 형도 일일이 신경 써줄 만큼 한가하지도 않고 말이야.

"에이, 잘하겠지. 여기서 이렇게 나 혼자 고민한다고 뾰족한 수가 나오는 것도 아니니 편하게 생각하자."

고민한다고 해서 당장 여길 떠나 그쪽으로 갈 수 있는 것도 아니고 말이야. 아니, 내가 갔다가는 이 초절정무공의 단서를 찾아 천추십왕이 몰려올 테니 오히려 더 위험해질 테지. 그렇다고 따로 보낼 수 있는 지원군도 없고 말이야.

"쩝. 뭐, 안 되면 쥬신에서 지원군을 파견해 주겠지."

난 그렇게 중얼거리며 백야를 집어 들고 자리에서 일어났다. 현실에서 하루, 이곳에서 이틀을 쉬지도 않고 내리 수련만 했더니 체력도 바닥을 보였다. 때문에 이렇게 휴식을 취해 체력을 회복한 것이다.

그래도 이틀을 내리 수련한 것 덕분에 일섬지는 완벽하게 익힐 수 있었다. 애초에 내게 부족한 것은 내공이나 성취도와 같은 시간이 오래 걸리는 것이 아닌 숙련도, 그 자체이니 그리 시간이 오래 걸리지 않을 것이다. 으음, 벌써 며칠을 잡아먹어 놓고 오래 걸리지 않았다는 말은 거짓이겠지만, 그래도 이 정도면 빠른 성취라 할 수 있었다.

"자, 마지막 확인이다."

이번 수련의 중점은 숙련도. 그 숙련도에서 가장 중요한 점은 내공을 다루는 것이었고, 그 수련의 일환으로 일섬지의 초식 명을 외치지 않고 초식을 뿌려낼 수 있도록 연습했다.

때문에 하려는 의지가 서자 곧 백야를 쥐지 않은 왼쪽 다섯 개의 손가락 끝이 빛나며 발출의 때만 기다리고 있었다.

좋아, 그럼…….

피융!

엄지로 중지를 튕기자 중지에 머물던 빛이 빠른 속도로 숲 속으로 질주해 들어갔다. 나무들이 빼곡히 서 있었음에도 그 사이를 유유히 뻗어나가는 빛은 확실히 이전 일섬지의 제일초, 일섬쾌지와 큰 차이가 났다. 그러나 이 정도로 만족할 수는 없지.

"시작해 볼까!"

그렇게 중얼거린 나는 손바닥을 하늘로 향하게 눕히고 손가락들을 들어 올렸다. 그러자 손가락 끝에서 미미한 파동이 이는 듯하더니 앞으로만 뻗어가던 일섬쾌지의 빛이 위로 솟구치는 게 아닌가.

그러더니 곧 일섬쾌지의 빛이 솟구친 그 장소에 구멍이 뻥뻥 뚫린 과일들이 떨어져 내리기 시작했다.

"이게 끝이 아니라고!"

난 거기서 멈추지 않고 곧바로 다시 한 번 중지를 튕겼고, 이번에는 중지에서 새어 나간 일섬파지의 빛은 빽빽이 서 있는 나무 사이를 누비며 무시무시한 속도로 뻗어나가기 시작했다. 그리고 일섬파지의 빛은 마침내 목표물과 맞닥뜨렸다.

퍼걱!

처음 쏘아낸 일섬쾌지의 기운에 떨어지던 과일 하나가 일섬파지의 목표물이 되어 산산조각으로 부서져 사방으로 흩어진 것이다.

"훗! 좋았어."

바로 이게 회선지라는 것이지. 이거 익힌다고 고생 좀 했다. 손가락 끝의 미미한 파동에 집중하려니 원… 투결을 사용하여 일섬지의 빛과 손가락 끝을 잇는 미세한 기의 파동을 보지 못했더라면 애초에 익힐 수 없었을 것이다.

"흐음, 그나저나 이놈의 내공 소모는……."

회선지를 익힌 건 좋다. 내가 한 번에 다룰 수 있는 회선지의 개수는 총 세 개. 이 정도면 일섬지는 이미 일류무공의 단계를 벗어나도 한참이나 벗어난 것이니까. 원래 이류무공이었던 일섬지가 이 정도로 발전된 것만으로도 다른 사람들은 경악할 것이다.

　문제는 내공 소모다. 이놈의 회선지를 하나 다루는 것에도 일섬지 수십 발을 쏘아내는 것과 같은 양의 내공이 소모된다. 그러니 나 같은 무적의 내공을 가진 사람이라도 마음 놓고 쏘아댈 수도 없을 뿐더러, 손끝의 파동에 집중하려면 또 엄청난 정신적 데미지가 쌓이니 몇 번 쓰고 나면 금세 피곤해지기 일쑤다.

　아직 보완해야 할 점이 많은 일섬지이긴 하지만 그래도 이 정도라면 만족할 만한 성과라 할 수 있었다.

　[기를 다루는 것이 아주 능숙해졌군.]

　"하하, 그렇습니까?"

　[내가 그대에게 용연지기를 선물하기는 했지만 그 짧은 시간에 이 정도의 성과를 올릴 수 있을 것이라고는 생각지 못했다. 인간들이 다루는 기에 비하여 용연지기는 그 기운 자체가 무겁고 다루기 힘들었을 텐데…….]

　"엥?"

　그랬나? 하지만 난 그전과 별반 다른 걸 느끼지 못했는데…….

　[본디 그대가 지니고 있던 기운이 보통의 기운보다 무거웠을 수도 있지만, 그것보단 그대가 기를 다루는데 뛰어난 재능이 있는 것 같군. 그것이 아니라면 그대 신체 자체의 덕분일지도…….]

　"신체 자체라뇨?"

　[그대도 이미 알고 있지 않은가. 그대의 신체는 이 세상에 존재하는 것들과는 큰 차이를 가지고 있다는 것을.]

　내가 가지고 있는 차이? 그런 게 있었나? 내가 알기로 없… 지 않군.

　바로 버그. 내가 한계를 잊은 몸이었던 걸 잊고 있었구나.

　난 그제야 천년이무기가 하는 말을 이해할 수 있었다. 다른 이들과의 차이… 그것은 다름 아닌, 이 사예에게 존재하는 한계를 잊은 버그를 뜻하는 것이었다.

[그렇다. 그대는 이 세상에서 어느 누구보다 더 큰 가능성을 가지고 있다. 또한 흔히 바깥 세상의 사람들이 말하는 감도라는 것을 그대는 항상 최고로 올려놓았기 때문에 기에 대한 적응력도 빨랐다. 그렇지 않고서라면 용연지기를 그리 쉽게 다루지는 못했을 것이다.]

"하… 하하, 그렇습니까?"

난 천년이무기의 칭찬에 어색한 웃음을 지었다. 뭐, 어쩌다가 얻은 버그치고는 꽤… 아니, 상당히 괜찮은 버그이긴 하지.

[그런데 그대는 아직 자신의 힘에 대해 완벽히 깨닫지 못하는 것 같군.]

"음, 그래서 지금 모든 무공들을 돌이켜 익히고 있습니다."

[아니, 내가 말하고자 하는 것은 무공이 아니다. 그대 자신의 진정한 힘을 깨닫지 못하고 있다는 것이다. 음, 어쩌면 이 말에 그 무공이 포함될 수도 있겠군.]

무공을 말하고자 하는 게 아닌데 무공이 포함될 수도 있다고? 참 어려운 말이구만. 그런데 나의 진정한 힘이라니……. 도대체 무슨 말인지 알 수가 없는 소리만 하는 거야?

"그게 무슨 말입니까?"

[내가 도움을 줄 수 있는 건 여기까지다. 나머지는 그대가 생각해야 할 일.]

"앗! 그러실 겁니까?"

[그대는 그대의 힘을 남이 키워주기만을 바랐던가? 내가 그대에게 용연지기를 선물한 것은 그대에게 힘을 준 것이 아니다. 그대의 가능

성을 깨우는 발판을 마련해 준 것일 뿐. 그것을 밟고 뛰어오르는 것은 바로 그대 자신임을 깨닫지 못했는가.]

"끄응……."

저렇게 나오니까 할 말이 없잖아. 에이, 뭐 내가 생각해도 좀 전의 행동은 내가 잘못했다. 남한테만 의지하려 하다니……. 의지할 곳이 없었던 내게 갑자기 나보다 훨씬 강력하고 인자한 의지할 존재가 생기니까 마음 한구석이 약해졌었나 보다. 뭐, 처음부터 그리 강하지는 않았지만 이렇게 어리광을 피울 정도는 아니었으니까.

[너무 상심하지 말도록. 사실 이 부분은 내가 직접 말해 주면 오히려 그대의 가능성을 막아버릴 우려가 있기에 직접 말해 주지 않는 것이다. 한계를 정하기 전까지는 그대의 가능성은 무궁무진하다는 것을 명심해라. 나 또한 그 한계를 정하지 않는 부분에서 조언해 주겠다. 그러니 너무 상심하지 마라.]

"알겠습니다."

가능성과 한계.

어찌 보면 참 추상적이기만한 것에 직면해 있다고 생각되니 이건 긴장되기보다 실감이 나질 않는다. 아아, 이럴 때는 그냥 아무 생각 없이 수련을 하는 게 제일 좋아.

수련할 때는 아무 생각 없이 하는 게 제일 좋은 건 도제도결을 익히면서 증명했잖아. 그때는 오로지 살아남을 생각으로 도제도결을 익혔던 거고, 그 덕분에 지금의 내가 있을 발판이 마련된 거니까.

"좋아! 해보자고!"

난 고함을 지르며 다시 한 번 전의를 불태웠다.

일주일이라는 시간이 너무나도 빨리 지나갔다.

그 일주일 중 가장 놀라웠던 사건은 바로 현재의 상황을 얘기해 주고 있는 초매의 전서였다.

초매의 전서에 따르면 쥬신은 더할 나위 없이 천진을 제압해 나가는 중이란다. 삼총사, 그분들이 나섰다니……. 쥬신인들이 조금 불쌍해지기는 하지만 일 처리는 확실한 분들이니 믿음이 간다.

특히 진랑 형이나 비마 형과는 달리 디다 형의 전쟁은 나도 소름끼칠 정도였다.

그야말로 전쟁이란다. 장기로 치자면 왕(王)인 디다 형은 두 개의 차(車)와 포(包)만을 대령한 채 상대의 진영으로 들어가 상대의 모든 말들을 움직여 스스로 싸우게 만든 후, 차와 포로 나머지 모든 것을 싹쓸이 했다고 한다.

차도살인지계라고 하는데, 이게 나도 말만 들어봤지 실제 가능한 것인 줄은 꿈에도 몰랐다. 하여간에 디다 형에게 현자라는 칭호는 괜히 붙은 게 절대 아니었다.

이 세 분이 천진을 휘어잡고 있기에 쥬신에선 전 지역에 퍼진 모든 쥬신인들까지 모두 다 불러들이고 있다 한다. 하긴 저 정도로 일을 크게 벌이는데, 그 뒷수습이 장난이 아니겠지. 어쨌든 삼총사 분들을 제외한 나머지 쥬신인들만 죽어나게 된 것이다.

어쨌든 그렇게 쥬신은 그럭저럭 잘 돌아간다고 하는데…….

"문제는 그쪽이로군."

솔직히 쥬신인들은 걱정하지 않았다. 좀 울퉁불퉁한 언덕이나 산맥이 가로막고 있다면 그냥 일직선으로 뚫어버릴 양반들이니까. 하지만 내가 진짜 걱정한 것은 바로 친구들이다.

저번에도 말했다시피 친구들만으로 북경을 정리하기엔 무리가 크다. 강우 형 등이 도착한다지만 그래도 힘들다.

말이 북경 하나지 그게 좀 넓은가? 천진을 삼총사 분들만으로 제압할 수 있는 건, 그분들이 괴물인 까닭이지 결코 천진이 녹록해서가 아니다.

어쨌든 그렇게 걱정했었는데, 초매의 말로는 강민 형이 응원군을 보내줬단다. 근데 그게 또 문제가 커지는 게… 그 응원군이라는 게 하필이면 나도 감당 못할 성군 단엽과 투귀 녀석이라니…….

도대체 강민 형은 무슨 생각으로 그들을 응원군으로 파견한 거야? 아니, 그보다 어떻게 그들을 움직일 수 있었는지가 궁금하다.

뭐, 단엽이야 비상의 정의가 어쩌고저쩌고 꼬드기면 넘어올 것도 같지만 절! 대! 투귀는 그렇지 않다. 만약 투귀 앞에서 그랬다가는 말도 끝나기 전에 주먹이 날아올 것이 분명하다.

그런 놈을 응원군으로 파견하다니… 새삼 강민 형의 능력이 어디까지인지 궁금증이 든다.

어쨌든 본론으로 들어가서 난 솔직히 이 단엽과 투귀라는 단어가 같이 나오면 분명히 싸움이 벌어질 줄로만 알았다. 그랬다가는 북경의 정리가 대수겠는가? 아주 북경 자체를 쓸어버릴 공산이 크다. 적어도 그 둘의 능력이면 그 정도는 가능하다.

그런데 이게 예상과는 다르게 흘러간단다. 첫날엔 단엽과 투귀가 싸울 뻔했는데 다음날부터는 싸우지 않고 북경의 정리에 열중해 있단다.

뭐, 정리라는 게 단엽은 직접 찾아가 공손히 이런저런 얘기를 나눠서 항복시키는 게 대다수고, 그게 아니라면 직접 그 문파의 문주와 결단을 짓는다고 한다. 투귀에겐 별것있겠는가? 다짜고짜 쳐들어가 부숴 버리는 게 투귀의 방식이다. 그것도 하루에 다섯 개의 문파 정도는 끄떡없단다.

인공지능에 대비해서 하나의 전력도 아까운 판에 참 미친 짓이라 할 만하다만, 안타깝게도 단엽이 투귀의 일에 관섭하지 않으니 투귀를 막을 만한 존재가 없어 별수없이 일이 진행되고 있단다.

"이건 일을 정리하자고 하는 건지, 일을 더 크게 만들어 버리는 건지……."

하루에 다섯 개를 박살 내면 지금쯤 이미 북경이 손에 잡혔을 거 아냐. 속전속결이긴 하다만, 이래서야 어떤 사람이 마음 놓을 수가 있겠냐고!

"하아, 하아… 진정하자. 흥분해 봐야 나만 손해야. 후우……."

난 숨을 들이셨다 내쉬었다를 반복하며 애써 마음을 진정시켰다.

흐유… 어쨌든 간에 일이 그렇게 진행되었다니 정리는 확실히 한 셈이다. 설마 그렇게 밟혔는데 또 기어올라 와서 세력 싸움하는 놈은 없겠지?

초매의 전서는 그런 내용으로 끝을 맺었다. 쩝, 사랑의 하트 표시를 기대한 건 아니지만 그래도 뭐라 몇 마디가 담겨 있길 바랐는데……. 하긴 나 자신도 쪽팔린다고 전서에 할 말만 대충 적었으니까 뭐라 말할 처지가 아니지.

이런 전서를 읽는 것 외에 일주일 동안의 성과라곤 운영각과 원주미보, 그리고 능공천상제를 다시 배워보는 일이었다.

일섬지에 비해서 아주 짧은 시간밖에 걸리지 않았지만 성취도는 만족스러웠다.

사실 일주일 중 대부분을 소비한 것은 운영각이다.

성운추명(星雲追明), 운영초각, 운하난각, 유운만각의 네 가지 초식으로 이루어진 운영각은 역시 일섬지와 비슷하게 자주 사용하지 않았는지 그 활용을 제대로 써먹지 못하고 있었다.

내가 알지 못하던 운영각의 진정한 묘수는 어떤 보법에도 잘 녹아들어 가 어떠한 상황에서도 쓸 수 있다는 것이다.

즉, 확실히 정신만 분산시킬 수 있다면 원주미보를 밟으며 현월광도의 수로 적을 공격하는 외중에도 운영각으로 상대의 주의를 분산시킬 수 있다는 거다. 보조의 의미로 큰 무공이 바로 이 운영각이다.

어느 정도까진 같이 사용할 수 있겠는데, 정말 실제 전투에 들어가서도 정신을 차리고 이 운영각을 사용할 수 있을지……. 뭐, 그래도 일단 수련은 해뒀다.

그리고 원주미보, 솔직히 수련할 게 없었다. 내가 익히고 있는 무공 중에서 도제도결과 함께 가장 오래된 무공이 바로 이 원주미보다. 아, 축뢰공과 폭기공도 있지만 그 두 개는 이런 식의 수련으로는 아무런 도움이 안 되는 거니 제외하자.

그런 원주미보다 보니 역시 원을 이용한 응용을 몇 가지 수련했을 뿐, 별달리 수련할 게 없었다.

그리고 능공천상제도 마찬가지다. 능공천상제야 빠르고 하늘을 밟는 것밖에 별다른 건 없으니까, 그로 인해 사용할 수 있는 응용을 다른 무공들과 연결시켜 본 게 전부다.

단지 이랬을 뿐인데도 일주일이란 시간이 흘렀다. 하루하루가 너무나도 빨리 흘러가는 것 같아 초조하기 그지없다.

특히 저번에 천년이무기가 내게 해주었던 말. 그 말을 몇 번이고 되새겨 봤지만 내 머리 속에서는 아직 뭔가가 떠오르지 않고 있다. 분명… 뭔가 잡힐 것 같긴 한데…….

천년이무기도 그런 나에게 몇 가지 조언을 해주었지만 아직까지 부족했다. 내가 놓치고 있는 힘이 무엇일까? 한계와 가능성. 이 두 가지의 단서에 그 해답이 있을 것만 같지만 그 해답이란 아직까지 멀기만한 곳에 있었다.

그렇게… 또 시간은 흘러갔다.

한 달이 지났다.

한 달 전 내게 남았던 것은 현월광도와 초풍건룡귀, 광한폭뢰장, 그리고 생사일보였다.

현월광도를 제외하곤 아직 마의 8성에도 도달하지 못했던 것들이었다. 다시 한 번 꺼내어 펼쳐 보는 현월광도의 움직임은 예전과 사뭇 다른 모습이었다.

단순히 한월과 백야라는 도가 바뀌었을 뿐인데도 그 섬세함이 몰라볼 정도로 늘어났다. 물론 한월 때보다 초식의 파괴력은 떨어졌지만 지금 내게 필요한 것은 얼마만큼이나 익숙해지느냐였지, 그 파괴력이 아니었다.

그런 백야 때문이었을까. 지금 내 손끝의 감각은 몰라볼 정도로 발전했다. 마치 나와 백야를 손끝의 실낱같은 또 다른 무엇으로 연결해 둔 듯이 백야의 움직임 하나하나가 내 손끝에서 살아났다.

백야를 처음 쥐었을 때 펼친 현월광도와도 많은 차이가 났다. 그때는 내가 백야를 따라갔던 것이라면, 이젠 내가 백야를 압도하여 내 의지대로 현월광도를 펼쳐 내고 있다.

단순히 백야의 움직임을 도와주는 입장에서 오히려 백야가 내 움직임을 보조해 주는 입장으로 바뀐 것이다.

"바로 이렇게."

아무런 소리도 없이 흰색의 여덟 줄기 선이 쭉 뻗어나가 허공을 베며 지나왔다. 아주 안정되고 망설임없이, 한 폭의 그림이라도 그리는 듯 자연스런 움직임이었다.

바로 잔월향이 펼쳐진 것이다. 되돌아오는 듯하던 잔월향의 초식은 비틀어 쳐 내려갔다.

"삭월령."

삭월의 이슬비가 광포하게 쏟아져 내렸다. 이슬비는 조용했지만 삭월은 그렇지 못했다.

파파팟!

도기도, 도강도 맺혀 있지 않은 백야지만 밑에 깔린 돌멩이들이 삭월령의 기세에 밀려 사방으로 튕겨났다. 그만큼이나 광포하고 빠른 초식이었지만, 백야의 끝은 조금도 흔들리지 않고 안정되었다.

그런 광포한 움직임이 다시 느린 호선을 그리기 시작했다.

"망월막."

긴 잔영을 남기는 듯 아주 천천히 움직이지만 상대방이 공격해 올 수 있는 모든 방위를 차단하는 초식. 마치 나를 중심으로 하나의 구를 그리는 듯 움직이는 백야의 모습은 그 어느 때보다 고요했다.

그렇게 잔월향, 삭월령, 망월막으로 이어지는 현월광도를 계속해서 펼쳐 단월참까지 끝냈다. 전혀 어울리지 않을 듯한 초식이 그 어느 초식들보다 자연스레 이어지며 하나의 춤으로 만들어내었다. 이게 바로 월광무.

무슨 능력이 있는 것인지는 모르겠지만 이 하나의 춤, 월광무가 완성될 때마다 난 무엇이든 할 수 있다는 느낌을 받고는 했다. 그리고 얼마 전에 그런 느낌은 현실이 되었다.

그것이 월광무 때문인지는 알 수 없지만 내가 잊고 있었던 힘 중 한 가지를 떠올리게 해주었던 것이다.

[그렇게 놀라운가?]

승천할 때가 다 되어가는 것일까? 요즘 따라 잠잠하던 천년이무기가 오랜만에 모습을 드러내었다. 며칠 전 내가 깨달은 힘 중 하나를 축하해 주러 나온 이후 처음으로 나온 것이었다.

"그럼, 놀랍죠. 세상에! 내가 이런 힘을 기억하지 못하고 있었다니……."

난 백야를 쥐지 않은 왼손을 주먹을 쥐었다 폈다 하며 대답했다.

내가 기억하지 못했던 힘, 그것은 바로 물음표의 능력치였다.

옛날 영호충, 노도가 내게 알려주었던 그 힘. 능력치를 극한까지 끌어올려 그 극한의 능력치를 뛰어넘게 되면 물음표의 능력치… 즉, 무한의 능력을 얻게 된다는 그 힘.

그동안 많은 일들이 있어서 그런지 어느새 내 모든 능력치는 그 한계인 1,000이란 숫자에 달해 있었다. 그리고 그중 힘이 1,000의 능력치를 넘어 물음표의 능력치에 달해 있었다. 아무래도 내가 가진 능력치 중 가장 빨리 성장하던 것이 힘이었으니 힘부터 극한의 능력치를 깨는 것은 당연한 것이었다.

사실 백야의 능력치를 보자면,

종류 : 무가―도(刀)

내구력 : 100000

공격력 : 900

필요 힘 : 300

필요 민첩 : 600

필요 정신력 : 800

재질 : 백호아(白虎牙)

가격 : ?

능력─영성(靈性) 존재

예기(銳氣) 발동 가능

내구력 자동 회복

특이성─보패 아이템

이렇다.

내 능력치가 어느 정도 상한 이상이 되면서 난 각각의 무기마다 필요 능력치를 확인할 필요성을 느끼지 못했고, 공격력 역시 직접 휘둘러 보면 어느 정도 알 수 있었기에 얼마 전에야 확인한 백야의 능력치다.

이것을 보면 내구력, 공격력은 한월보다 뒤지지만 이 역시 굉장한 보도라는 것을 알 수 있다. 그런데 필요 능력치의 정신력을 보라.

800. 한월조차 필요 능력치가 힘 600, 민첩 450, 정신력 400이었는데 힘과 민첩은 제하더라도 필요한 정신이 무려 두 배나 되는 것이다.

지금 생각해 보면 강우 형에게 백야를 받은 그때, 능력치를 확인해 보았더라면 내 능력치가 한계치에 달했다는 것을 알 수 있었을 텐데……. 아아, 이놈의 귀찮음이란 정말 문제야.

"물음표의 능력치라니……."

말은 들었지만 정말 이게 가능할 줄은 몰랐다. 뭐, 내 경험치는 애초에 물음표였지만, 경험치야 아무리 많아도 레벨이 오르지 않는 나에겐 불필요한 것이니 상관없지만 힘은 다르다.

이제 난 힘으로 할 수 있는 일은 무엇이든 가능하다는 말이다.

[그렇다. 그대는 이제 힘으로 할 수 있는 일은 무엇이든 가능하다. 하지만 그것이 그냥 되지는 않는다.]

"엥?"

저건 또 무슨 말이래?

[그대가 물음표의 능력치라 부르는 초극(超極)의 힘은 그대에 따라 그 능력이 달라진다. 그대의 할 수 있다는 믿음이 산이라도 옮길 수 있을 정도면 실제 그대는 산을 옮길 수 있을 것이다. 하지만 인간에게 이론과 진실은 큰 차이를 보인다. 그대가 아무리 믿을 수 있다고 외쳐 본들, 그것이 진실 된 마음이 아니라면 오히려 그대가 들고 있는 백야라는 도도 들지 못할 것이다.]

"흐음… 그러니까 쉽게 말해서 내가 얼마만큼이나 내 능력치에 자신감을 가지느냐에 따라 물음표의 능력치… 아니, 초극의 힘이라는 것의 능력이 천지 차이가 된다는 말입니까?"

[그렇다.]

그거 큰일이군. 나만큼 나 자신을 못 믿는 놈도 세상에 없을 테니……. 이러다가 정말 천년이무기의 말처럼 싸움 도중에 백야나 한월이라도 놓치는 거 아냐? 그럼 죽는 건 둘째 치고 엄청 쪽팔릴 텐데!

아아, 이런 한심한 생각이나 하고 있다니… 나란 놈은 참 철들기 힘든 놈이야.

"에잇! 이렇게 된다면……."

난 주변에 실험할 수 있을 만한 것이 없는지 둘러보다 곧 찾을 수 있었다.

"좋아, 저거다!"

난 능공천상제를 사용해 용호의 반대편으로 향했다.

예전과는 비교도 안 될 정도의 스피드와 안정감. 이것이 능공천상제에 완벽히 익숙해진 모습이었다.

어쨌든 내가 설명하려는 건 능공천상제가 아니니 이쯤에서 접도록 하고…….

"자, 이것을 이제 어떻게 해본다?"

난 내 키만한 커다란 바위를 바라보았다. 이게 바로 내가 실험할 물체라는 거지.

사실 이 바위는 내가 매일 보던 거다. 수련을 하다가 앉아서 쉴 때는 이 용호 건너편에 있는 커다란 바위 위에서 쉬기 때문에 정면으로 이 작은 바위가 보였다. 그렇기에 바로 이 바위를 실험 상대로 정할 수 있었다.

으음, 근데 건너편에 있는 바위랑 비교해서 작다는 거지, 이거 하나만 앞에 두고 작다고 할 수 있나? 내 키만하고, 양팔로 감싸도 3할을 두를 수 있을까 의문이 드는데…….

"실제라면 이걸 들 생각 따위도 안 했겠다."

아니, 실제가 아니라 얼마 전까지만 해도 이걸 들 생각 따윈 하지도 않았다. 힘이 1,000이라면 충분히 가능했을 수도 있지만… 세상에 어떻게 이런 바위를 사람이 든단 말인가. 이걸 들게 되면 이미 인간이 아닌 괴물인 것이다.

"으음, 그럼 이걸 들려고 하는 난 뭐야?"

갑자기 이상한 궁금증이 떠올랐지만 애써 무시하며 난 정신을 바위에 집중했다. 양팔로 바위를 감싸고… 자, 하나, 둘, 셋에 들어 올리는 거다.

"하나… 둘… 셋! 으라차차차차!"

난 있는 힘, 없는 힘 가리지 않고 모두 끌어올려 바위를 들어 올리는 것에만 집중했다. 내가 생전에 이렇게 힘을 써본 적이 있었는지 의문이 들 정도로 정말 열심히, 젖 먹던 힘까지 다 짜내어 바위를 들어 올리려 했다.

그리고 마침내…… 힘이 빠졌다.

"크억! 헥! 헥! 헥! 이, 이건 인간이 할 짓이 아냐……."

바위는… 손톱만큼도 움직이지 않았다.

제기랄! 말이 나와서 하는 말이지. 이걸 어떻게 사람이 들어 올릴 수 있다는 거냐고. 소설에서 보면 내공을 사용하고 그런다던데 비상에서 내공은 힘 따위와는 아무런 연관도 없단 말이야!

[그런 생각으론 그 바위를 들 수 있을 리 없다.]

천년이무기의 음성이 귓속을 울렸다.

제기랄, 아무리 그렇게 말해 봤자…….

"이만큼이나 힘을 줬는데 안 되면, 안 되는 거 아닙니까?"

[난 그대의 마음을 읽을 수 있다. 나조차 그대가 머리 속으로 떠오르는 생각이 눈에 보이는데, 어찌 그대 스스로가 자신의 머리 속에 떠오르는 생각을 느낄 수 없단 말인가.]

으윽! 역시 연륜인가? 말발이 장난이 아냐.

"알았습니다. 다시 해보면 될 거 아녜요."

난 그렇게 말하며 자리에서 일어섰다. 그런데 이게 웬일?

지금까지는 아무렇지도 않던 허리춤이 갑자기 무거워져 하반신을 짓누르는 게 아닌가.

허리춤에는 대충 묶어둔 백야가 대롱대롱 매달려 있었다.

"왜, 왜 이렇지?"

[그대의 자신감이 사라졌기 때문이다. 차라리 지금 그만두어라. 지금 그대의 모습으론 그 바위는커녕, 자칫 잘못하면 백야라는 도 또한 들 수 없게 될지도 모른다. 작은 돌멩이부터 차근차근 무게를 늘려가며 자신감을 키워간 후, 그때 다시 시도하는 게 좋을 것이다.]

천년이무기의 말에 난 가슴속 깊은 곳에서 오기가 치밀어 오르는 것을 느꼈다.

아무리 내가 나 자신을 못 믿는 놈이라 해도, 이대로 포기하는 건 성미에 안 맞다고! 내가 적당히 한다고 날 무시하지 말란 말이야!

난 다시 바위 앞에 섰다. 허리춤에선 계속해서 하체를 짓누르는 무게가 느껴졌지만 무시했다. 쳇! 지금까지 느껴지지 않던 무게가 이제 와서 느껴질 리가 없잖아! 기분 탓이야, 기분 탓!

"제기랄! 이따위 바위! 백 번이고 들어주마!"

난 다시 바위를 양팔로 감싸고 힘을 주기 시작했다.

"*끄으응!*"

역시 조금도 움직이지 않는 바위에 팔에선 힘이 빠져나가고, 허리춤의 무게는 갈수록 무거워져 당장이라도 주저앉아 버릴 것 같았다. 그러나 난 버텼다. 이따위 돌에 진다면 사람의 체면이 말이 아니라고!

"으라차차차차차차!"

그렇게 힘을 주기를 몇 분이나 지났을까? 이미 전신에서 힘이 빠지고 있었다. 사람이 전력을 낼 수 있는 시간은 그리 길지 않다. 평소 때라면 나 또한 분명 그 한계가 왔을 터.

아니, 잠깐. 한계? 내가 스스로 한계를 잡아두고 있는 건가?

난 머리를 쇠망치로 한 대 두들겨 맞은 것과 같은 느낌이 들었다.

제기랄, 나 스스로 한계를 잡아뒀는데 어떻게 이 바위를 들 수 있겠는가. 난 착각하고 있었다. 이건 나와 바위의 싸움이 아닌, 나 자신과의 싸움이다.

"빌어먹을! 멍청한 나 따위한테 질 순 없다고! 끄아아아아압!"

난 나 스스로를 욕하면서도 손에 힘을 불어넣는 걸 멈추지 않았다.

그런데 어느 순간. 손끝에서 힘이 사라졌다. 내 손에서 힘이 빠진 게 아니었다. 힘을 주던 주체가 사라진 느낌이랄까? 내 손에 힘을 주게 할 그 무엇인가가 사라지자 막혀서 상승만 해가던 힘이 자연스레 그대로 흘러가는 느낌이었다.

그리고 그 느낌의 끝에는 믿을 수 없는 광경이 펼쳐져 있었다.

그그그궁!

"해, 해냈다."

내 양팔이 감싸고 있는 그것. 마치 내가 바위에 매달려 있는 것과 같은 풍경을 거꾸로 역전시켰다.

내가 바위를 들어 올린 것이다.

후두둑!

바위의 끝이 위를 향하자 흙이 후두둑 떨어지기 시작했다.

어느 사이엔가 묵직하던 허리춤도 언제 그랬냐는 듯이 아무런 감각이 들지 않을 만큼 가벼워져 있었다.

이것이… 물음표 능력치, 극한의 힘…….

난 바위를 든 채 뒤로 돌아 천년이무기를 바라보았다. 그랬더니 바위가 눈을 가리고 있어 옆으로 서서 천년이무기를 바라보며 외쳤다.

"봤죠?! 해냈습니다! 으하하하하하!"

[그렇군.]

"이게 극한의 힘이란 말이죠? 별거 아니네요. 크하하하하하하!"

누가 봤다면 기고만장의 극치라 하겠지만 뭐, 어떤가! 해냈는데! 이제 극한의 힘을 마스터했다고!

근데… 이건 뭐지?

"으잉?"

난 갑자기 주변이 어두워지는 걸 느꼈다. 내가 바위를 들고 있어서 그로 인해 생기는 그늘이 아니었다. 그보다 훨씬 넓은 그늘이 주변에 생기기 시작했다.

그러다가 문득 난 천년이무기의 꼬리가 웬일로 밖에 나와 있는 것이 보였다. 그리고 그 꼬리의 끝은 내 머리 위로 올라와 있었다.

"뭐… 하는 겁니까?"

[한 수련에 성공했으면 다음 수련을 해야 할 것 아닌가.]

"으잉?"

이거… 불안한데. 뭐, 뭔가 불안한데…….

[그대가 다시 건너편으로 건너오지 않아도 되도록 내가 바위를 들어 그대의 위로 올려주겠다.]

"네, 네?"

불안은 현실이 되었다.

[그럼, 받아라.]

갑자기 거대한 압력이 날 짓누르는 것과 같은 기분이 들었다. 아니, 실제로는 그렇지 않은데 느낌이 그러했다.

위를 본 나는 내가 자주 앉아서 쉬던 거대한 바위가 나를 향해 인사
하는 것을 볼 수 있었다.

"하… 하하하… 젠장……."

난 코앞으로 다가온 바위를 마지막으로 희미해져 가는 정신의 끄트
머리를 놓쳐 버렸다. 제기랄…….

◆ 비상(飛翔) 쉰한 번째 날개

무림정상회담(武林頂上會談)

비상(飛翔) 쉰한 번째 무림정상회담(武林頂上會談)

개방(丐幫).

거의 모든 무협소설에 등장한다고 할 수 있을 정도로 아주 유명한 방파다. 거지들이 모여서 만들어진 개방은 수많은 인원과 그 인원에서 나오는 정보력, 그리고 타구봉법(打狗棒法), 강룡십팔장(降龍十八掌)과 같은 뛰어난 절기로 인해 결코 무시할 수 없는 방파다.

정도무림의 상징이라는 구파일방 중 일방을 칭하는 단어이며, 그 잠재된 힘은 다른 구파에서도 상위라 할 수 있다.

비상의 세계 또한 거지는 존재했고, 개방 또한 존재했다. 그런 개방의 총타는 천진에 있었고, 그 총타에만 머물던 한 인물이 웬일로 총타를 벗어나 하북으로 발걸음을 내딛고 있었다.

천진에서 얼마 떨어지지 않은 곳엔 임구(任丘)라는 작은 도시가 존재했다. 그리고 개방의 인물이 향하는 곳은 임구라는 작은 도시의 한 주루(酒樓)였다.

그 주루를 향하는 개방 인물의 발걸음은 매우 경쾌히 움직이고 있었다.

천진의 한 장원. 항상 시끄럽기만 하던 장원이 요즘 따라 아주 조용한 나날을 보내고 있었다. 그도 그럴 것이 요 얼마 동안 사람들이 장원을 잘 찾지 않았기 때문이다. 심지어 주인조차.

손뼉도 마주쳐야 소리가 난다고. 장원 안에 누구든 사람들이 있어야 사람들끼리 맞부딪치는 소리가 들릴 터인데, 가끔 가다 한두 명 있는 것을 빼놓곤 사람이라고는 없으니 조용할 수밖에 없었다.

얼마 전까지만 해도 잘 알려지지도 않았던, 하지만 요즘은 사람들의 입에 자주 오르락내리락하기 시작하는 의문의 단체, 쥬신제황성의 본거지는 오늘도 썰렁하게 제자리만 지키고 있을 따름이었다.

하지만 썰렁하다고 하여 그 안에 아무도 없는 것은 아니었다. 웬일로 다다가 장원을 지키고 있었기 때문이다.

"흐음, 일이 잘 진행되고 있군. 이대로만 계속된다면 천진은 순조롭겠어. 그리고 북경 쪽에도 걱정했던 것과는 달리 예상외의 변수 덕분에 아주 잘 돌아가니 천진과 북경은 물론 하북까지 노려볼 만하겠군."

다다는 딱딱한 나무 의자에 등을 기대며 손에 들려진 긴 문서를 읽어 내리고 있었다. 그 문서에는 갑자기 나타난 의문의 세력이 천진과 북경을 점령하고 있다는 내용이 기재되어 있었다.

의문의 세력, 그것은 두말할 것 없이 쥬신제황성이었다.

실제 북경을 맡고 있는 것은 쥬신제황성이 아니고, 또 점령하고 있다는 표현도 올바르지 않지만 정보를 사고파는 하오문(下午門)에 다다가 직접 가서 사온 문서에는 그리 기재되어 있었다.

"어느 날 갑자기 시작된 이들의 행보는 아무런 계획이 없었던 것처럼 조잡하기 이를 데 없어 보였다. 하지만 그 계획이 미약한 것이 아니라 절대적인 그들의 힘을 믿었기 때문으로 보인다. 누구도 막을 수 없고, 누구라도 억누를 수 있는 절대적인 힘. 그것이 현 상황을 만들고 있는 가장 핵심적인 요점이라 할 수 있다."

디다는 문서의 맨 마지막에 기재된 문장을 읽고선 문서를 탁자 위에 올려놓았다.

"단순히 게임의 일개 문파가 만든 자료치고는 제법이군. 핵심을 찌르고 있어. 그렇다 하더라도 우리를 막을 순 없을 테지만, 아주 가깝게 접근하고 있군. 하지만 이런 하오문에서도 역시 인공지능과 현재 비상에서 일어나는 전향(戰香)에 대해서는 전혀 느끼지 못하고 있으니……."

디다는 각종 정보를 사들이며 알게 모르게 인공지능과 비상에서 일어나고 있는 몇 가지 의문스런 사건에 대한 정보도 구해보려 했다. 하지만 인공지능은 고사하고, 비상에서 일어나고 있는 사건들도 별것 아닌 일들뿐이었다.

폭풍전야(暴風前夜)란 이런 것일까? 세력 싸움으로 시끌시끌한 비상을 조용하다고 말할 수 있을지는 모르겠지만 비상의 중심, 모든 것을 알고 있는 그들은 지금이 매우 고요하다고 느끼고 있었다.

무서운 폭풍이 찾아오기 전날 밤처럼 시간은 매우 고요하고 조용히 흘러가고 있었다.

디다는 그것이 걱정이었다. 차라리 무슨 사건이라도 터진다면 조금 안심할 수 있으련만, 세력 싸움이라는 겉바탕의 물결만 일으켜 놓고 깊

은 수면 속으로 자취를 감춘 인공지능들의 행보에 디다는 왠지 불안이
엄습해 오는 것을 느끼고 있었다.

"그나저나 지금쯤 시작했겠지?"

작은 미소를 지은 디다는 대충 방향을 가늠해 보고는 그 일이 일어
나고 있을 방향을 바라보았다.

"잘할 수 있을 거야. 그라면 분명 잘할 수 있을 거야… 분명……."

알 수 없는 혼자만의 중얼거림을 내뱉으며 디다는 그렇게 상념에 빠
져들었다.

영경루(靈境樓)는 하북의 작은 도시 임구에 자리잡은 제법 큰 주루
다.

임구라는 도시 자체가 그리 크지 않기 때문에 그곳에 있는 주루가
얼마나 클까 싶지만 영경루는 하북에서도 알아주는 주루 중 하나였다.

주변 경치는 다른 곳의 절경에 비하여 선히 낫다고 단정하여 말할
수 없지만, 영경루 자체의 시설과 영경루가 자랑하는 셀 수 없을 정도
로 많은 종류의 술들이 수많은 객들의 발길을 잡고 있었다. 영경루에
속해 있는 기녀들 역시 다른 일류주루에 비해 결코 떨어지지 않기에
인근에서 가장 유명한 주루가 바로 이 영경루였다.

때문에 영경루는 아무나 들어갈 수 없을 정도로 모든 것이 비싸다.
다른 주루에 가서 밤을 새며 술을 마실 수 있을 정도의 금액으론 영경
루에서 한 시진도 버티기 힘들 정도였다.

그만큼 값이 비싼 영경루에 평소라면 결코 가까이 접근치 못했을 한
거지가 들어서고 있었다. 영경루의 지배인이나 모든 점소이를 담당하
는 이를 비롯하여 그 주변에서 일하는 모든 이가 들어서는 거지를 보

고선 잠시 눈살을 찌푸렸다. 하지만 그렇다고 거지를 쫓아낼 순 없었다.

그들은 들어선 거지의 정체를 알고 있었던 것이다.

개방의 장로. 그들로선 감히 막을 수 없는 인물이었다.

일반 개방의 거지도 아닌, 장로였다. 중원의 모든 거지들이 떠받든다는 개방의 방주 바로 아래의 직책. 정확히 말해 바로 아래의 직책인 것이지 개방 방주라도 함부로 할 수 없는 직책이 바로 장로라는 직책이었다.

아무리 거지라도 겨우 하나의 주루에서 일하는 그들과는 신분 자체가 다른 것이다. 그런 인물을 어떤 누가 막을 수 있겠는가. 게다가 오늘 영경루 전체를 전세 낸 인물의 손님으로 찾아온 바에야……

그저 지저분해지는 바닥의 모습에 다시금 깨끗이 청소해 놓아야 한다는 사실만을 뇌리에 깊숙이 못질할 뿐이었다.

그런 이들의 심정을 알기라도 한 것일까? 그들을 한 번 쭈욱 돌아본 개방의 제일장로 유운개(流雲丐)는 샛노란 이를 드러내며 씨익 웃고는 지배인을 향해 다가가기 시작했다.

그러자 지배인도 지금의 상황을 되새기고는 재빨리 표정을 바꾸며 다가오는 유운개를 맞이하였다.

고약한 냄새가 지배인의 후각을 마비시킬 정도였지만 지배인은 몸에 밴 직업 정신을 되살리며 애써 아무렇지도 않은 척 미소를 지었다.

"영경루에 오신 걸 환영합니다, 유운개 장로님. 어서 오르시지요. 위에서 기다리고 계십니다."

"허허, 그럴까나?"

유운개는 지배인의 말에 웃음을 지었다. 지배인은 그런 유운개를 영경루의 삼층, 특급실로 인도했다.

삼층은 고관대직의 인물이 아니면 감히 출입을 불허하는 곳으로, 평소 때와 같았다면 아무리 유운개가 개방 장로라 할지라도 거지를 출입하게 할 수 없다는 신념으로 목숨 걸고 출입을 막았을 곳이다.

하지만 오늘은 유운개 일행이 영경루 전체를 전세 낸 입장이니 울며 겨자 먹기일지라도 얌전히 유운개를 인도할 수밖에 없었다.

영경루의 삼층.

복도부터 고급스런 장식들이 나열되어 있어 굉장히 호화스러운 느낌을 주고 있는 곳이었다. 바닥을 비단 융단으로 깔아놓았으며, 복도 끝 삼층에 존재하는 유일한 방으로 통하는 문에 있는 조각은 장인의 혼이 살아 숨 쉬고 있었다. 또한 코를 적당히 자극하는 향긋한 향기는 더 더욱 기품을 살려주고 있었으며, 삼층의 곳곳에는 일반인들은 평생 구경도 할 수 없을 만한 것들이 존재하고 있었다.

그야말로 높은 분들을 위한 자리임이 명백히 드러날 정도인 것이다.

그런데 그렇게 영경루가 자랑하는 삼층의 복도가 한 낯선 발걸음으로 인하여 본래의 품격을 잃어가고 있었다. 그 낯선 발걸음의 존재는 당연히 유운개였다.

유운개의 발걸음마다 비단 융단엔 덕지덕지 얼룩이 져갔고, 고급스런 장식들도 허름한 유운개의 옷차림에 그 빛을 잃어가는 듯했다. 유운개와 같은 거지 한 명이 오른다 하여 실제 이렇게 변할 리는 없겠지만, 직접 삼층을 총괄하는 지배인의 눈에는 그렇게 보일 뿐이었다. 또한 삼층의 기품을 살려주던 향긋한 내음마저 유운개의 고약한 악취와 반응하여 더욱더 고약한 냄새를 풍기는 것 같았다.

　지배인은 씰룩대는 눈썹을 애써 제지하며 삼층의 복도 끝, 방문 앞에 유운개와 함께 도달했다. 원래라면 지배인은 여기까지 안내하고 돌아갔어야 했다. 하지만 지배인은 돌아가지 않고 망설이고 있었다.

　그 이유는 바로 방문의 손잡이.

　영경루 삼층의 문은 양쪽 벽으로 하나씩 문을 달아 복도 전체를 막아버린 뒤, 밀고 당기는 식으로 열고 닫는 문이었다. 때문에 문에는 손잡이가 달려 있었다.

　과연 영경루의 삼층은 달랐다. 방문에 조각을 한 것으로도 모자라 손잡이까지 고급스러움을 풍기기 위해, 오히려 방문 전체보다 더욱 비싼 값을 주고 조각한 것이었다. 그렇게 값으로 따지기도 힘든 방문을 유운개가 직접 잡아 문을 열고 들어간다니…….

　이미 더럽혀진 삼층의 모습에 스스로 목을 조르고 싶은 충동을 느끼고 있는 지배인은 차마 방문마저 더럽힐 순 없다는 생각에 망설이고 있었던 것이다.

　그때 지배인의 귓가로 유운개의 털털한 목소리가 들려왔다.

　“이제 그만 자네는 가보게.”

　“아, 아닙니다. 제가 직접 문을 열어드리겠습니다.”

　“허허, 괜찮네. 자네도 바쁠 텐데 어서 가보게나.”

　바쁠 리가 없었다. 유운개 일행이 전세를 내어 오늘은 아무런 손님도 받지 못하는 영경루다. 게다가 몇 가지 음식 등을 가지고 올라오는 것을 제외하곤 삼층의 출입을 금한다는 소리를 영경루의 루주에게 이미 들은 터다.

　때문에 아무것도 할 일이 없는 지배인이었으니 바쁠 리가 없었다.

　그런데 이 사악한 유운개는 그런 지배인의 마음 따윈 안중에도 없는 듯 차분하게 지배인을 물리려 했다.

"괘, 괜찮습니다. 전 영경루의 지배인으로서 손님 대접을 소홀히 할 수 없습니다. 제가 문을 열어드릴 테니 어서 들어가시죠."

그렇게 말하며 지배인은 재빨리 문을 열었다. 유운개의 대답 따윈 애초에 필요하지 않다는 내용이었다. 그만큼이나 지배인의 심정은 절박했다.

"허허. 거참, 친절하구먼."

유운개는 그런 지배인의 모습에 다시 싯누런 이를 드러내며 웃고는 지배인이 연 방문을 지나 안으로 들어갔다.

"그, 그럼 전 이만……."

지배인은 유운개가 안으로 들어가자 차분히 인사를 하며 방문을 닫았다. 그리고 자기도 모르게 입 꼬리가 올라가는 것을 느꼈다. 적어도 방문만은 더러움이라는 악마의 손에서 살린 것이다.

그렇게 잠시 자신의 수완으로 살린 방문의 손잡이를 뿌듯한 눈빛으로 바라보고 있을 때, 지배인은 갑자기 문이 빠른 속도로 자신에게로 다가오는 것 같은 환상을 보았다. 아니, 본 것 같았다.

하지만 그것은 환상이 아니었다.

쿵!

"억!"

이마에 큰 충격을 받은 지배인은 공중에 휘날리는 나무 조각들을 보며, 또 누군가의 목소리를 들으며 정신을 잃었다.

"이보게, 여기… 엥?"

문을 열고 나온 유운개는 갑자기 방문에 이마를 부딪치며 뒤로 나가 떨어진 지배인의 모습에 어안이 벙벙할 뿐이었다. 자신은 단지 값나가는 술 한 병 가져다 달라 말하려 했을 뿐인데…….

그런 지배인을 내려다보며 황당한 표정을 짓던 유운개는 지배인과 부딪친 문을 올려다보고는 혀를 찼다.

"쯧쯧, 요즘 문들은 너무 부실하단 말이야. 벌써부터 이렇게 크게 부서지다니……."

유운개가 바라본 곳, 지배인과 정면 충돌을 한 문 쪽에는 정교히 조각되어 있는 모습은 온데간데없이 사라지고 움푹 파인 자국만 남아 있을 뿐이었다.

아마 모르긴 몰라도 지배인이 깨어나서 이 문의 모습을 본다면 다시 한 번 기절하고 말 것이다.

하지만 그것까지야 알 수 없는 유운개는 지배인을 손수 안고 밑으로 내려가기 시작했다.

쓰러진 사람을 가만히 내버려 둘 수 없는 유운개는, 협의를 사랑하는 의인이었다.

"무슨 소란인 건가?"

귀밑으로부터 턱선까지 이어지는 짧은 수염을 기른 한 중년인이 걸어 들어오는 유운개에게 질문을 던졌다.

"아아, 별것 아닐세. 자신의 일에 충실하고 친절한 지배인이 갑자기 사고를 당해서 말일세."

"그래? 그것참 안됐군. 자, 어서 여기 와서 앉게."

큰 방.

이제 삼층의 복도조차 비견되지 않으리라 생각될 정도로 매우 호화스럽고 큰 방이었다. 이 방 안에 존재하는 모든 물품들은 감히 돈으로 값을 매길 수 없을 정도의 것이었고 화려함과 고아함의 기품이 곳곳에 서려 있는, 정말 감탄사가 절로 나오는 방이었다.

그렇게 크고 화려한 방 안에는 단 세 명의 인물이 자리잡고 있었다. 큰 방에 비해 겨우 세 명의 인물이라니 왠지 어색할 것도 같지만, 세 인물의 정체에 대해 아는 사람이면 감히 그런 말을 꺼내지는 못할 것이었다.

개방의 장로 유운개.

설명했다시피 무림의 가장 유명한 사람 중 하나였다. 하지만 나머지 두 명 또한 그에 뒤질 바가 아니었다.

진주언가(晉州彦家).

북경과 천진을 포용하고 있는 듯 넓게 감싸 안으며 접경하고 있는 하북의 진주(晉州)에 자리잡고 있는 무림세가였다. 구파일방과 더불어 정파의 핵심이랄 수 있는 오대세가 중 하나이며, 권법을 절기로 삼는 세가였다.

그런 진주언가의 내당당주(內堂堂主) 언주기(彦株起)는 강맹한 권법으로 천하에 이름을 떨치는 진주언가의 핵심 인물 중 하나였다. 가히 유운개와 비견할 수 있을 정도의 인물이었다.

또한 유운개가 의자를 빼내어 앉는 것을 조용히 지켜보는 이가 있었으니, 그의 이름은 팽무린(彭武麟). 역시 오대세가의 일원이며, 무겁고도 빠른 도법을 절기로 삼은 하북팽가(河北彭家)의 문무쌍각(文武雙閣) 중 무각(武閣)의 각주를 맡고 있는 인물이었다.

개방의 장로 유운개, 진주언가의 내당당주 언주기에 비해 직책으로 비한다면 조금 떨어진다 생각할 수 있지만, 실질적으로 하북팽가가 문무쌍각을 중심으로 돌아간다는 것을 생각하면 결코 뒤지지 않는 직책을 가지고 있는 사내였다.

　그렇게 오늘 이 자리에 하북 무림의 핵심이랄 수 있는 세력들의 수뇌들이 모이게 되었다.

　바야흐로 하북 무림엔 사람들이 알지 못하는 바람이 불기 시작했다. 그리고 그 바람은 비상의 전역으로 뻗어나갈 것이 분명했다.

　비상의 오후는 대체적으로 매우 부산하다. 날이 저물게 되면 큰 페널티가 생기기에 그전에 조금이라도 더욱 많은 경험치를 보유하기 위해 사냥을 서두르는 사람들도 있었고, 마을에서 많이 떨어진 곳에서 사냥하고 있던 사람들은 날이 완전히 저물게 되면 돌아가기도 힘들기에 서둘러 귀환하기에 바빴다.

　비록 세력 다툼이 사냥터에서도 이루어져 많은 불편이 있다지만, 그런 와중에도 그런 부산함은 그치질 않았다.

　천진 역시 이에 크게 벗어나질 않았다. 아니, 오히려 부산함의 대표격이라 할 수 있는 곳이 바로 현재의 천진이었다.

　정체를 알 수 없는 의문의 단체가 출현하는 바람에, 천진에서의 세력 다툼은 이제 생각할 수도 없는 일이 되어버렸다.

　개방이 직접적으로 나서지 않는 탓에 천진을 주름잡으며 세력 다툼의 주력이 되고 있던 천진오문이 하루 만에 전멸해 버리고 나서부터였다. 세력 다툼을 일으키려는 세력에는 어느 날 갑자기 비조를 통해 서찰이 날아들기도 하고, 때론 아무런 경고도 없이 찾아와 박살을 내놓기도 했다.

　처음에는 알 수 없는 이들에게 깨진 천진오문을 비롯한 다른 세력들을 비웃어댔다. 그들의 힘을 과대평가했다고 생각한 것이다. 하지만 시간이 지날수록 천진에서 문 닫는 문파가 많아졌고, 그러면서 사람들의 생각은 바뀌었다.

'어떤 미친놈들이 폭주했다.'

더욱이 그 미친놈들은 무지막지하게 강했다.

하지만 그 때문에 세력 다툼은 사라지고, 비상 유래 몇 없을 평화가 찾아왔다. 물론 표면상으로 그럴 뿐이었지만.

그렇게 천진에는 잠시 평화가 찾아왔고, 때문에 천진의 거리는 그 어느 곳보다 부산했다. 하지만 단 한 곳, 천진의 소동을 일으킨 주역들이 사는 쥬신제황성의 장원에는 너무나도 한가함이 넘치는 한숨이 새어 나오고 있었다.

"하아……."

천진랑은 손으로 자신의 비도를 던졌다가 받으며 한숨을 내리 쉬었다. 그의 앞에는 비마가 팔짱을 끼고 앉아 가만히 천장만을 바라보고 있었다. 그리고 그들의 옆에 앉은 디다는 긴 서찰을 읽어 내리고 있었다.

"하아……."

다시 한 번 천진랑이 길게 한숨을 내쉬자 비마는 보고 있던 서찰에서 눈을 떼고 천진랑을 바라보았다.

"왜 그리 계속 한숨을 쉬는 건가?"

"하아……."

하지만 천진랑은 아무런 대답도 없이 여전히 한숨만을 쉴 뿐이었다. 그런 그의 모습에 이미 상황을 눈치 챈 디다이지만 다시 천진랑에게 물음을 던졌다.

"말을 해야 뭘 풀어도 풀 수 있을 것 아닌가. 왜 그러는 건가? 말해

보게.”

“……심심해.”

그랬다. 천진랑은 심심함의 한숨을 내쉬고 있었던 것이다.

쥬신제황성의 시작은 천진랑, 비마, 그리고 디다에 의해서였다.

천(天)의 직업을 가진 천진랑은 세상을 돌아다니기를 좋아했다. 때문에 남들이 가보지 못한 곳도 많이 가보고, 강자와 많이 겨루기도 했다. 그러던 중 비마를 만났다.

혈(血)의 직업을 얻은 비마는 천진랑과는 극성의 성질을 지니고 있었다. 때문인지 그들은 서로에게 반응했고, 어느 날 한자리에서 만나게 되었다.

서로에게 강한 투기를 느낀 그들은 사흘 밤낮을 가리지 않고 싸웠다. 사흘 밤낮 중 밤에 싸우려면 상당한 능력을 갖추지 않고는 불가능한 일이지만, 이미 비상에서도 손꼽히는 능력을 가진 그들이라 충분했다.

혈광을 잔뜩 담은 비마의 도가 천지를 휩쓸었고, 천진랑은 하늘을 노닐며 무서운 섬광을 뿌려댔다. 그들이 사흘 밤낮을 싸우자 이미 주변의 지형은 초토화된 상태였다.

때문에 운영자들도 그들을 막고자 출동했으나 그들로서도 천진랑과 비마를 막기엔 부족했다. 그런 그들을 막은 것은, 갑자기 나타난 디다였다.

깔끔한 장포를 입고 머리를 묶은 디다의 모습은 단숨에 그가 학자라는 것을 알게 해주었다. 하지만 그의 손에는 그런 그의 모습과는 상반되게 투박한 박도가 쥐어져 있었다.

천진랑과 비마의 싸움에 갑자기 난입한 그를 보고 사람들은 경악의 신음을 질러야 했다. 천진랑과 비마의 싸움은 그 정도로 격렬했고, 초식 하나하나가 보는 사람으로 하여금 기가 질리게 할 정도로 막강했다.

그런 싸움으로 난입한 자가 다름 아닌 학자라니… 사람들이 놀라는 건 당연했다.

하지만 사람들의 예상과는 달리 불꽃이 피어오른 박도는 혈광을 태우고 하늘을 봉쇄했다. 이것이 이 세 사람의 첫 만남이었다.

디다는 천진랑과 비마에게 호통을 치며 주변 사람에게 피해를 끼친 것에 대해 사과할 것을 종용했고, 천진랑과 비마는 그런 디다의 기세에 눌려 얼떨결에 사과를 하게 되었다. 그리고 디다는 그런 둘을 데리고 재빨리 그 자리를 벗어났다.

디다가 두 사람을 데리고 간 곳은 다름 아닌 주루였다. 의외로 서로 마음이 맞았던 세 사람은 그렇게 술을 마시며 의기투합하여 친구가 되었고, 자신의 강력한 힘에 휘둘리는 사람들을 막아보자는 디다의 의견으로 쥬신제황성을 세우게 됐다.

문제는 성주를 정하는 것이었는데, 디다는 극구 사양했고 비마는 그런 쪽으로는 전혀 관심이 없었다. 결국 디다의 설득에 넘어간 천진랑이 그 자리를 맡게 되었다.

그때부터 한동안은 좋았다.

아직 뚜렷한 거점도 생기지 않은 그들은 세상을 돌아다니며 자신의 힘을 깨닫지 못하고 넘치는 힘을 주체하지 못하는 이들을 쥬신제황성으로 끌어들였다. 몇몇 사람은 거부하기도 했지만 그럴 때는 그들과 비무를 겨루었다.

이미 최강의 고수의 반열에 오른 세 사람이었으니 그들과 비무를 겨룰 수 있는 사람은 얼마 없었고, 결국 처음에는 거부했던 이들도 스스로 쥬신제황성의 일원이 되기를 청했다.

점점 사람이 많아지자 그들은 천진에 장원을 짓고, 그곳을 거점으로 삼았다. 그렇게 완전한 쥬신제황성이 탄생하였다.

하지만 문제는 있었다.

"답답해……."

바로 이것이었다. 쥬신제황성의 성주인 천진랑은 자유로이 세상을 활보하는 것을 좋아했다. 하지만 한 단체의 수장이라는 족쇄가 천진랑의 발목을 잡아채고 있었기에 답답함을 지울 수 없었다. 그런 친우의 모습에 디다와 비마 역시 바깥의 출입을 삼갔고, 스스로의 수련에 맹진했다.

그렇기에 얼마 전, 천진을 제압해야겠다는 소식에 그들이 그렇게 기뻐한 것이었다. 그들은 고삐 풀린 망아지인 양 그동안 풀치 못했던 힘을 개방하여 천진의 이곳저곳을 돌아다니며 힘을 쏟아내었다. 그렇게 시간이 조금 지나자 세력 다툼은 사라지고 천진에는 평화가 찾아왔다.

하지만 천진랑은 그것이 마음에 들지 않았다.

"조금 천천히 부술 걸……."

이 세 명을 감당하기엔 천진은 너무나도 작았다. 마음껏 날뛰고 부수자 어느새 대상이 사라진 것이다. 자잘한 세력들이 남아 있긴 했지만 실컷 뛰어놀던 천진랑에겐 그들을 건드리기가 마땅치 않았다. 그래서 이렇게 심심함에 몸부림을 치는 것이었다.

그리고 이것은 비단 천진랑뿐만이 아니라 비마나 디다 또한 마찬가지였다.

"그냥 하북까지 모두 정리하면 안 될까?"

"하하, 조금만 기다려 보세. 지금은 나설 때가 아니지 않나."

"하지만 말이야, 그들이 허락하지 않는다고 해서 안 할 게 아니잖아. 그럴 바에야 빨리 해치우는 게……."

"비상에도 비상 나름대로의 법칙과 규칙이 있다네. 우리가 어쩔 수 없이 그중 일부를 어기게 되었다지만, 계속해서 어기게 된다면 인공지능이 이 세계를 차지하려는 것과 다를 바가 없지 않겠는가. 조금만 참게."

"하아……."

디다의 설득에 별수없음을 느낀 천진랑은 다시 한 번 비도를 던졌다가 받으며 한숨을 내쉬었다. 그리고 비마는 잠시 눈을 빛내다가 다시 멍하니 천장만을 바라볼 뿐이었다.

그들은… 너무나도 심심했다.

"응?"

푸드득! 푸드득!

세 사람의 귀에 웬 날개 소리가 들려왔다. 곧 그들은 창문을 넘어 들어오는 한 마리의 비조를 볼 수 있었다.

"왔구나!"

가장 발 빠르게 나선 이는 천진랑이었다. 고개를 뒤로 젖히고 있던 포즈에서 어느새 디다의 앞으로 달려온 천진랑의 눈빛은, 어서 비조를 통해 날아온 서찰을 읽어보기를 종용하고 있었다. 그리고 여전히 앉아 있긴 했지만 비마 또한 관심과 기대 어린 눈빛으로 서찰을 바라보고 있었다.

안 그런 척하고 있었지만 디다도 서찰에 담긴, '그것'의 내용이 궁금했기에 비조의 발목에서 서찰을 빼 펼쳤다. 그리고 읽어 내리기 시작했다.

그런 디다의 모습에 천진랑과 비마의 궁금증은 더욱 가중되어만 갔고, 결국 천진랑이 디다를 재촉하기에 이르렀다.

"이봐, 빨리 말해 봐. 어떻게 된 거야?"

다 읽은 서찰을 깨끗이 반으로 접고, 그 접힌 서찰을 또다시 반으로 접으며 디다는 입을 열었다.

"흐음, 다행이로군. 생각보다 일이 잘된 모양이네."

"정말? 그럼 이제 하북으로 진격해도 되는 건가?"

"아닐세. 아직 조금 더 기다려야지. 이번 일은 하북으로만 끝날 일이 아니야. 비상 전역에 큰 파동을 일으킬 수도 있는 문제일세. 그만큼 신중히 결정을 해야 할 것이고, 한 달의 유예 기간을 더 달라고 했네."

"한 달?!"

천진랑의 기대 넘치는 부담스런 눈빛을 애써 외면하며 디다는 딱 잘라 말했다. 그러자 천진랑의 표정이 구겨지며 실망했다는 표정을 그대로 드러내었다. 하지만 이것은 디다로서도 어찌할 수 없는 일이었다.

천진, 그리고 그 중심에 선 개방.

아무리 천진오문이 그동안 활개를 쳐왔다지만 천진의 가장 막강한 세력에서 개방을 끌어내리지는 못했다. 아니, 개방이 마음만 먹는다면 천진오문 따위는 언제든지 정리할 수 있을 정도였다.

하지만 개방은 표면에 나서지 않았다. 천진오문이 천진에 입히는 피해라고 해봐야 얼마 되지 않아 그럴 수도 있다지만, 쥬신이 나서서 천진을 뒤집고 다닐 때조차 그들이 나서지 않은 것에 대해서는 사람들의 궁금증을 유발시키기에 충분했다.

하지만 그것은 단순히 개방이 침묵한 것이 아니었다. 쥬신과 개방의 은밀한 회담이 있었기에 가능한 것이었다.

개방은 천하의 모든 정보를 다룬다고 할 수 있을 정도로 많은 정보를 취급하는 문파였다. 하오문 역시 수많은 정보를 다룬다지만 무림과 관련된 정보는 개방이 더욱 앞서고 있었다. 그런 개방이 자신의 앞마당에 자리잡은 쥬신의 정체를 모를 리 없었다.

쥬신이 천진에 자리잡자 개방은 은밀히 쥬신과의 회담을 요청했고, 그 자리에서 디다와 유운개가 만나게 되었다. 그리고 서로가 원하는 것이 무엇인지, 또 앞으로 천진에 어떤 영향을 끼칠 것인지 등에 대해 대화를 통한 협상을 시도했다. 결국 서로에게 협력하기로 하며 회담을 끝맺었다.

개방에게 있어 쥬신의 무력은 언제 터질지 모르는 위험한 폭탄이긴 했으나, 그 폭탄의 위력이 개방과 맞먹는… 아니, 어쩌면 개방조차 폭파의 영향권 안에서 날아가 버릴 수 있음을 개방은 깨달은 것이다.

때문에 개방은 쥬신이 천진에서 활개를 치고, 다른 문파들이 그런 쥬신을 두려워하고, 정보 조직은 쥬신에 대해 급히 정보를 모을 때도 혼란에 사로잡히지 않았다. 그리고 이번에 개방은 디다의 요청으로 인해 무림정상회담을 추진하게 되었다.

원래라면 무림정상회담이 아닌, 하북 무림정상회담이었어야 할 테지만 일의 심각성을 눈치 챈 개방이 나머지 거대 세력들에게도 파발을 보내 무림정상회담을 추진한 것이다.

바로 디다가 말한 한 달의 유예 기간이 하북 무림정상회담을 위해 걸리는 시간이었다. 비상 전 지역에 넓게 펼쳐진 세력이기에 모두 모이는데 제법 시간이 걸리기 때문이다. 천천히 걸으면 몇 달이 걸릴지도 모르지만, 일의 심각성을 생각해 몇몇의 핵심 요원들만 초청하여 한 달 만에 각 문파를 모으고자 한 것이었다.

다다가 노린 것은 고작해야 개방과 진주언가, 하북팽가의 방해를 받지 않고 천진에서 벗어나 하북의 세력 다툼을 잠재우는 것이었는데, 개방의 발 빠른 조치 덕분에 의외의 성과를 올리게 되어 심히 즐거운 마음이 들었다.

이번 일이 잘 성사되면 적어도 하북은 물론이요, 각 문파의 세력 안의 지역에선 세력 다툼이 사라질 것이다. 물론 그렇게 되면 힘을 더 비축할 수 있기에 언제 공격을 해올지 모르는 인공지능에 대비해 전력을 기울일 수 있었다.

"한 달이라니… 이거 너무하잖아."

하지만 천진랑에게는 그걸 생각할 여유 따위는 없었다. 자신의 온몸을 옥죄어 오는 이 지긋지긋한 심심함에서 벗어나길 간절히 바랄 뿐이었다.

"하하하, 조금만 더 기다리도록 하세. 자네가 심심함과의 전투로 인해 비상의 희망이 조금 더 늘지 않았는가."

"쳇! 인공지능은 어디서 뭘 하기에 아직 코빼기도 안 보이고, 세력 다툼이니 뭐니 하는 같잖은 짓을 계속 유발시키는 거야?"

"인공지능이 원하는 것은 비상의 혼란과 유저들의 결속을 끊는 것일 거세. 세력 다툼으로 인해 초보자들의 성장 발판이 완전히 무너져 버리기 직전이고, 서로 간의 싸움으로 자신의 문파가 아니면 모두 적이라는 생각을 가지고 있네. 자칫 잘못하면 나중에 인공지능이 쳐들어온다고 해도 서로에 대한 믿음을 잃은 사람들은 변변찮은 반항도 못하고 단숨에 와해될 수도 있네. 정말 간단해 보이지만 무서운 계략이야."

다다는 다시 한 번 인공지능이 벌인 일을 떠올리며 진지한 표정을 지었다. 하지만 천진랑의 반응은 시큰둥했다.

“그래 봤자, 컴퓨터 아니야. 사람이 창조한 컴퓨터가 사람을 이긴다는 게 말이나 되는 소리야?”

“아니, 그렇지 않네. 실제 인공지능의 계산 속도와 이해 능력 등 전산 처리는 사람이 결코 따를 수 없는 속도라네. 게다가 비상의 인공지능은 발전을 하는 인공지능일세. 스스로 지식을 습득한단 말이지. 이미 네트워크가 전 세계에 안 퍼진 곳이 없을 정도이니 인공지능이 마음만 먹는다면 알아내려는 그 모든 정보를 단숨에 받아들일 수 있다는 것이지. 생명을 탄생시킬 수 있는 건 어머니와 신뿐이지만, 간혹 사람들은 어머니와 신이 아니더라도 악마라는 무서운 존재를 탄생시키는 때도 있다네.”

디다의 말이 의미하는 바는 컸다.

발전하는 인공지능. 정체되어 있어 자신이 가진 것만 100퍼센트 활용하는 컴퓨터만 해도 한 사람의 인간만으로는 대적하기 힘든 상대였다. 그런데 정체되어 있지 않고 계속해서 세상을 돌아보며 지식을 습득하는 인공지능이라니……. 잠자코 듣기만 하던 비마와 천진랑은 갑자기 등골이 오싹해짐을 느꼈다.

“그럼 우리가 진다는 말이야?”

“으음, 아닐세. 확실히 인공지능의 지식 습득 능력과 전산 처리 능력은 대단하지만 아직까지 인간이 만든 악마에게는 창조적인 능력은 주어지지 않았네. 그 예를 들어 지금까지 인공지능이 일으킨 사건들을 보자면 모두 세계에서 벌어진 수많은 사건들을 짜깁기 하거나, 조금 변형시켜 놓지 않았나. 또한 사람들의 저력이란 무시할 수 있는 게 아니라네.”

“그럼 도대체 뭐야? 진다는 거야, 이긴다는 거야?”

"하하하, 그것은 직접 부딪쳐 보기 전엔 아무도 모르는 일 아니겠는가? 싸움이란 지식만으로 되는 것도 아니고, 힘만으로 되는 것도 아니며, 인원수만으로 되는 것도 아닐세. 물론 이것들을 갖춘다면 대단하겠지만 그렇다고 모든 싸움에서 이길 수 있는 건 아닐세. 그러니까 내가 하고 싶은 말은 아직 모르겠단 말일세."

약간은 허탈한 대답을 내놓은 디다였지만 천진랑의 표정은 어느 때보다 진지했다. 마침내 천진랑의 입이 열렸다.

"하여튼 생각보다 복잡하다는 말이지?"

"복잡 앞에 생각보다라는 말 대신 엄청, 매우 등등의 말을 넣고 싶네."

"그래? 후후후, 어쨌든 덕분에 심심함이 당분간은 날아간 듯싶군. 인공지능이라… 재미있겠어. 후후후."

천진랑은 앞으로 벌어질 수많은 일을 예상하며 입가에 미소를 지었다. 그리고 그것은 비단 천진랑뿐만이 아니라, 디다와 비마 역시 마찬가지였다.

역시 유유상종이라, 이 괴짜 삼총사가 모였기에 쥬신제황성과 같은 단체가 생길 수 있었으리라.

"음, 그러니까 뭐가 어떻게 되고 있다고요?"

[비상의 전역 각지에서 강한 능력을 지닌 이들이 한자리에 모여들고 있다.]

천년이무기의 말에 난 고개를 갸웃거릴 수밖에 없었다.

난 오늘도 여느 날처럼 수련에 맹진하고 있었다. 내가 가진 모든 무공을 되돌아 익히고 난 후 일단 마지막으로 남은 초풍건룡권과 광한폭뢰장, 생사일보에 모든 심력을 기울이고 있는 상태였다.

초풍건룡권과 광한폭뢰장은 그럭저럭 성취가 꾸준히 증가하는데, 생사일보는 제자리걸음일 뿐이다. 한 발자국으로 생(生)과 사(死)를 결정할 수 있다는 이름처럼 생사일보는 그야말로 한 발자국 내딛는 게 무공의 전부였다.

아니, 말이 나와서 하는 말이지, 도대체 한 발자국으로 뭘 할 수 있냐고. 쳇쳇! 이거 혹시 사기 무공 아냐? 아무래도 의심스러워.

[지금 그것이 중요한 건가?]

"아, 아차!"

으음, 어느새 무공에 대한 이야기로 빠져 버렸군.

난 천년이무기의 말에 제정신을 차렸다. 어쨌든 간에 그렇게 무공 수련에 맹진하고 있는 와중에 천년이무기가 난데없이 흥미? 그래, 분명 흥미가 담긴 목소리로 한마디를 중얼거렸다.

각지의 강자들이 한자리에 모이고 있다… 였나? 아니, 이게 무슨 생뚱맞은 소리도 아니고, 각지의 강자들이 뭐 주워 먹을 게 있다고 한자리에 갑자기 모인단 말인가.

난 일어나는 궁금증에 천년이무기에게 자세한 걸 물어봤지만 돌아오는 대답은 그저 했던 말을 반복할 뿐이었다.

"그러니까 말이죠. 제 말은 도대체 그들이 왜 모이냔 말입니다. 그 이유를 말해 줘야죠! 사람을 이렇게 궁금하게 해놓고선 똑같은 말만 반복할 겁니까?"

나는 조금 화가 나서 그렇게 말했다. 사람을 가지고 노는 것도 아니고 말이야. 하지만 그 뒤에 따라오는 천년이무기의 말에 난 황당한 표정을 지을 수밖에 없었다.

[이유? 나도 알지 못한다.]

"엑?"

무, 무슨 대답이 저래?! 알지 못하다니…….

"비상 전역을 다 볼 수 있다면서요?! 그런데도 그걸 알지 못합니까?"

[비상 전역을 볼 수 있는 것뿐이지, 그 모든 사람들의 생각을 다 읽을 수 있는 것은 아니다. 그렇게 된다면 이미 나라는 존재 자체가 창조주가 되었을 테니.]

저렇게 말하면 뭐라 대꾸할 말이 없잖아. 쩝, 하긴 앞에 있는 생명체의 생각을 읽는 것만도 대단한데 비상에 존재하는 모든 이들의 생각을 읽는다는 건 무리지.

그건 그렇고 도대체 왜 그들이 모이는 걸까? 가끔씩 초매의 서찰로 비상에 대한 많은 소식들을 접하기는 하지만, 그것만으론 한계가 있다고. 직접 밖에서 뛰어다니며 얻는 소식만은 못하단 말이지.

끄응… 아! 설마 그들이 창조주의 파편은 아니겠지? 창조주의 파편은 하나같이 전부 강자이니까 그럴지도…….

[아니, 그것은 아닐 것이다. 창조주의 파편은 그대의 말처럼 하나같이 고수들이다. 하지만 그들은 대외적으로 활동하지 못한다. 그대를 비롯한 비상의 몇몇 최강자들에게 찾아간 창조주의 파편은 이미 그 활용이 끝났기에 사용된 것일 터. 이렇듯 뻔히 자신의 모습을 드러내기엔 아직 시기상조다.]

"으음, 그렇군요."

일단 창조주의 파편은 아닐 것이란 말이지? 그럼 도대체 어떤 자들일까? 어떤 자들이 무슨 이유에서 모이는 것일까?

아무리 생각해 보아도 궁금증의 답은 나오지 않았다. 으윽! 이거 정말 머리 아프구먼.

[내가 괜한 말을 한 것 같군. 그대의 수련에 방해가 된 것 같다. 사과한다.]

"아닙니다. 저도 세상이 궁금했거든요. 인공지능이 언제 쳐들어올지 모르는 상황에서 맘 편히 수련을 하고 있는 주제에 괜한 투정 같지만 사실 오랫동안 수련만 하려니 몸이 찌뿌드드합니다. 쩝."

[지루함이라는 것인가?]

아직 인간의 감정에 대해 완벽하지 않은 천년이무기는 내게 그렇게 물어왔다. 지루함이라… 뭐, 그럴 수도 있겠지.

"뭐, 지루함이 포함되지 않은 건 아니지만 그게 전부는 아니죠. 뭐랄까… 이 손 안에 무엇이든지 부술 수 있는 힘이 있는데, 그것을 밖으로 표출할 상대가 없다는 점이 아쉬운지도…….."

[의외로군.]

"네?"

[난 오랫동안 그대를 지켜보았다. 그대의 능력은 나로 하여금 흥미를 유발시키기에 충분했고, 그대의 유쾌한 행보는 단숨에 내 눈길을 사로잡았다. 그런 그대가 싸움을 지극히도 싫어하는 것이라 생각했다. 그대가 이런 일을 맡게 된 것은 싸움을 좋아해서도, 정의감이 투철해서도 아니다. 오직 스스로와 그대가 좋아하는 이들을 지키고자 함이다. 그렇기에 어쩔 수 없이 이런 일을 맡게 되었지만, 아직도 싸움을 싫어하는 그대의 마음엔 변화가 없을 것이라 생각했다. 그래서 의외라는 것이다. 힘을 분출하는 것, 즉 대결할 상대가 필요하다는 것은 결코 싸움을 싫어하는 이의 입에서 나올 얘기가 아니기에…….]

천년이무기는 그렇게 말을 마쳤다. 난 천년이무기의 말에 솔직히 깜짝 놀랐다.

난 싸움을 싫어한다. 서로에게 상처를 입힐 수밖에 없고, 서로가 가진 것을 빼앗으려 들기 위한 방법 중 하나인 싸움 같은 것이 좋을 리가 없었다.

본의 아니게 싸울 일이 많았지만 지금껏 내가 싸움을 원한다고 생각해 본 적은 한 번도 없었다. 그런데 내가 상대를 찾고 있다니…….

난 내 자신에게 찾아온 변화에 놀란 것이다.

"이러다가 투귀처럼 되어버리는 건 아니겠지?"

두 눈에선 광기가 흘러내리고, 투귀의 웃음을 지으며 한월을 휘두르는 모습을 상상하자 소름이 끼쳤다. 으윽! 그건 너무 심했다. 아무리 그래도 그렇지 투귀라니…….

"아아, 모르겠습니다. 일단 모든 걸 잊고 수련에만 시간을 투자하렵니다."

[그래, 그것이 좋겠지. 사람이란 원래 조금씩 변해가는 것이니 너무 깊게 생각하지 마라.]

"그러죠. 아아, 쉴 만큼 쉬었겠다, 이제 다시 수련을 해야겠군."

난 백야를 쥐며 자리에서 일어났다.

시간은 흐른다. 시간이 흐름에 따라 세상도 변하고 나도 변하게 된다. 그 변화에 미리 겁먹을 필요는 없겠지. 어떻게 변하든지 난 나니까. 나를 잃지만 않으면 되는 거야.

아아, 그리고 조만간 친구들을 한 번 만나서 자세한 얘기를 들어봐야겠군. 아무리 천년이무기가 비상을 누구보다 잘 안다지만 자세히는 알려주지 않는단 말이야.

그러니 친구들을 만나서 오랜만에 회포도 풀고, 얘기를 좀 해야겠다. 으음, 그리고 우리 초매도 만나야지. 흐흐흐, 요즘 못 봤더니 꿈에서도 그리울 정도다.

흠흠, 각설하고… 자, 다시 수련의 시작이다!

사예와 천년이무기가 뜻한 강자들이 모이고, 그리고 그 중심에 선 곳.

미처 사예가 물어보지 못했기에 천년이무기 역시 대답해 주지 않은 곳이지만, 그곳은 이름만 들어도 누구나 알 수 있는 곳이었다.

강호무림의 태산북두 소림사!

그곳이 바로 강자들이 모여들고 있는 곳이었다.

무엇이 그렇게도 바쁜지, 구파일방의 인사를 비롯한 오대세가의 주요 인물들이 하나같이 바쁜 발걸음으로 소림사에 집결하고 있었다.

하남성 등봉현(登封縣)의 숭산 소실봉(少室峯)이 때에 맞지 않게 소란스러웠다. 지난 제2차 천하제일비무대회가 열리고 괴인들의 습격을 받아 큰 피해를 입은 소림사는 최대한 빨리 복구를 하기에 나섰다. 지금은 큰 피해를 입었던 흔적만 남아 있을 뿐 이미 많은 부분이 복구되어 있었다.

이는 소림사 측에 도움을 많이 준 사람도 있었지만 운영자들의 영향력이 컸다.

그런 소림사의 대청각(大廳閣)엔 많은 사람들이 모여 있었다.

대청각에 넓게 펼쳐진 탁자를 중심으로 사람들이 앉아 있었다. 하나같이 장엄한 기세를 풍기는 이들이었지만 아직 여정의 고생으로 인한 피로함이 곳곳에 드러나 있었다.

사실 이들은 갑작스런 파발로 인해 숭산에 모여든 이들로, 워낙 갑작스럽게 모인 자리인지라 아직 여정의 여독이 완전히 풀리지 않은 상태였다. 이 중에는 고작 몇 시진 전에 도착한 이들도 있을 정도였다.

하지만 워낙 다급한 일이기에 급히 회의를 시작한 것이었다.

모두가 자리에 착석하자 사예와 안면이 있는 젊잖게 늙은 중, 소림 방장이 일어서서 합장을 하며 고개를 숙였다.

"모두 이렇게 급한 파발에도 참석해 주셔서 감사합니다, 아미타불."

"도대체 무슨 일이오? 무슨 일이기에 이렇듯 한 달이라는 기간 안에 소림사로 각 문파의 정상들을 모은 것이오?"

소림방장의 말이 끝나자마자 질문을 던진 이는 청성파의 장문인인 성은 진인(盛恩眞人)으로, 급한 파발을 받고 며칠 전에야 간신히 도착한 인물이었다. 그는 도무지 현 상황을 이해할 수 없다는 듯 질문을 던지고 있었다.

도대체 무슨 일이기에 이렇듯 각 문파의 주요 인물을 한 달이라는 단기간 안에 불러들였단 말인가.

"아미타불. 성은 장문인의 말씀처럼 오늘 이 무림정상회담의 목적에 대해 궁금한 분들이 많으실 겁니다. 그것을 지금부터 이야기해 드릴 터이니 잠시만 그 궁금증을 억눌러 주시기 바랍니다. 취협(醉俠) 방주, 부탁드리겠습니다."

소림방장이 그렇게 말을 끝내자 모든 이의 시선이 소림방장과 가까이 앉아 있는 한 늙은 거지에게로 돌아갔다. 그가 바로 천하제일방 개방의 방주인 취협이었던 것이다.

취협은 한참 귀를 파고 있다가 소림방장의 말에 자리에서 일어섰다.

"에헴. 그럼 본론에 앞서 본방에서 조사한 것을 밝히겠소. 현재 무림에서 알지 못할 일들이 발생하고 있소. 그중 대표적인 게 바로 세력 다툼이니 다들 잘 알고 있으리라 믿소. 어느 날 갑자기 나타난 세력 간의 다툼은 결과적으로 주변의 여타 다른 이들에게 많은 피해를 남기고 있으며, 또한 서로에게도 큰 피해를 주고 있소. 어느 날 갑자기 나타난 현상으로 보기엔 너무나 치밀한 조작이 뒤에서 행해지고 있었기에 본 방은 이 사건에 대한 집중적인 조사에 착수했소.”

여기까지 취협의 설명이 이어지자 장내는 침묵에 휩싸였다. 사실 그들로서도 갑작스레 발생한 세력 다툼에 많은 의문을 가지고 있었던 차였다.

각 문파들이 버티고 있는 지역에 다른 여타 중소 문파들이 생기지 않은 것은 아니지만, 이렇듯 대놓고 자신들을 무시하며 서로 세력 다툼을 한 것은 분명 의외의 일이었다. 하지만 그것만으로 자신들 역시 싸움에 끼어들 수는 없었고, 왠지 낌새가 이상했기에 두고 보자는 식으로 아직까지 침묵을 유지하고 있었던 것이다.

그런데 그 민감한 문제가 바로 개방방주의 입에서 나오고 있었다.

“집중적인 조사 결과 아주 놀라운 사실을 발견했소. 이 세상에 우리가 알지 못하는 세력이 있다는 것이었소. 철저한 비밀 속에서 무림 곳곳으로 침투한 그들은 각 문파를 점거하거나 각 문파의 문주를 부추겨 세력 다툼을 일으키게 했소.”

“혹시 그 세력이 마교나 사마보(邪魔堡)와 관련된 것은 아니오?”

이번에 나선 것은 용독술과 암기 등으로 유명한 사천당문(四川唐門)의 가주인 당문기(唐文氣)였다. 그는 평소 사마외도(邪魔外道)들을 지독히도 싫어했기에 이번에도 그들의 계략이 아닌 것인가 의심한 것이다.

현재 비상 무림의 세력도를 보자면 세 부분으로 나눌 수 있었다.

정, 사, 마.

정파엔 구파일방과 오대세가가 그 이름을 빛내고 있었고, 사파엔 모든 사파들의 연합체인 사마보가 그 위용을 뽐내고 있었으며, 마교나 나머지 마(魔)라는 세력에 있어 독보적인 존재로 자리잡고 있었다.

정파에서 보자면 사마보와 마교는 다 같은 한통속이라 생각할 수 있었지만, 사마보와 마교는 서로를 철저히 배제했다. 사마보는 마교를 사이비 종교 집단이라 비웃었으며, 마교는 사마보를 더럽고 추잡스러운 놈들이라 무시했다.

이 외에도 혈곡(血谷)이란 단체가 존재했지만 혈곡의 곡주가 나타나기 전까지는 활동을 금하고 있었기에, 이 단체의 존재를 아는 사람은 그리 많지 않았다.

그렇게 혈교를 제외한 현재 무림은 세 부분으로 나누어져 있었다.

그것을 생각하고 확신에 찬 말을 내뱉은 당문기의 물음과는 달리 취협은 고개를 저었다.

"아니오. 마교 쪽은 지난 천하제일비무대회 당시 내부에서 내란이 있었던 것으로 분석되오. 마교교주가 급히 복귀하여 사태를 막아내긴 했으나 그 피해가 컸기에 이 일을 꾸미지는 못했을 것이오. 그리고 사마보 또한 사마보에 속해 있는 사파 세력들끼리 일어난 세력 다툼으로 열병을 앓고 있소. 때문에 사마보 또한 이에 속하지 않소."

"그렇다면 도대체 어떤 단체란 말이오?"

"이 설명을 위해 밝힐 단체는 총 두 개이오. 한 곳은 말 그대로 무림을 점령하기 위해 이번 일을 일으킨 주범 단체이며, 또 한 곳은 그 단체에 맞서 무림을 지키려 하는 단체이오."

개방방주 취협의 말에 좌중에 앉아 있는 모든 인물들은 깜짝 놀랐다. 자신들 모르게 무림을 장악하려는 세력이 있다는 것만으로도 놀라운데, 또한 그들을 막아서면서도 스스로를 감추는 세력이 있다니……

“그 정의로운 단체는 도대체 어떤 단체이오?”

“이미 들어보셨으리라 보오. 천진의 세력 다툼을 잠재운 의문의 세력, 그들은 바로 쥬신제황성이란 이름을 내세운 단체이오.”

“쥬신제황성?”

역시 그들로선 들어보지도 못한 이름이었다. 그도 그럴 것이 쥬신제황성의 애초 목적이 각자 자신들의 힘을 주체 못하는 이들을 거두는 것이었고, 쥬신의 삼총사가 겉으로 드러나고 싶지 않아 했기에 쥬신의 정체를 아는 사람은 세상에 몇 되지 않았다.

“그럼 현재 천진의 세력 다툼을 일으키는 이들을 공격한다는 단체가 바로 그 쥬신제황성이란 말이오?”

“그렇소.”

취협의 대답에 좌중의 인물들은 모두 놀라는 표정을 지었다. 그들로서도 개방이 나서지 않는 이상 천진을 제압한다는 건 그리 어렵지 않았다. 천하 정파 무림 중 가장 강력하다는 단체들의 수장들이 모인 자리다. 마음만 먹는다면 천진오문 따위야 하룻밤 사이 잿더미로 만들어버릴 수도 있을 정도였다.

하지만 그들로서도 홀로 천진오문 중 하나와 맞대결하기엔 버거운 감이 없진 않았다. 아무리 천하제일의 무공이라고 해도 그것을 익힌 것은 사람이다.

얌전히 목을 내밀지 않는다면 홀로 백여 명이 훌쩍 넘는 무사들을, 그것도 천진에서 최고로 간다는 문파의 무사들을 모두 쓸어버리기란 힘든 일이었다.

사실 천진랑과 비마, 그리고 디다가 비상 최고수 중 하나라 가능하지만, 그들과 맞먹는 무위를 가지지 않은 사람이라면 절대 불가능한 일이었다.

하지만 그 쥬신이라는 단체는 해내었다. 구파들도 귀가 있고 눈이 있다. 각각 정보를 다루는 휘하 단체가 하나쯤은 존재했고, 그에 들어온 정보를 보자면 각 문파를 와해시킨 건 단체가 아니라, 개인이라는 것쯤은 알 수 있었다.

내심 그들의 무위에 감탄하던 차에 개방방주를 통해 그들의 정체에 대해 조금이나마 밝혀지고 있었던 것이다.

좌중 인물들의 시선은 개방방주에게 못이 박히듯 집중하고 있었다.

"그리고 그들로부터 한 가지 중요한 정보를 입수하게 되었소. 바로 무림을 장악하려는 세력에 대한 것이오. 그들은 암중에 무림에 침입하여 서로 간의 결속을 무너뜨리고 있소. 그들의 정체는……."

"정체는……?"

모두 거북이라도 된 듯이 목을 쭈욱 빼고 다음에 이어질 개방방주의 말에 경청을 하기 시작했다.

적어도 비상 안의 세계에선 구파일방과 오대세가의 인물들은 협의를 사랑하는 이들이었다.

푸드득!

디다는 어깨 위로 날아온 비조의 깃털을 쓰다듬으며 비조에게서 서찰을 빼내어 읽기 시작했다. 그리고 잠시 후 그는 고개를 들고 입가에 미소를 지으며 입을 열었다.

"이제… 시작이다."

마침내 거센 바람이 불기 시작했다.

초극의 힘

비상(飛翔) 쉰두 번째 날개 초극의 힘

"음… 어쩌면 좋지?"

난 기억하기도 싫은 그날의 일 덕분에 호수의 반대편으로 옮겨진 거대한 바위에 앉으며 중얼거렸다.

끄응, 그러고 보니 그때 정말 죽을 뻔했잖아. 세상에, 어떻게 이 바위를 머리 위에 놓을 수가 있어? 뭐, 천년이무기가 결정적인 순간에 날 구해줬다지만 정말 죽는 줄 알았다고.

어쨌든 다시는 겪고 싶지 않은 기억이야.

"응? 근데 내가 하려던 게 이딴 잡생각이 아닌데 말이야."

난 내 머리를 살짝 쥐어박으며 떠오르려는 잡생각을 지우려 노력했다.

음, 보자. 그러니까 내가 하려던 생각은 말이지. 내 전투 스타일에 문제가 있단 말이지. 솔직히 말해서 무공만으로 친다면 나보다 다양하고 또 강력한 무공을 익힌 사람은 없을 거란 말이야. 초절정무공을 익힌 사람을 제외하고선 말이지.

그런데도 실질적으로 전투를 하게 되면 이상하게도 난 상대에게 우위를 점하지 못하게 된단 말이야. 결과적으로 이기게 되는 상황이지만 그만큼의 고생은 다하게 된다고. 실력의 차가 커도 그 상황은 변하지 않으니 내가 환장하지 않게 생겼어?

"하아… 도대체 뭐가 문제인 거지?"

난 그렇게 내가 겪어왔던 전투를 다시 머리 속에 그려보기 시작했다.

"음… 음… 에잇!"

역시 가만히 생각만 하려니 잘 떠오르지 않는군. 몸을 움직여야지 제대로 된 생각이 떠올라.

난 바위에서 내려와 양손에 주먹을 쥐고는 큰 나무 앞에 섰다.

좋아, 이 나무를 적이라 생각하자. 음, 하지만 나무는 움직이질 않으니…….

"아! 그 수가 있었군."

난 급히 백야를 들고 숲 속으로 들어갔다. 곧 수많은 나무들 중 그나마 가는 나무 앞에 섰다. 다른 나무들에 비해서 가늘다는 거지, 이 나무의 둘레도 양팔로 간신히 두를 정도다.

나무 앞에 서서 백야의 예기를 일으키기 시작했다. 한순간…….

"핫!"

핑!

고무줄 끊어지는 듯한 소리와 함께 무서운 속도로 발도(拔刀)한 백야는 가볍게 나무의 밑동을 자르고 지나갔다. 난 거기에 멈추지 않고 백야가 흘러가는 방향으로 몸을 회전시키며 쓰러져 가는 나무를 내 눈 높이로 잘라 버렸다.

쿠쿵!

잘려진 나무가 힘없이 쓰러지며 굉음을 남기며 동시에 항상 동반하는 모래먼지도 함께 나타났다. 하지만 이미 난 어깨에 내 키만하게 자른 통나무를 짊어지고 멀리 떨어져 있었다.

"좋아, 이 정도면 되겠지?"

어깨에 통나무를 짊어진 채 내가 해야 할 일을 상기하며 다시 용호로 뛰어가기 시작했다. 그 도중 굵은 나무줄기를 챙기는 걸 잊지 않았다. 아, 바쁘다 바빠.

"다 됐다!"

난 눈앞에 완성된 나의 멋진 작품에 환호성을 질렀다. 아아, 내가 만든 거지만 정말 잘 만들었다. 캬, 내가 이런 쪽에도 소질이 있단 말씀이지.

그렇게 한창 들떠 있는 내 귓가에 천년이무기의 울리는 듯한 목소리가 들렸다.

[그것은 무엇이지?]

"아, 이건 말입니다. 머리 속으로 전투 장면을 떠올리려니 잘 떠오르지 않고, 직접 움직이려니 상대가 없어 실감이 나지 않아 한 번 만들어 봤습니다."

내 눈앞에는 거대한 나무에 나무줄기를 이용하여 통나무를 매달아 놓은 게 있었다. 음, 종을 칠 때 사용하는 나무와 비슷한 것이었다. 이런 식으로 매달아놓은 나무를 흔들어만 준다면 이게 앞뒤, 또는 좌우로 움직이는 불규칙적인 운동을 하게 된단 말이지. 바로 상대의 움직임처럼.

게다가 내가 공격하면 뒤로 튀어 올랐다가 반동으로 인해 더 빠른 속도로 다가오니 그것은 상대의 공격으로 치면 되겠고 말이야. 으음, 조금 조잡한 것 같기는 하지만 즉석에서 이 정도 만든 거면 대단한 거라고.

"자, 시작해 볼까?"

난 가볍게 주먹을 쥐고 통나무 정면의 평평한 곳을 향해 살짝 뻗어냈다.

퍽!

소리는 요란했으나 통나무는 이 정도의 공격으론 부족하다는 것을 표현하려는 듯이 약간씩 앞뒤로 흔들릴 뿐이었다.

"좋아, 간다!"

이번에는 조금 전과 달리 크게 진각을 밟았다. 유연하게 휘어져 들어가는 주먹은 쾌속했고, 통나무의 정면과 부딪치며 주먹에 큰 반탄력이 느껴졌다.

쿵!

여러 나무줄기로 꽁꽁 묶어둔 통나무가 하늘 높이 날아올랐다. 하지만 힘을 조절한 덕분인지, 아니면 워낙 나무줄기를 잘 묶어둔 덕분인지, 나무줄기에서 떨어지지 않았기에 하늘 높이 치솟았던 통나무는 다시 빠른 속도로 내려오기 시작했다.

"이것은 투귀의 일권!"

쾌속하고 강력한 힘을 동반하여 다가오는 통나무를 투귀의 일격으로 치부하고 통나무를 향해 일장을 뻗어냈다.

"광뢰충장!"

빠지지직!

뇌전이 팔을 감싸며 광뢰충장의 일장은 통나무와 정면충돌할 듯했지만, 그보다 원주미보가 먼저였다.

통나무와 손바닥이 닿은 그 즉시, 광뢰충장의 일장을 거두고 원주미보를 사용하여 오른쪽으로 회전하며 통나무의 측면으로 돌았다. 예전 같았으면 광뢰충장을 이리도 쉽게 거둘 수 없었겠지만 지금 나에게는 이 정도는 일도 아니었다.

광뢰충장은 허초(虛招), 이게 실체란 말이지!

"건룡풍힐!"

주먹이 수많은 그림자를 뿌리며 통나무의 앞쪽 측면을 향해 화살처럼 뻗어나가기 시작했다.

파파파팍!

난타(亂打)!

정신없이 두들겨 대는 주먹에 통나무는 제자리를 잃고, 이번엔 옆으로 회전하기 시작했다. 그리고 난 통나무의 반대편이 뒤에서 다가오는 것을 느낄 수 있었다.

"협! 성운추명(星雲追明)!"

운영각의 제일초, 성운추명이 빛살처럼 뻗어나가 뒤편에서 다가오는 통나무를 가격했고, 각력의 힘이 워낙 거세었기에 무서운 속도로 다가오던 통나무는 잠시 멈칫했다. 그 사이 난 원주미보를 밟았다.

사사사사삿!

땅을 쓸어 내리듯 크고 짧은 원을 그리며 행보하는 원주미보는 이미 극한의 경지에 달했다고 봐도 좋을 정도의 움직임을 자아내고 있었다.

그리고 내 오른손에는 허초로 끝났던 광뢰충장의 뇌전이 다시 빛을 발하고 있었다.

"차합! 광뢰충장!"

어느새 원주미보로 다가오는 통나무 뒤편의 정면에 선 나는 광뢰충장의 초식으로 일장을 내질렀고, 그 일장은 여지없이 통나무를 뒤흔들었다.

쾅!

그렇게 난 한동안 정신없이 통나무와의 일전에 빠져들었다.

"음, 이렇게 받아치고……."

난 현재 진기를 전혀 일으키지 않은 상태로 약간씩 흔들리는 통나무를 적 삼아 지금까지 겪었던 전투들을 재연하기 시작했다.

흠흠, 사실 이 통나무는 두 번째 통나무다.

통나무를 처음 연결해 한 번 부딪치고 나자 너무 신난 기분에 진기를 잔뜩 일으킨 채 통나무를 두들겨 댔던 것이다. 그 결과 완전히 통나무는 산산조각이 나버렸고, 결국 나는 다시 한 번 통나무를 잘라 와야 했다. 그런 아픈 기억을 발판 삼아 지금은 전혀 진기를 일으키지 않고 통나무를 상대하는 중이다.

그런데 이게 의외로 도움이 된다. 예전에 있었던 전투를 단순히 내 기억상에서 끌어올려 비슷하게 펼치는 것에 불과하지만, 단순한 나무일지라도 상대라 생각되는 것이 존재하는 것과 그렇지 않은 것에는 많은 차이점이 있었다.

일단 주먹을 뻗어내는 것에도 상대가 있음을 머리 속으로 그리며 뻗는 것과 실제 주먹으로 쳐내며 뻗는 것과는 많은 차이가 있으니까…….

어쨌든 난 의외로 재미있는 수련법에 집중하며 전투의 기억들을 하나둘 떠올리고 있었다.

"자, 여기서 이렇게 길게 뻗어내고……."

나는 그렇게 중얼거리며 주먹을 움직여 통나무에 힘을 줘서 밀었다. 그리 세게 민 것은 아니지만 어느 정도 힘이 들어가 있었기에 통나무는 뒤로 밀렸다가 다시 나를 향해 돌아오기 시작했다.

"여기서 흘리고… 응?"

난 통나무를 옆으로 흘리며 일장을 쳐내려다가 문득 이상한 위화감이 드는 것을 느꼈다.

"이 위화감은 뭐지?"

뭔가 굉장히 중요한 걸 빠뜨린 것 같은데 말이야…….

난 다시 한 번 통나무를 밀고는 옆으로 흘려내었다. 그래도 계속 이상한 위화감만이 들 뿐, 그 위화감의 정체에 대해선 알 수 없었다. 그러길 몇 차례…….

"에잇! 제기랄, 잘못 느낀 거겠지. 위화감은 무슨 얼어 죽을 위화감이냐. 다음으로 넘어가자."

난 그렇게 중얼거리며 다시 통나무를 상대로 권장지각(拳掌指脚)을 뻗어내었다. 일섬지는 진기를 담지 않으면 쓸모가 없는 것이니 아주 미약한 진기만을 담아 뻗어냈고, 나머진 그냥 그 초식의 활용성만을 생각해서 초식만을 전개했다.

"원주미보로 한 바퀴 돌며 광뢰충장."

이미 경지에 오른 광뢰충장이니 진기를 조금만이라도 담으면 스파크가 튀어 오를 테지만, 진기를 담지 않으니 그냥 뻗어내는 일장에 불과했다. 하지만 그 일장의 위력을 감히 무시할 수가 없는 것이기에, 원주미보를 밟으며 뻗은 광뢰충장의 초식을 담은 일장에 통나무 끄트머리가 날아가 버렸다.

그 때문에 나무는 빠른 속도로 좌측 회전을 하기 시작했고, 곧 나는 뒤에서 다가오는 통나무 반대편을 맞이해야 했다. 이것은 실수가 아니라 일부러 광뢰충장이 빗나가고 상대가 반격해 오는 걸 재연한 것이다.

"이 공격을 원주미보를 밟아 사정거리에서 벗어나며 피하… 응?"

난 계속해서 중얼거리며 원주미보를 밟아 뒤에서 다가오는 통나무를 피하려다가 문득 멈추어 섰다.

또다. 또 이 위화감이다.

"도대체……."

난 계속해서 떠오르는 위화감, 그 정체에 대한 의문이 드는 걸 느꼈다. 하지만 그것은 오래가지 못했다. 잊고 있었던 무언가를 떠올렸기 때문이다. 그리고 그 잊었던 것이 내게 큰 충격으로 다가왔다.

픽!

"억!"

내가 잊고 있었던 것은 다름 아닌, 뒤에서 날아오는 통나무 반대편이었고, 그것에 뒤통수를 맞은 나는 앞으로 자빠졌다.

"끄응……."

그렇게 알 수 없는 위화감의 정체도 밝히지 못한 채, 난 의식이 희미해져 감을 느꼈다. 제기랄…….

난 지금 골 싸매고 고민하는 중이다.

위화감의 정체… 알 수 없는 그 느낌. 단순히 생각하면 그저 느낌일 뿐이지만, 난 무엇인가 중요한 걸 놓치고 있다는 생각을 지울 수 없었다.

왜냐면 그 위화감이 단 두 번 들었던 것이 아니라, 그 후로도 계속 다른 전투를 재연하면 가끔씩 또 그 위화감이 들었기 때문이다.

벌써 며칠째인지 모른다. 핑계라 생각될지 몰라도 그 위화감의 밝혀지지 않는 정체 때문에 수련을 해도 아무런 성과가 없을 것처럼 느껴졌다.

"도대체 무엇일까?"

아무리 생각을 해도 모르겠다. 아니, 지금까지 멀쩡하다가 왜 며칠 전부터 이런 느낌이 드는 거야? 역시 내 전투 스타일에 문제가 있는 걸까? 실력이 없을 때는 미처 알아차리지 못한 것이 실력이 늘어나 이제야 느껴지는 건가?

"으음, 그건 아니라고 봐."

아무리 사실성이 높다고 해도 게임에서 그런 게 가능한 건가? 강제적인, 인공적인 위화감을 느끼게 할 수 있을 정도로 난 현대 과학이 발전했다는 생각은 들지 않는다.

그러다가 문득 내 눈에 고요한 용호의 모습이 보였다.

"쳇! 좀 가르쳐 줄 것이지."

얼마 전 이 위화감의 정체에 대해 천년이무기와 상의한 적이 있다. 하지만 천년이무기는 계속 답을 피하며 나 스스로 알아야 한다고 말했다. 천년이무기 정도라면 이 위화감의 정체에 대해 알 수 있을 텐데, 이것도 수련이라고 가르쳐 주지 않다니…….

아무리 날 위한 거라지만 조금 천년이무기가 쫀쫀하게 느껴졌다. 쩝, 하긴 뭐든지 스스로 해결해 볼 생각을 해야지 남에게 의지만 하는 건 바보 짓이지. 이미 그 정도는 알고 있잖아?

"쳇! 별수없다, 이건가?"

난 바위를 내려가 다시 통나무 앞에 섰다. 이 통나무가 아마… 스물세 번째 통나무일 것이다. 계속해서 느껴지는 위화감에 내가 내린 결론은 그 위화감의 정체가 밝혀질 때까지 통나무를 두드려 보자는 거였다. 그리고 그 덕분에 숲 속의 나무들은 나의 처참한 희생양이 되었다.

"밀고… 흘리고……."

처음 위화감이 들었던 전투를 생각하며 난 다시금 통나무를 향해 주먹을 뻗었다. 그렇게 여태껏 위화감을 느낀 전투들을 계속해서 반복하기 시작했다.

그러길 얼마나 지났을까. 어느새 중천에 떠 있던 해가 지고 있었다. 격렬한 운동을 계속해서인지 어깨의 근육이 약간씩 쑤셔왔고, 체력도 상당히 깎여 있었다.

"마지막으로 한 번만 더 해보고, 오늘은 여기까지 하자."

난 너덜너덜해진 통나무의 모습에, 내 모습 역시 이와 별로 다를 것이 없을 거라 생각하며 다시 한 번 주먹을 뻗었다. 밀고 흘리는, 내가 가장 많이 했던 행동이다.

하지만 역시 지쳤긴 지쳤나 보다. 똑바로 뻗어낸 줄 알았던 주먹이 약간 위로 빗나가 통나무의 윗동을 살짝 스치고 지나갔기 때문이다. 아무리 스쳤다지만 타격은 제대로 들어갔기에 통나무는 뒤로 힘차게 밀려갔다. 하지만 그 대신 나무 조각이 눈에 튀었다.

"윽!"

눈으로 나무 조각이 튀어 올라 난 반사적으로 눈을 감았다. 따끔한 고통이 조금 느껴졌지만 눈이 상한 것 같지는 않았다. 뭐, 게임에서 눈이 상한다는 게 조금 우습긴 하지만, 그보다 그렇게 상한 눈도 돈만 있으면 고칠 수도 있다는 사실이…….

그런데 뭔가 하나 잊은 것 같다? 음, 뭐더라? 아! 생각났다.

"통나무!"

난 고통도 도외시한 채 번쩍 눈을 떴다. 그러자 어느새 뒤로 밀려갔다가 되돌아오는, 이미 코앞까지 되돌아온 통나무를 봐야 했다.

이미 거리가 상당히 좁혀 있었기에 피하긴 늦은 때다.

"제기랄! 또 당할 듯싶으냐!"

결국 나는 급히 양팔을 들어 가슴에 교차시켜 통나무의 충격에 대비해야 했다.

쿠웅!

"끄윽!"

양팔에 거대한 압력이 느껴지는 것과 동시에 내 몸은 뒤로 밀려났다. 통나무와 정면충돌한 팔이 욱신욱신거렸지만 다행히도 통나무는 제자리에 멈추어 서 있었다.

"휴… 제기랄, 하마터면 또 기절할 뻔했네."

그렇게 안도의 한숨을 내쉬며 욱신거리는 양팔을 주무를 때, 무엇인가 내 머리 속을 번개같이 스쳐 지나갔다. 그리고 난 깨달을 수 있었다.

"그래! 이거였어!"

아악! 나는 정말 바보였어. 위화감의 정체가 이것이었다니…….

난 급히 다시 통나무 앞에 서서 통나무를 뒤로 밀었다. 그러자 통나무가 뒤로 훌쩍 밀려나더니 나를 향해 되돌아오기 시작했다. 이번에는 주먹을 뻗어 통나무의 앞쪽과 정면충돌시켰다.

쿵!

거대한 반탄력에 어깨가 아파왔지만 난 멈추지 않았다. 일권과 통나무의 충격이 가시기도 전에 이번에는 통나무를 옆으로 회전시켰다. 그러자 뒤에서부터 통나무의 반대편 측이 빠른 속도로 다가왔고, 원주미보를 밟아 사정거리에서 벗어나던 지금까지와는 달리 이번엔 양손을 가슴 위로 교차시켜 통나무의 반대편을 막았다.

다시 강한 충격이 느껴졌지만, 난 그대로 지금까지 위화감이 들던 모든 전투들을 다시금 펼쳤다. 단, 예전과 달라진 게 하나 있었다.

난 달라진 것의 정체를 깨닫고 위화감이 들던 모든 전투에 그것을 매치시켜 보았다. 그리고 난 확신할 수 있었다.

"그래, 이거였어. 내가 잘못 기억하고 있었다고."

위화감의 정체.

그것은 다름 아닌, 내 기억의 혼재였다.

통나무를 밀고 다가오는 통나무를 흘려버리는 전투에선 난 분명 공격을 흘려 버리지 않았다. 오히려 일권을 내질러 그 공격과 정면충돌을 했던 것이다. 그리고 옆으로 회전해 들어오는 일격에선 사정거리 밖으로 피하지 않았다. 오히려 방어하고 반격을 준비했다.

이것뿐만이 아니라 위화감이 들었던 전투들의 재연을 모두 잘못했던 것이다. 전투 재연에서 위화감을 느낄 때는 상대의 공격이나 내가 공격해 들어가는 것에서 아주 자연스러운 움직임과 최대한 상대에게 더 위협적일 수 있는 움직임을 자아냈다. 그래서 상대의 공격으로 멈추는 것이 또는 한 번의 공격으로 멈추는 것이 아니라 곧바로 반격해 들어갈 수도, 공격을 끊이지 않고 연속해서 쳐나갈 수도 있었다.

하지만 기억이 잘못됐다는 걸 깨달은 지금 다시 펼친 전투 재연들은 너무나도 투박했다. 한 치 앞을 미리 보지 못하고 상대가 공격해 오면 그대로 맞서거나 방어를 했다. 쉽게 피하면 더욱 반격의 요건으로 적합한 자리에서도 상대의 공격을 마주칠 생각만 했지 피하지는 않았다.

또한 공격을 할 때도 무조건 강력한 일격을 쏘아냈다. 각 공격의 연환은 생각지도 않고 초식만을 믿고 끊어진 일격들을 뻗어낸 것이다.

바로 이 차이점이 내가 그동안 들던 위화감의 정체였다.

"그렇군. 이곳에서 수련을 하며 각 무공에 대한 연계와 원주미보 등 보법의 수련이 깊어지면서 예전보다 더욱 세련된 움직임을 보이고 있었던 거야. 하지만 난 스스로 그것을 깨닫지 못하고 전투 재연을 할 때 상대가 이렇게 공격해 오면, 그때와 지금의 내가 같다 생각하고 내가 할 수 있는 가장 나은 방법으로 방어를 하거나 공격을 했던 것이지."

나 스스로가 얼마나 발전했는지 깨닫지 못하고 있었던 것이다. 물론 내가 많은 발전을 거뒀다는 것은 알고 있었지만, 그것은 단순히 무공의 발전에 대해서였을 뿐 무공에 대한 전체적인 이해도가 높아진 것이라고는 생각지 못했다.

그 때문에 난 재연을 할 때 온전치 못한 기억 대신에 무의식적인 움직임을 생각했던 거지.

당시의 나였다면 이랬을 것이다, 라는……

하지만 나와 예전의 나는 단순한 무공을 떠나 초식에 대한 이해의 깊이가 깊어져 있기에, 내가 펼치게 되는 초식들도 자연스레 그때에 비해 훨씬 세련되고 적절한 시기와 힘을 찾게 된 거지.

"정말 바보 같다니까."

흠흠, 결과적으로 말해서 그 당시의 전투를 까먹고 재해석한 전투를 한 게 바로 위화감의 정체라는 거다. 그리고 또 밝혀낸 한 가지 사실이 더 있으니, 바로 내가 고민했던 부분이 저절로 고쳐지고 있다는 것이다.

내가 왜 상대와의 싸움에서 우위를 취하지 못했는가.

그것은 바로 무공에 대한 이해도 때문이었다. 익혔다고 그것이 모두 자신의 것이 되지는 않는다. 비상에서도 그것은 당연한 것이다. 난 다만 초식의 흐름과 진기의 흐름만을 익혔을 뿐이지 그것이 정말 어떻게 사용되어야 할지에 대해선 잘 알지 못하고 있었다. 그것은 하나의 무공이 아닌, 수많은 무공을 동시에 익혔기에 더욱 두드러진 문제였다.

하지만 상대는 자신의 무공에 대한 깊은 이해를 가지고 있었을 것이다. 결과적으로 난 내 무공에 대한 이해로 상대를 압도해 나가는 게 아니라, 상대의 무공에 대해 일일이 반응했을 뿐이었던 것이다.

내가 압도해 흐름을 이어나가는 것과 상대의 흐름에 맞춰 반응하는 것. 이것은 큰 차이가 있었다. 그 차이는 상대에 대한 내 실력을 일정하게 맞춰주는 게 아니라 상대에 따라 변해간 것이다. 즉, 상대가 강하면 그만큼 나도 강하게 대응해 왔고, 상대가 약하면 나 또한 그와 비슷한 테크닉으로만 싸우게 된 것이었다.

"깨닫고 나니 이렇게 허탈할 수가……."

정말 허탈한 발견이 아닐 수 없었지만 분명 이 발견은 나에게 매우 중요한 것이었다. 내가 알고 펼치는 것과 그렇지 않고 무의식적으로 펼치는 것에는 많은 차이가 있기 마련이거늘.

어쨌든 이런 위화감의 정체는 이렇게 드러났고, 그 위화감 덕분에 밝혀진 내 단점에 대한 해답 역시 밝혀졌다.

"결국 열심히 수련하는 수밖에 없는 거네?"

열심히 수련해서 이해도를 높이는 수밖에 별 도리가 없는 것이다.

쩝, 어쨌든 오늘은 수확이 큰 하루다. 적어도 이로써 다음 계단을 밟는 중요한 발판을 다진 셈이니까.

빠지지직!

긴 뇌전이 피어오른다. 손가락 끝부터 어깨까지의 모든 움직임에 길게 잔상으로 따라붙는 뇌전의 움직임은 아름답기까지 할 정도였다. 하지만 그 속에 담긴 강맹한 힘은 아름다움과는 전혀 어울리지 않았다.

"광뢰충장!"

파앙!

마치 가죽 두들기는 소리가 공중에 울려 퍼졌다. 가까이 있다면 귀청에 제법 충격이 올 정도로 아주 큰 소리였다. 사물도 아닌, 공중에서 이 정도의 소리가 들릴 정도라니… 과연 광뢰충장이로군.

자, 다음은…….

길게 따라붙는 한줄기 뇌전을 간직하던 광뢰충장이 급속도로 변환하며 수많은 벼락들을 내리꽂기 시작했다.

"연환폭뢰!"

파파파파파팟!

연환해서 뻗어내는 뇌격은 가공할 정도였다. 일격 일격은 광뢰충장에 비해 손색이 있다지만, 그 연합 공격은 광뢰충장이 지니지 못한 또 다른 파괴력을 지니고 있었다.

마치 허공을 갈겨 부수듯 수많은 난타가 지나쳐 가고 다시 한 번 수많은 뇌전들이 모이기 시작했다. 삽시간에 퍼져 가던 뇌전들은 곧 팔에 빨려 들어가듯 흔적도 없이 사라지고, 뇌전을 담은 팔이 지금까지의 광포하던 움직임과는 상반되게 아주 유연히 뻗어나갔다.

"투공진뇌(透空震雷)!"

거칠게 뻗어나가던 여태까지와는 달리 아주 유연히 뻗어나가는 일 장이었지만, 그만큼 힘을 압축해 숨기고 있었기에 그 파괴력은 굉장했다.

쾅!

삼 장 밖의 나무가 마치 안에서부터 터져 버리듯, 산산조각으로 터져 나가 버렸다. 매우 굵은 나무였지만 아주 허무한 최후였다. 이게 바로 광한폭뢰장의 제삼초, 투공진뇌다.

투공진뇌는 기를 안에서 터뜨려서 그걸 밖으로 전달하는 무공으로, 격중당한 존재는 마치 수류탄을 삼킨 듯한 최후를 맞이하게 된다. 게다가 최소 손바닥 바로 앞에서부터 최대 오 장까지 그 공격을 전할 수 있는, 흔히 말해 격공장(隔空掌)의 위력을 가지고 있는 초식이었다. 하지만 역시… 내공의 소모는 장난이 아니었다.

그렇게 나는 광뢰충장을 시작으로 광한폭뢰장의 총 팔초에 해당하는 모든 초식들을 펼쳐 나갔다. 게다가 거기에 건룡풍힐을 끊이지 않고 그 뒤에 이으며 초풍건룡권의 마지막 초식인 제육초 풍혼유룡(風魂流龍)을 끝으로 모든 연무(鍊武)를 마쳤다.

광한폭뢰장이 거칠게 내리 꽂히는 벼락의 모습이라면 초풍건룡권은 유유히 흘러가는 바람의 모습 그대로였다.

"후우……."

난 격렬한 움직임으로 한껏 치밀어 오른 숨을 고르기 시작했다. 그리고 이내 숨이 안정됐다고 생각되자 난 감았던 눈을 뜨고는 크게 외쳤다.

"드디어 완성했다!"

아아, 힘든 나날이었어. 꾸준히 오르긴 해도 그 속도가 마치 굼벵이 기어가듯 하던 성취도들이여… 드디어 내가 너희를 정복하고 광한폭뢰장과 초풍건룡권을 극성으로 연마했단 이 말씀이야!

그 증거로 극성에 이르러야 펼칠 수 있는 광한폭뢰장의 나머지 후 2식도 시전이 가능했고, 모든 초식들의 연계가 자유로워졌다. 또한 일격마다 담긴 그 힘의 깊이가 상상을 초월할 정도로 예전과는 많은 차이를 보이고 있었다.

과연 현월광도와 같은 절정무공!

"크하하하하하! 내가 너희를 정복했도다!"

난 단숨에 전력을 다해 광한폭뢰장과 초풍건룡권을 펼쳐 내느라 내공을 엄청나게 소모했기에 단전이 텅텅 비어버린 듯 허했지만, 그 대신 뿌듯함이 전신에 차고 돌았다.

비록 아직 생사일보가 4성에서 극악한 성취도로 멈추어 있다지만 그 것을 제외한 모든 무공을 극성으로 익혔다는 것은 분명 아주 기쁜 일 이었다.

광한폭뢰장과 초풍건룡권의 극성. 이것은 이 용호에 발을 들여놓은 지 비상 시간으로 5개월, 현실 시간으로 2개월하고 보름이 조금 지난 어느 날이었다.

비상은 어느덧 7월 달에 접어들어 진한 여름의 향기를 뿌리고 있었고, 현실에선 이제 막 6월에 접어들어 이제 봄의 상큼한 꽃향기가 사라져 가고 있을 때였다.

"여, 이봐, 오랜만이군."

"흥! 잘도 입에서 그런 소리가 나오는군요."

내 반가움이 담긴 한마디의 인사에 석천… 아니, 시왕은 코웃음을 치며 대꾸했다. 하여튼 저 녀석은 이런 면으로는 안 돼.

난 지금 시왕과 대치 구도를 이루고 있는 중이다. 시왕은 나를 향해 이를 드러낼 정도로 분노에 불타고 있었고, 나 역시 그리 녀석에게 반가움의 미소를 지을 처지는 아니었다. 어디까지나 우리는 적이었으니까. 그것도 생사를 걸고 싸워야 할 적.

아아, 내가 지금 시왕과 대치해 있다고 해서 용호를 떠난 건 아니다. 바로 천년이무기가 내 등 뒤, 용호에서 몸을 반쯤 드러내 놓고 샛노란 눈을 번쩍이며 우리를 지켜보고 있단 말씀이지.

일의 전말은 이러하다. 광한폭뢰장과 초풍건룡권이 극성에 오르자 광한폭뢰장, 초풍건룡권을 다른 무공들과 연계시키며 무공 초식에 대한 이해를 높이고 있는 참이었다. 또한 정신적인 힘이 필요한 물음표의 능력치를 사용하기 위해선 꾸준한 수련이 필요했기에 그 수련도 더불어 하고 있었다.

나 스스로의 깨달음을 위해서였을까? 아니면 천년이무기 자신의 수련을 위해서였을까. 천년이무기는 자주 모습을 드러내지 않고 있었다. 하지만 오늘은 웬일로 모습을 드러내더니 다짜고짜 천추십왕 중 두 명이 다가오고 있다는 소리로 날 깜짝 놀라게 만들었다.

그리고 반 시진쯤 흘렀을까? 용호의 주변을 둘러싸고 있는 숲을 헤치며 두 명의 인영이 모습을 드러내었다. 그중 하나는 당연히 지금 나와 대치 구도를 이루고 있는 시왕이며, 하나는 아주 낙막한 인상의 냉기가 뚝뚝 떨어지는 사내였다.

난 본능적으로 느낄 수 있었다. 내게서 첫 번째 죽음을 맞이하게 한 남자. 저 낙막하고 냉기 넘치는 인상의 사내가 바로 그자라는 것을.

나를 보호해 주기로 약속이 되어 있는 천년이무기는 당장 저 둘을 쫓아내려 했지만, 난 잠시 내게 맡겨달라고 말했다. 그래서 씩씩 화를 내며 앞으로 나선 시왕을 맞이하여 이렇게 대치 구도를 이루고 있는 중이었다.

"담력이 대단하군. 적어도 자신의 능력과 상대의 능력을 알 수 있을 정도의 실력은 되지 않았나? 아니, 그게 아니더라도 천년이무기의 강함쯤은 누구나 다 느낄 수 있을 텐데?"

내가 놀란 점은 바로 이것이다. 여기는 용호. 천년이무기가 자리를 잡은 곳이다.

천년이무기의 힘은 내가 겪어본 그 누구의 힘보다도 강력하다. 한때 내가 푸우와 함께 미친 척하고 덤볐더라면 지금의 나는 있지도 않을 정도로 강력하다.

끝이 보이지 않는 강함.

그것을 천년이무기는 가지고 있었다. 그런 천년이무기가 사는 용호에 제발로, 그것도 단둘이 달랑 찾아오다니……. 이건 용기라기보다는 만용에 가까운 짓이었다.

"흥! 내가 모시고 있는 창조주께서 저 용의 힘을 뛰어넘는데 두려울 것이 뭐가 있겠습니까. 저에게는 단지 덩치 큰 이무기일 뿐입니다."

"이봐, 네가 말한 게 사실이라고 해도 천년이무기보다 강한 건 창조주, 인공지능이지 네가 아니란 말이야."

난 그렇게 면박을 주었지만 그래도 속으로는 놀라움을 띠고 있었다. 덩치 큰 이무기라니……. 확실히 맞는 말이긴 하지만 말이야. 만약 천년이무기의 성격이 조금만 좋지 않더라도 저 녀석은 이 비상에서 존재 자체가 지워지게 될 거란 말이지.

어쨌든 저 자신감도 자신이 따르는 이에 대한 힘의 믿음과 자기 자신에 대한 믿음이 강력해서 나타나는 것일 테지.

난 시왕과의 대화를 계속하면서 곁눈질로 낙막한 인상의 사내를 쳐다보았다. 저자도 천추십왕이겠지? 내 속을 뒤집던 그 차가움… 절대 잊을 수 없는 충격이었다. 적어도 나에겐……. 그렇기에 자연스레 시선이 가는 것이었다.

"그래서 어쩔 생각이지? 한 번 싸워보기라도 할 생각인가? 하지만 무엇 때문에? 나한테 속아서 무너진 자존심을 회복하고자 이길 수도 없는 싸움으로 쓸데없는 힘 자랑을 해서 목숨을 잃을 생각은 아니겠지? 아아, 정정하지. 너에겐 목숨 따위란 가치없는 것이었지?"

난 한껏 시왕을 조롱해 갔다. 내게 속았다는 자존심 상하는 말부터, 결코 이 상황에서 날 어쩌지 못한다는 것까지 들먹였으며, 결국에는 인신 공격까지 하며 녀석을 실컷 조롱했다. 그래야 내가 원하는 답을 얻어낼 수 있을 테니까.

"날… 잘도 속아넘겼더군요. 약속을 어기고 나를 함정에 빠뜨렸어요."

"어찌 되었든 너희에게 단서는 넘어가지 않았나? 그때 난 너희에게 목숨을 잃었고, 그때 일은 그걸로 끝났잖아. 난 지난 일을 회상하면서까지 분노를 일으켜 힘 빼는 짓은 하고 싶지 않다고."

"조각……."

"조각? 그건 또 무슨 소리냐?"

"시치미 뗄 생각은 마시죠. 이미 당신이 가지고 간 것을 알고 있습니다. 당신의 기파… 상당히 이상하더군요. 도저히 추적할 만한 성질의 것이 아니었습니다. 하지만 난 당신을 찾아내었죠? 그것은 당신이 가진 단서의 조각이 가진 기파 때문이었습니다. 이래도 발뺌할 속셈입니까?"

역시… 그랬던 거로군. 내 예상이 맞아들었어. 다른 건 몰라도 일단 조각이 특유의 기파를 내뿜고 있다는 것과 내 손에 들어온 조각처럼 아주 일부라도 없게 되면 그 단서는 아무짝에도 쓸모가 없게 될 거란 예상이 적중한 거야.

좋아, 어쨌든 듣고 싶었던 답은 얻었군. 이제 저들을 어떻게 하느냐가 문제인데… 그냥 쫓아내 버려? 적어도 이 용호 안에서는 내 목숨은 안전하단 말이야. 천년이무기와의 약속이 그러했으니까.

하지만… 그래, 역시 이대로 보내 버리기엔 아쉽지. 오랜만에 나타난 대전 상대를 이렇게 쉽게 보내 버릴 수 있나!

"어때? 나랑 내기 한 번 하지 않겠어?"

"닥치시죠. 당신은 이 자리에서 죽을 것입니다."

"이봐, 너무 흥분하지 말라고. 네가 아무리 천년이무기를 무서워하지 않는다고는 해도, 너도 느끼고 있잖아. 적어도 이 용호 주변에서는 인공지능이 직접 나서지 않는 한 날 죽일 수 있는 존재는 없어. 그걸 모르지는 않겠지?"

"……."

내 물음에 시왕은 침묵으로 답변했다. 뭐, 상황에 따라 다르겠지만 지금의 상황에서 침묵이면 반은 성공한 것이다. 난 그 기세를 몰아 말을 잇기 시작했다.

"하지만 그런 너에게 내가 기회를 주겠다는 거지. 자, 내기다. 나와 1대 1 대결을 해서 네가 이기면 단서의 조각을 돌려주지. 하지만 네가 진다면 나머지 이 조각 외의 것을 내놔라."

어디까지나 시왕에게 불리한 제의가 아닐 수 없었다. 내가 지게 되도 잃는 건 그 의미가 아주 작은 조각. 하지만 시왕이 지게 되면 완전히 단서를 통째로 잃게 되는 것이니 시왕에게 불리한 제의였다.

분명 그 뜻이 이것뿐이라면 시왕은 거절할 것이다. 하지만 이외에도 한 가지 뜻이 더 담겨 있었다.

이것은 시왕에게는 기회였다. 내 말처럼 이 용호 주변에서는 날 죽일 수 없었다. 아니, 죽이기는커녕 조각을 빼내갈 수도, 내게 접근조차 할 수 없을 거다. 천년이무기가 세상에 눈을 달고 있지 않다고 해도 비상의 전역을 볼 수 있듯 눈을 감거나, 잠을 자고 있다고 해도 내가 겪고 있는 상황을 볼 수 있다.

아무리 잠입의 대가라고는 해도 결코 천년이무기의 눈을 피할 수 없다는 말이다. 또한 그런 잠입이 불가능하다면 정면 돌파밖에 없는데, 내 예상으론 시왕이… 아니, 천추십왕이 모두 덤빈다 해도 천년이무기의 비늘 하나 건들지 못할 것이다.

이런 상황에서 내게서 조각을 빼앗는다? 그게 가능하다는 것을 믿을 바에야 차라리 지나가던 푸우가 먹던 마물을 뱉어냈다는 것을 믿고 말겠다.

어쨌든 내게서 조각을 빼앗을 방법은 내가 내건 제의뿐인 것이다. 그 때문에 시왕은 지금 무척 고민하는 표정을 짓고 있었다.

훗! 여기서 크리티컬 공격이다!

"뭐, 대결 중에 죽는다면 천년이무기도 어쩔 수 없겠지."

"좋습니다. 승낙하죠."

내 말이 떨어지자마자 고민 따윈 할 필요도 없다는 듯 곧바로 대답하는 시왕의 모습에, 난 내 의도대로 진행되고 있음에도 왠지 기분이

나빴다.

끄응… 시왕 저 녀석 그렇게까지 날 죽이고 싶었나? 어, 어쨌든 간에 내 뜻대로 됐으니 잘되었군. 근데 왜 이렇게 기분이 더럽지?

"하지만 천년이무기가 나서지 않을 거라는 걸 어떻게 믿죠?"

아, 거참. 천년이무기가 두렵지 않다더니 더럽게 따지네.

난 시왕의 깐깐한 질문에 몸을 돌려 천년이무기를 바라보았다. 천년이무기의 노란색 눈동자는 보는 이로 하여금 주눅 들게 하는 힘이 있었지만 나야 워낙 많이 봐서 그럭저럭 견딜 만하다.

어쨌든 난 천년이무기를 올려다보았고, 천년이무기는 나를 내려다보았다.

"부탁드립니다. 1대 1 대결에서는 저들을 공격하지 말아주십시오."

[나의 역할은 이 용호 안에서 그대를 지키는 것. 하지만 그대의 의지를 억지로 거스를 순 없겠지. 좋다, 그대의 뜻에 따르겠다.]

"감사합니다."

난 정중히 허리를 굽혀 인사한 뒤 다시 시왕을 바라보았다. 시왕은 내 말을 천년이무기가 쉽사리 받아주자 매우 놀란 듯한 표정을 짓고 있었다. 난 씨익 미소 지으며 시왕에게 입을 열었다.

"어때? 됐지?"

"그렇군요."

"자, 그럼 누가 먼저 나설 테지? 다시 말해 두지만 1대 1이야. 둘이 동시에 덤비면 천년이무기가 나설 거라고."

"걱정 마시죠. 당신은 내 손에 죽을 테니."

"호홍."

시왕은 말을 끝내자마자 잠시 눈을 감았다. 무엇인가 집중하는 듯한 표정이었다. 사실상 대련은 시작된 것과 같으니 이때 공격하면 되겠지만, 그렇게 되면 대전 상대로 써먹으려던 애초의 계획이 틀어지게 되니까 잠시 기다려 주기로 했다.

그렇게 잠시 기다리자 곧 땅이 진동했다.

구구구궁!

불쑥 솟아올라 기둥을 만든 땅. 그 속에서 다름 아닌 마석투혼사가 걸어나오고 있었다.

"과연 천년이무기의 힘은 대단하군요. 마석투혼사를 소환하기조차 이리 힘들 줄이야……. 하지만 창조주의 힘을 받은 내가 불가능한 것은 없습니다."

으음, 아마 천년이무기의 존재감 때문에 마석투혼사의 소환이 힘들었나 보다. 그러나 그걸 뚫었다는 생각에 시왕은 자부심 넘치는 목소리로 말했다. 하지만 내가 보기엔 아무래도…….

[건방 떨지 마라. 내가 허락하지 않았으면 그깟 돌 괴물 따위가 이 용호에 감히 발을 들여놓을 수 있을 것 같더냐.]

그럼 그렇지. 시왕 주제에 천년이무기의 힘을 뚫다니… 천년이무기가 허락해 줘서 가능했던 거야.

난 시왕을 비릿한 눈빛으로 바라보며 입가에 비웃음을 지었다.

"크으윽!"

"이봐, 시작하자고."

"과연 그동안 실력이 얼마나 발전했기에 그 정도의 자신감을 보이는지… 이제부터 지켜보죠!"

시왕의 말이 끝남과 동시였다. 여느 때처럼 마석투혼사가 내게 덤벼들었다. 과연 시왕도 마석투혼사에 많이 익숙해졌는지 예전에 비해 아주 빠른 속도였지만, 내 눈 안에 그 움직임이 모두 잡히고 있었다.

팍!

마석투혼사의 공격이 얼마나 거센지 공격을 하기 위해 진각을 밟은 순간 땅바닥이 깊게 파일 정도였다. 하지만 단지 그뿐이었다.

난 원주미보를 밟아 마석투혼사가 깊게 찔러오는 주먹을 가볍게 피해 버렸다. 마석투혼사의 주먹이 휘어져 나를 노릴 듯했지만, 그전에 내가 먼저 주먹을 뻗어 마석투혼사의 관절을 격타했기에 그 속도가 현저히 느려질 수밖에 없었다.

그렇게 마석투혼사의 공격을 피하고 이어지는 공격의 흐름을 끊고 원주미보를 밟는 것과 동시에 내 발이 움직였다.

"그딴 단순한 공격으로 날 잡을 줄 알았더냐! 성운추명(星雲追明)!"

한줄기 성운과도 같이 빛을 좇을 정도의 쾌각(快脚)! 운영각의 제일 초 성운추명의 초식으로 오른발이 급격히 뻗어나가 마석투혼사의 목덜미를 끊어놓았다.

말 그대로 끊어놓았다.

퍼걱!

목을 이루고 있는 돌이 부서지며 마석투혼사의 목과 신체는 완전히 분리되었다. 하지만 마석투혼사가 이따위 것에 큰 충격을 받았을 리 없었다.

마석투혼사는 시왕이 죽기 전엔 죽지 않는다. 이따위 것으로 죽을 목숨이었으면 이미 예전에 나한테 수십 번도 더 죽었으리라. 역시 시왕을 죽이기 전까지는 마석투혼사를 죽일 수 없다지만, 당분간 쓸 수 없도록 완전히 부숴놓을 필요가 있었다.

"건룡풍……."

초풍건룡권의 제일초 건룡풍힐을 시전하여 녀석을 완전히 가루로 만들어 버릴 생각이었지만, 그전에 나를 향해 빛살을 탄 화살같이 날아오는 무엇인가의 살기에 난 급히 원주미보를 밟을 수밖에 없었다.

캬아아악!

가득한 원성을 내지르며 원혼이 방금까지 내가 있던 자리를 지나쳐 갔다. 난 슬쩍 고개를 돌려 시왕을 바라보았다. 시왕은 내가 처음부터 마석투혼사를 쉽게 유린하자 놀란 듯한 표정을 짓고 있었지만, 자신의 개입으로 마지막 일격을 성공시키지 못하자 의기양양한 듯 기분 나쁜 미소를 짓고 있었다.

그와 동시에 마석투혼사의 손짓이 나를 향해 날아들었다. 머리는 이미 날아가 버렸음에도 여전히 빠르고 강력한 힘이 담긴 공격이었다. 또한 앞뒤 좌우 할 것 없이 원혼이 심심찮은 표정으로 내게 압박을 주며 달려들었다. 마치 나를 중심으로 해서 원혼들이 하나의 구를 이룬 듯 정말 빽빽한 간격으로 공격해 왔다.

"좋은 연합 공격!"

"흥! 그깟 허풍은 이제 통하지 않습니다!"

확실히 시왕이 큰소리 칠 정도로 이번 공격은 까다로운 공격이다. 피할 곳을 모두 점하며 들어오는 공격. 분명 예전의 나였다면 방어를 하며 견뎠을 공격이다. 그만큼의 충격을 입었을 것이고, 또 그만큼 뒤처지게 되어 상대의 흐름에 또다시 따라가고 말았을 것이다.

하지만 그렇게 당하려고 내가 지금껏 수련한 게 아니다. 이번 수련의 목적은 나 자신의 무공에 대한 확실한 이해. 그리고 그 이해를 바탕으로 한 효과적인 움직임!

"통할지 안 통할지 두고 보자고! 투영풍로!"

바람이 따르기 시작한다. 내 움직임 자체가 바람이 되고, 또한 그 바람을 따르기 시작한다.

파아아아앗!

캬아아아악!

귀청을 찢어버릴 것 같은 귀곡성과 함께 정면을 막아서던 수많은 원혼들이 소멸해 버렸다. 투영풍로. 최강의 대시 공격.

하지만 꼭 공격할 때뿐만이 아닌, 이렇게 공격을 하며 적의 포위망을 뚫는 것에도 쓸 수 있단 말씀!

또한 내 움직임은 투영풍로로 끝난 것이 아니었다. 포위망을 뚫자마자 자연스레 원주미보로 이어지는 발걸음은 이미 짧게 회전을 거치며 마석투혼사의 뒤로 돌아가 있었다. 그리고 튀어 오르는 뇌전!

"폭광진천!"

순식간에 압축된 진기가 풀어나감에 따라 그 속에 담긴 무궁무진한 파괴력이 손끝에서 심하게 요동치기 시작했다. 파괴할 대상을 찾아서… 파괴하기 위해서!

콰앙!

육장(肉掌)과 돌덩이의 부딪침으로는 결코 낼 수 없는 굉음이 울리며 마석투혼사는 그야말로 박살이 난 채 흩어져 버렸다. 또한 사방으로 튀어 나간 마석투혼사의 파편들에 다시금 나를 향해 다가오는 원혼들의 상당수가 소멸해 갔다.

일반 돌덩이로는 원혼들을 건들이지 못했을 테지만, 마석투혼사의 파편을 감싸고 있는 폭광진천의 뇌전들은 원혼들에게 치명적이었던 것이다.

난 그와 동시에 하늘로 뛰어올랐다. 능공천상제를 유연히 밟으며 하늘 높이 뛰어오르자 살아남은 원혼들이 나를 향해 달려들었지만, 난 당황하지 않았다.

어느새 내 손에는 허리춤에 꽂혀 있던 백야가 그 모습을 드러내고 있었다. 그리고 그 백야에는 금묵광의 진한 강기가 불타오르고 있었다.

"자, 마지막이다! 낙월업!"

오랜만에 펼쳐 보는 현월광도 제팔초 낙월업!

조용히 낙하하는 수많은 강기의 달은 일반인의 시야에는 잘 보이지 않을 정도로 미약한 빛을 뿜어내고 있을 뿐이었다. 하지만 그것은 겉보기에만 그렇다는 것이다.

콰콰콰콰콰콰쾅!

금묵광의 낙하하는 달은 무서운 파괴력으로 다가오는 원혼들은 물론 아래에서 조금씩 그 조각을 모아가던 마석투혼사까지 완벽하게 짓뭉개 버렸다.

하! 오랜만에 썼더니 힘의 조절이 안 되는 건가? 아니, 그것보단 낙월업 그 자체의 파괴력이 증가한 거로군!

탓!

뭉게뭉게 피어오르는 모래먼지 사이로 난 대지 위로 발을 가볍게 내디뎠다.

"휴, 오랜만에 몸을 푸니 정말 상쾌하군."

단 일 격도 허용하지 않았다. 단순히 무공에 대한 이해가 높아졌을 뿐인데도 이 정도의 힘을 발휘하다니…… 나 너무 세진 거 아냐?

그때였다. 마치 목덜미에 차가운 얼음 칼을 댄 듯 서늘한 기운에 온몸이 쭈뼛이 곤두서고 식은땀이 등줄기를 타고 흘러내렸다.

난 재빨리 원주미보를 밟아 사방으로 흩어지기 시작했다.

작고 큰 원을 계속해서 그리며 사방으로 흩어지는 그림자처럼, 본래의 움직임을 찾기 힘들 정도로 움직였다. 그때 내 귓불을 무엇인가 스치고 지나갔다.

"윽!"

쾅!

얼음장을 가져다 댄 듯이 느껴지는 차가움에 귓불이 얼어붙는 것만 같았다. 그리고 그 느낌과 동시에 내 귓불을 스치고 지나간 무엇인가가 뒤로 날아가 큰 굉음을 내고 있었다.

차가움의 고통이란 불에 타는 것 이상으로 심각한 아픔을 주었지만, 그래도 원주미보를 밟는 것을 멈추지 않았다. 지금은 단지 아픔이지만, 이 아픔으로 인해 발을 멈췄다가는 또다시 목숨을 잃어야 할지도 몰랐기 때문이다.

쾅! 쾅! 쾅! 쾅!

서늘한 기운이 전신을 훑고 지나간다는 기분이 들면 여지없이 뒤에서 굉음이 들려왔다. 잠시 손을 올려 귓불을 만져 보니 귓불이 얼어붙은 듯 잔뜩 서리가 끼어 있었고, 무엇인가 날카로운 것에 베인 듯한 흔적은 남아 있었다. 하지만 굉장한 차가움만이 느껴질 뿐 피는 흘러내리지 않았다.

아니, 마치 피조차 얼어붙은 듯했다.

"제기랄… 또 이런 상황이냐?"

역시 난 어떻게 바뀌든 간에 내가 만든 상황에 나 자신이 당하게 된다니까. 이 모래먼지도 내가 일으킨 건데 결과적으로 이런 공격을 받고 있잖아.

휴우, 후회는 아무리 빨라도 늦은 법. 다음부터는 조심하기로 하고 원주미보에나 신경 쓰자.

그렇게 원주미보에 더욱 신경을 쓰자 날 감쌀 듯하던 차가운 한기는 사라져 갔다. 하지만 계속해서 굉음은 울리고 있었기에 난 발걸음을 멈출 수 없었다.

결국 모래먼지가 그칠 때까지 전력을 다해 원주미보를 펼칠 수밖에 없었고, 잠시 후 먼지가 가라앉기 시작하자 난 전방의 모습을 볼 수 있었다.

"으음? 헛!"

차가운 무엇의 정체. 그것은 바로 검기였다. 그것도 한기가 잔뜩 담긴 검기. 굉음이 들려온 뒤쪽을 보니 완전히 빙벽(氷壁)이 하나 세워진 듯 나무들이 얼음에 얽혀 있었다. 그리고 나의 정면에는 검기를 쏘아 보낸 주인공, 바로 그 낙막한 인상의 사내가 태양빛조차 얼려 버릴 듯한 한기를 내뿜는 새파란 검을 쥐고 있었다.

세상에 검이 파란색이라니… 한월도 푸른색을 띠고 있긴 하지만, 그것은 도광(刀光)에서 비롯된 본래의 철 성질을 나타내는 것일 뿐 금속 자체가 저렇듯 푸르지 않다. 또한 저 한기라니……. 결코 한월에 뒤지지 않는, 아니, 어쩌면 한월보다 더욱 강렬할지도 모르는 한기를 내뿜고 있는 검이었다.

하지만 신기한 건 신기한 거고, 내겐 그보다 중요한 일이 있었다.

난 싸늘한 눈초리를 빛내며 입을 열었다.

"약속을 어길 참인가?"

"약속을 어기지 않는다."

"하지만 어째서 당신이 나선 것인가. 분명 나와의 약속은 1대 1의 대결이었을 텐데?"

"선수 교체다."

엥? 저건 또 무슨 소리야?

난 낙막한 사내의 말에 일순 황당한 표정을 지으며 그를 바라보았다. 그러다 언뜻 그의 어깨 너머에 손발이 얼음에 꽁꽁 묶여 있는 듯한 시왕의 모습이 보였다. 아, 입도 얼음에 덮여 있어 지금까지 아무 말도 못한 듯했다.

저 둘은 같은 편 아니었나?

"선수 교체라니?"

"네가 말한 규칙에는 1대 1 대결이라고만 했지, 선수 교체를 할 수 없다고 말한 적은 없다. 그 말 그대로다. 시왕 대신 내가 싸운다."

저, 저런 억지가…….

난 순간 멍해지고 말았다. 그래, 솔직히 그런 말을 한 적은 없지만 이건 순 억지잖아! 세상에 차륜전으로 싸우겠다는 거야 뭐야?

"규칙에 어긋나는 점이 있나?"

정말 정나미 뚝뚝 떨어지는 말투다. 아아, 듣는 사람의 뼛속까지 얼어붙게 할 것만 같은 무미건조한 어투. 그 어투에서 나오는 말은 사람을 할 말 없게 만드는 말…….

정말 빌어먹을이군.

"그럼 나중에라도 언제든지 시왕과 교체할 수 있다는 건가?"

"물론."

망할!

난 낙막한 사내의 간결한 대답에 욕이 튀어나오려는 걸 간신히 참았다.

저거 정말 검을 든 무사 맞아? 자존심도 없어? 어떻게 차륜전을 펼치겠다는데, 저렇게 당당할 수가 있는 거지? 내가 그런 의미가 잔뜩 담긴 표정을 짓자 상대도 그 표정을 읽었는지 다시금 무미건조한 목소리로 답해 왔다.

"내게는 수단과 방법 따윈 상관없다. 창조주께서 내게 내리신 임무가 최우선일 뿐. 임무를 성공하기 위해선 어떤 방법도 쓸 수 있다."

저, 저렇게 말하니 내가 할 말이 없어지잖아. 쩝, 솔직히 마석투혼사와 원혼들을 상대했다지만 내게는 피해가 전무했다. 연달아 좀 고난이도의 초식을 사용했기에 내공의 소모가 있었다지만, 그래 봤자 아주 조금일 뿐이었다. 체력도 넘쳐 났고, 내공도 넘쳐 났다.

제기랄… 그래, 어차피 이렇게 된 거 첫 번째 목숨의 복수를 해주마.

난 백야를 쥔 손에 힘을 주었다. 시왕과는 달리 상대는 검을 쓴다, 그것도 지독한 한기가 느껴지는 검을. 물론 내겐 권갑과 각반이 있긴 하지만 그것만으로는 상대의 저 한기를 막을 수 없을 것 같다.

뭐, 그런 이유도 있긴 하지만 그보다는 지금까지 광한폭뢰장과 초풍건룡권을 싸웠으니 이제 현월광도 차례거든.

난 그렇게 백야를 쥐고 상대를 노려보았다. 그러자 상대의 눈빛이 살짝 놀란 듯한 빛을 발했다.

"그렇군. 네가 무황이란 녀석이었어."

"협!"

뭐, 뭐야? 저, 저 녀석 어떻게 안 거지?

"현월광도… 절정의 도법. 설마 창조주께서 네 도법의 기운도 알아차리지 못할 거란 생각을 하진 않았겠지? 네 자체의 기파는 숨겼지만 도법에서 느껴지는 기운을 이렇게 정면에서 보게 되었는데 아직도 숨길 수 있으리라 생각하나?"

그런 건가? 쩝, 역시 낙월엄을 쓴 게 잘못이었어. 그냥 초풍건룡권과 광한폭뢰장으로 밀어붙이는 건데…….

"정체를 알고 있다면 할 수 없군. 뭐, 그리 오래갈 것이라 생각하지는 않았는데 여태까지 들키지 않은 것만으로도 대단한 거지. 게다가 어차피 너희와 싸우려면 정체 정도에 연연해서야 되겠나? 자, 중요한 게 내 정체였나? 아니면 나와의 승부였나?"

난 백야를 들어 올리며 그렇게 외쳤다. 그러자 낙막한 사내도 다시 눈빛에 싸늘한 기운을 풍기며 푸른색 검을 들어 올렸다.

"나의 이름은 참왕(斬王). 얌전히 한상검(寒傷劍)의 제물이 되어라."

역시 천추십왕이었군. 참왕이라… 베기의 왕이라는 건가? 비왕, 패왕, 잔왕, 시왕, 요왕, 파왕, 암왕에 이어 이젠 참왕이라… 아주 가지가지로군.

"난 무황이다. 그리고 미안하지만 제물은 내 성격상 별로라서 말이야."

난 그렇게 반박해 주고는 백야를 통해 현월광도를 펼칠 만반의 준비를 끝냈다. 그렇게 잠시 시간이 지나고 먼저 움직인 것은 참왕이었다.

탓!

짧게 땅을 차고 단숨에 접근해 오는 참왕의 움직임은 매우 깔끔했다. 쓸데없는 움직임을 철저히 배제하고, 오직 실용을 바탕으로 한 움직임!

"죽어라."

그 깔끔한 움직임을 본 순간, 곧바로 그의 검이 아래에서 위로 뚝 떨어져 내렸다. 급격히 꺾이는 모습과는 달리 검끝이 살아 있는 대단한 공격이었다.

"누구 마음대로!"

난 급히 백야를 비스듬히 들어 올려 그의 한상검을 옆으로 빗겨내는 것과 동시에 그의 검신을 타고 백야를 밀어 보냈다.

그그그그그그!

한상검과 백야가 일으키는 마찰음의 소리가 귀청을 찢는 듯했다. 아차, 이럴 게 아니지. 예기를 없애면 되잖아! 난 즉시 백야의 예기를 없앴다. 그러자 마찰음의 소리 대신 백야는 재빠른 속도로 참왕의 손끝을 노리고 들어갔다.

하지만 참왕은 그리 호락호락하지 않았다. 그는 재빨리 손목을 비틀어 아래로 꺼지고 있는 한상검을 쳐 올렸던 것이다. 그 반동으로 검신을 타고 내려가던 백야가 조금 흔들렸고, 백야는 허공을 치고 지나갔다.

난 백야가 허공을 치는 그 즉시 원주미보를 밟았다.

쉐엥!

"흡!"

공기를 가르며 한상검이 방금까지 내가 있던 자리를 긋고 지나갔다. 조금만 늦었더라도 큰 상처를 입을 만한 공격이었다. 하지만 난 애초에 원주미보를 밟아 공격에 대비했고, 그 결과 한상검이 지나간 자리로 참왕의 모습엔 큰 빈틈이 생겼다.

이제 내 차례다!

"잔월향!"

여덟 줄기 달빛의 향연(香煙)! 조용하고 천천히 제압해 들어가는 잔월향의 여덟 줄기 공격은 단숨에 참왕의 허리춤을 찢어놓을 듯했다.

이미 잔월향의 초식이 펼쳐지기 직전, 백야의 예기는 극대화되어 있었고, 그 예기는 서늘한 한기 못지않은 위압감을 내뿜고 있었다.

그때 한상검이 이상한 동작을 자아내는 것이 내 시야에 잡혔다. 왠지 불길한 기운에 난 잔월향을 조금 비틀어 쳐내며 급히 원주미보를 밟았다.

"한파유열(寒波遺烈)!"

북풍한파(北風寒波)의 물결!

매서운 한기가 한상검에서 불어 닥치기 시작했다.

길게 흘러가는 검기는 극한 냉기의 물결을 만들어내며 잔월향을 덮어버렸다. 아직 도기도 일으키지 않은 상태에서의 잔월향은 검기의 물길에 덮여 사라져 버렸고, 검기는 곧장 나를 향해 날아왔다.

"이게 바로 아까 나를 스친 그 검기로구나!"

검기의 정체를 깨달은 나는 급히 원주미보에 힘을 가했다. 검기의 위력을 이미 너무나도 잘 알고 있었기 때문이다.

차가운 한기에 코끝이 아려왔다. 한파유열의 초식이 시전되기 전부터 원주미보를 이용하여 최대한 사정거리에서 벗어났다 생각했는데, 차가운 한기의 사정거리는 생각보다 훨씬 길었다.

그렇게 긴 물결이 지나갔지만 한상검은 멈출 줄 몰랐다. 계속해서 뻗어 나오는 물결에 접근을 허용치 않는 것이다.

"쳇! 그러면 공격을 못할 줄 알았더냐!"

난 도기를 끌어올렸다. 적이 검기를 사용하는데 내가 도강을 사용하는 건 자존심 상하잖아. 이 도기로서 저 물결을 깨뜨려 주지!

난 원주미보를 밟는 외중에도 백야를 발도의 위치로 가져다 놓았다. 그리고 검기의 물결을 스쳐 보낸 그 순간, 백야의 발도를 시작했다.

“만월회!”

고도의 압축된 기를 쟁반 모양으로 형상화시키는 것. 그 날카로움은 세상 어느 기술에 비할 바가 아니었다.

쒜에에에에엥!

만월회는 내가 의도하여 살짝 비틀어 뿌려냈기에 가로로 누워 날아가지 않고 세로로 세워져 쏘아져 나갔다. 그리고는 단숨에 뻗어오는 검기의 물결을 베며 멈추지 않고 참왕을 노려 나갔다.

“큭!”

참왕은 만월회에 맞서 계속해서 검기의 물결을 뽑아냈다. 하지만 좁게 압축되어 강렬한 날카로움을 지닌 만월회 앞에서 넓게 퍼진 검기의 물결은 너무나도 쉽게 베어질 뿐이었다.

마침내 자신을 베어버릴 듯 다가오는 만월회의 모습에 참왕은 큰 기합을 질렀다.

“하얏!”

들끓기 시작하는 기파. 참왕의 한상검에서는 짙푸른 검강이 물씬 피어올랐다. 그리고 그는 검을 뽑어냈다.

“한첨성(寒尖星)!”

검강의 끝이 새어 나왔다. 마치 송곳과도 같은 모양을 갖춘 검강의 끝은 거칠게 뻗어가는 만월회를 향해 유성처럼 뻗어가기 시작했다.

파카카카카!

만월회의 회전에 이은 마찰음이 모든 천지에 울려 퍼졌다. 하지만 지금의 만월회는 도기로 만들어진 것. 한천성이라는 강기로 만들어진 뾰족한 기술에는 당할 수가 없었다.

곧 한첨성에 의해 만월회는 부서져 버렸고, 한첨성은 그대로 쭉 날아들었다. 하지만 난 이미 그 자리에 없었다.

"여기다."

"헉!"

난 만월회를 쏘아내는 그 즉시 원주미보를 밟아 빙그르 돌아 참왕의 뒤를 점하였다. 그러니 한첨성의 기술이 나를 꿰뚫을 수 있을 리가 없잖은가.

참왕 역시 만월회에 정신을 쏟은 터라 갑작스레 이동한 내 모습에 경악의 신음을 질렀다. 참왕은 그 즉시 검강을 씌운 한상검을 나를 향해 돌리려 했으나 그전에 내가 먼저였다.

"어딜, 일섬탄지!"

일순 눈을 부시게 하는 섬광의 발출과 함께 한상검을 쥔 손은 검과 함께 뒤로 튕겨났다. 비록 지풍(指風)일 뿐이지만, 많은 진기를 담은 일섬탄지였기에 검강에 직접 충격을 줄 수 있었던 것이다.

그와 동시에 난 두 가지 초식을 동시에 펼쳐 냈다.

"끝이다! 운영초각, 삭월령!"

사사사사삭!

한상검이 뒤로 날아가자 보법을 이용해 내 공격을 피하려는 참왕을 총 세 번의 발길질을 담은 운영초각으로 무너뜨리고, 동시에 광포하게 내리꽂는 삭월령을 전개했다.

수많은 잔상을 그려내며 도기를 머금은 백야가 떨어져 내리자 참왕의 얼굴이 일그러졌다. 변화없던 표정에서 처음으로 나타난 변화였다. 내가 이 정도란 말이지!

하지만 그때 내 허리에 둔중하고 무거운 충격이 느껴졌다. 충격은 곧 고통으로 바뀌었고, 삭월령은 겨우 참왕의 어깨를 스치고 지나갈 뿐이었다.

"컥!"

허리에서 느껴지는 지독한 고통에 난 앞으로 튕겨나며 나자빠졌다.

"끄윽! 뭐, 뭐야?"

"선수 교체입니다."

내 허리에 충격을 준 존재, 그는 다름 아닌 시왕이었다. 어느새 얼음에서 벗어났는지 내가 참왕을 베어버릴 듯하자, 시왕은 원혼을 쏘아내어 나를 공격한 것이었다. 어느새 참왕은 멀찍이 떨어져서 나와 시왕을 바라보고만 있었는데, 삭월령에 의해 당했는지 그의 어깨는 피에 젖어 있었다.

제기랄! 저따위 어깨의 상처가 아니라 아예 참왕을 끝내 버릴 수 있는 찬스였는데! 이 빌어먹을 놈이!

"자꾸 규칙을 어길 건가?!"

"무슨 소리! 말 그대로 선수 교체일 뿐입니다."

"빌어먹을! 다 죽으려는 판에 선수 교체라니 그게 2대 1이랑 틀린 게 뭐냐고!"

"흥! 참왕이 공격할 동안 나는 공격하지 않았고, 참왕의 공격이 그치자 내가 공격한 것일 뿐 2대 1과 같은 합공을 펼치지는 않았습니다."

빌어먹을! 그딴 게 어디 있어! 이건 완전히 사기 아니야!?

"자, 선수 교체했으니 갑니다!"

시왕은 그리 외치며 다시금 수많은 원혼들을 쏘아 보내기 시작했다. 난 허리의 고통이 심각했지만 그렇다고 가만히 당할 순 없었기에 고통을 참으며 자리에서 일어났다.

"망월막!"

　도기로 이루어진 망월막이었지만 원혼들을 막기엔 충분했다. 난 망월막을 펼치며 천년이무기를 바라보았지만 천년이무기는 아무런 상관도 하지 않고 있었다.

　제길… 허락한다는 무언의 긍정인가? 분명 시작은 내게 유리했는데 왜 갈수록 이렇게 되어가는 거야?

　이렇게 생각을 한다고 해서 변할 건 아무것도 없었다. 결국 나는 다시 시왕을 맞이하여 싸워야 했다.

　"헥! 헥! 이, 이 비겁한 놈들……."

　"헉! 헉! 제법 잘 견디시는군요."

　"하아, 하아… 대단하군."

　나는 시왕과 참왕을, 시왕과 참왕은 나를 노려보며 그렇게 대치 상태를 이루고 있다.

　얼마 동안이나 싸웠을까. 이미 해는 서쪽으로 완전히 사라져 깜깜한 어둠이 세상을 덮었다. 하지만 천년이무기의 눈에서 새어 나오는 빛을 바탕으로 희미한 시야에서도 싸움은 계속되었다.

　그런데 이 치사한 놈들이 동시에 공격하지 않으면 협공이 아니라는 말도 안 되는 소리를 늘어놓으며, 말 그대로 번갈아가면서 공격하는 게 아니겠는가.

　난 천년이무기를 계속해서 봤지만 천년이무기는 눈 뜨고 자고 있는 것인가 의심될 정도로 잠잠히 상황을 지켜볼 뿐이었다. 그렇게 되니 난 죽을 맛이었다.

　이놈들은 그래도 차륜전으로 쉬어가면서 공격할 수라도 있지, 난 한 번도 쉬지 못하고 번갈아가며 이놈들과 싸워야 했던 것이다. 아무리 내 체력과 내공이 극한에 이르렀다고 해도 전력을 다해 이렇게 싸워댔으니 이미 체력과 내공은 바닥을 기고 있는 상태라는 거다. 차륜전으로 공격했다지만 이 녀석들이 나의 무한한 체력과 내공에 견줄 수 있을 리 없었기에 녀석들도 상당히 지쳐 있었다.

하지만 나 역시 내가 가지고 있던 폭기에서 투결까지 모든 걸 다 쏟아 부은 상태이다. 결과적으로 더 이상 내게 남은 건 없었다.

"어떻게 그 짧은 기간 동안 이렇게 강해질 수 있는 것이죠?"

시왕은 도저히 이해가 안 된다는 듯이 내게 물어왔다. 하긴 시왕은 이해가 안 될 것이다. 아마 내 예상으로 시왕은 수련 따윈 하지 않을 것이다. 단지 자신의 능력만을 바탕으로 싸울 테니까.

그렇기에 자신을 되돌아볼 기회도 없을 것이고, 더욱이 발전 같은 건 불가능하다. 이것이 너와 나의 차이점이라는 거지. 하지만 난 그 답을 시왕에게 해주지 않았다. 적에게 그런 걸 알려줄 정도로 난 착하지 않다고.

그때 참왕의 한상검이 다시 빛을 발했다.

"한첨성!"

헉! 저 녀석, 아직 검강을 일으킬 힘이 남았어?

그러나 나의 걱정과는 달리 내게 날아온 것은 검강이 아닌 비실비실한 검기일 뿐이었다. 하지만 그래도 검기는 검기. 감히 무시할 수 없는 기운에 난 움직이려 하지 않는 발을 억지로 떼어내어 원주미보를 밟기 시작했다.

그렇게 한첨성의 공격을 피하고 나자 그 즉시 내 발목이 무언가에 의해 잡혔다는 것을 느낄 수 있었다. 그 정체는 다름 아닌, 시왕의 원혼이었다.

"어딜 가십니까!"

시왕은 내 발을 잡아놓고 직접 뛰어와 나를 향해 주먹을 날렸다. 시왕의 겉모습은 아직 어린 소년. 그 어린 소년의 주먹이 얼마나 아프겠느냐마는 시왕은 육체의 모든 잠재력을 다 살릴 수 있기 때문에 그 파괴력은 장난이 아니었다.

"제기랄!"

난 즉시 앞으로 넘어지며 일섬파지를 날려 내 발을 잡고 있는 원혼을 떼어내었다. 그리고 거기서 멈추지 않고 앞으로 굴러 시왕의 공격을 간신히 피해내었다.

난 백야를 세워 시왕을 향해 잔월향을 뻗어내려 했으나 그전에 내 뒤에서 싸늘한 한기가 느껴졌기에 잔월향의 초식을 급히 망월막으로 바꿀 수밖에 없었다.

캉!

망월막에 의해 한상검은 허탈하게 팅겨났지만 나 역시 망월막을 완전히 시전하지 못했기에 충격이 전해져 왔다. 큭! 잘못했으면 백야를 놓칠 뻔했어.

난 그 충격에 밀려 두 발자국 밀려났다. 그때 내 눈에 급격히 내 복부를 향해 다가오는 시왕의 주먹이 보였다. 이런 제기랄!

퍽!

"컥!"

난 급히 몸을 뒤로 빼낸다고 빼냈지만 타격을 모두 없앨 순 없었다. 정확히 맞은 것이 아니라 견딜 수는 있었지만, 그래도 내장이 뒤집어지는 것과 같은 충격에 난 신음을 터뜨렸다.

그것과 동시에 뒤에선 또다시 한기가 느껴졌다. 난 백야를 들어 올려 빗겨내려 했지만 백야를 쥔 손은 올라가지 않았다.

푸학!

"크억!"

등이 뜨거웠다. 아니, 차가웠다. 차가움과 뜨거움. 그 두 가지 고통을 난 동시에 느낄 수 있었다. 난 무의식적으로 원주미보를 밟아 그 사이를 빠져나갔다. 하지만 발걸음을 옮길 때마다 난 지독한 고통에 휩싸여야 했다.

또, 또다시 이 고통이다. 첫 번째 죽음 때 기억했던 그 고통… 두 번째 죽음도 이렇게 맞는 것인가?

천년이무기는 왜 날 도와주지 않는 것이지? 이들은 규칙을 어겼다. 온갖 변명을 가져다 붙였지만 누가 보더라도 규칙을 어긴 것이다. 그런데 천년이무기는 나서지 않고 있었다. 빌어먹을…….

"이제 끝이군요."

"끈질기군."

시왕과 참왕이 나를 향해 다가오기 시작했다. 크윽! 의식이 흐려져 가는군. 빌어먹을… 이렇게 당할 거였나?

시왕과 참왕에 대한 증오보다 천년이무기에 대한 증오가 먼저 불타올랐다. 내가 그동안 해왔던 것은 무엇인가. 나를 지켜주겠다던 천년이무기의 말은 또 무엇인가. 내 부탁 때문인가? 나서지 말라고 했던 부탁 때문인가? 제기랄! 그 정도는 알아먹을 융통성은 있잖아! 이들은 명백히 규칙을 어겼는데 왜 나서질 않는 거냐고!

나의 잘못일 수도 있다. 내가 괜한 부탁을 했기에 이렇게 된 것일 수도 있다. 하지만 난 이대로 죽을 순 없었다. 소중한 또 한 번의 목숨을 이렇게 헛되이 사라지게 할 수 없었다.

난 결코 이대로 죽을 수 없단 말이다!

"이만 가라."

다시 한 번 참왕의 목소리가 울려 퍼졌다. 참왕이 한상검을 높이 쳐
든다. 이때 일장을 날리면 참왕은 큰 피해를 입을 정도로 빈틈이 많았
다. 하지만… 일장을 내뻗기에는 지금 내게 남은 힘이 없었다.

드디어 참왕의 한상검이 천천히, 아주 천천히 내려오기 시작했다.

으음? 기분 탓인가? 어째서 참왕의 한상검이 저토록 느린 거지? 그
러고 보니 고통도 사라졌다. 아니, 사라진 게 아니다. 고통이… 나누어
졌다.

나누어지는 고통? 이상한 말이다. 하지만 그렇다. 고통의 강도가 아
주 천천히 흘러감에 따라 그 죽을 것만 같던 고통이 많이 희석되어 버
렸다. 그것뿐만이 아니다. 이 힘… 알 수 없는 힘이 솟아오른다.

지금껏 느껴보지 못한 거대한 힘. 무엇으로도 막을 수 없을 것만 같
은 거대한 힘. 그런 힘이 갑자기 솟아오른다.

내가 그 힘에 대해서 깨닫자 수많은 선들이 펼쳐지기 시작했다. 이
건… 그래, 투결이다. 이 현상은 분명히 투결이었다.

하지만 지금의 내 체력으로는 투결을 시전하는 게 불가능할 텐데?
투결같이 체력을 많이 소모하는 기술을, 체력이 바닥을 기는 지금 쓸
수 있을 리 없었다. 하지만 분명히 내 머리 중심을 향해 내리 꽂힌 이
흰색 선은 분명 공격의 결이었다.

또한 이 늦어지는 현상. 분명 분경이다. 난 이미 투결의 사용으로 인
해 분경까지 써먹었다. 정상적이라면 결코 분경이 또다시 사용될 수
없는데도 지금의 이 상황은 분경이라는 이름 외에는 설명할 수 없었다.
그리고 이 힘, 폭기… 바로 그것이 분명했다. 폭기 2단계의 힘.

하지만 역시 폭기 2단계까지 아까 써먹은 나다. 그 덕분에 시왕과 참왕을 상대로 여기까지 끌 수 있었다. 그런데 분명 그때와 같은 힘이 샘솟고 있었다.

도대체 어떻게 된 것일까?

어째서……?

답은 내릴 수 없다. 하지만 지금 내가 해야 할 일이 무엇인지는 분명히 깨닫고 있었다.

난 넘치는 힘을 끌어 광뢰충장의 초식을 이끌어냈다. 분명 지금 이 상황이 분경이라면 나 자신도 느려지기 마련이고 지금도 느려지긴 마찬가지였지만, 아까 사용했던 때의 분경보다 훨씬 빠른 움직임을 내고 있었다.

참왕의 검은 아직도 천천히 내려오고 있는 상황. 난 참왕의 검이 만들어내는 결을 피해 안쪽으로 들어가며 광뢰충장을 내질렀다.

"광뢰충장!"

슬로우 비디오를 재생한 듯이 느린 말이 입에서 튀어나왔지만 그건 상관없었다. 초식이 전개되는 그 순간, 내 손은 이미 참왕의 가슴을 가격하고 있었다.

콰앙!

"커억!"

피를 내뿜으며 참왕이 끊어진 고무줄처럼 허무하게 뒤로 날아가 버렸다. 그 뒤에 있던 시왕의 눈동자는 믿을 수 없다는 감정을 가득 담고 있었다.

난 광뢰충장을 뻗은 것에서 멈추지 않았다. 재빨리… 아니, 그래도 천천히겠지만 전력을 다해 원주미보를 밟은 나는, 어느새 시왕의 뒤를 점하고 있었다.

내 양팔에는 어느새 진천강기가 하늘을 찌를 듯 피어올라 있었다. 난 어깨부터 이어지는 관절을 모두 비틀어 회전시키기 시작했다. 그 관절의 회전은 진기 자체의 회전으로까지 이끌었고, 진기는 그 어느 때 보다 세차게 회전하기 시작했다. 그리고 난 그 진기를 손바닥 끝에 실어 시왕을 향해 뻗었다.

"회륜진앙!"

파과과과과과과과과!

천둥의 소리를 바로 옆에서 듣게 된다면 이러할까? 굉장한 폭음이 울리는 것과 동시에 시왕은 그대로 폭발해 버렸다.

전 팔초로 이루어진 광한폭뢰장의 제육초, 후 제삼초 중 첫 번째인 회륜진앙이 펼쳐진 것이다. 그 파괴력은 여태껏 내가 겪어본 적이 없을 정도였다. 예전에 한 번 써본 적 있는 초식이지만 단순한 내부 파괴가 아닌, 내부에서부터의 완전 파괴. 그리고 폭발!

시체조차 남게 하지 않는 그런 무서운 초식이었던 것이다.

한 가지 놀라운 것은 회륜진앙을 사용하자 진기는 쑤욱 빠져나가는데 동시에 그보다 더욱 많은 진기가 전신을 채워 올랐다는 것.

이런 현상은 처음이기에 뭐라 장담할 수는 없으나, 난 전신이 폭발할 것처럼 부풀어 오른다고 느꼈다. 당장 이 힘을 뻗어내지 않으면 나 역시 시왕과 다를 바가 없으리라.

그때 광뢰충장을 맞고 쓰러졌던 참왕이 나를 향해 달려오는 것을 느낄 수 있었다. 말 그대로다. 보는 것이 아니라 느낄 수 있었다. 그렇게 난 힘을 뻗어낼 대상을 찾을 수 있었고, 어느새 내 손에는 백아가 쥐어져 있었다.

“섬월명.”

작은 달.

아주 작은 달. 그 달이 백야의 끝에서 탄생되었다. 그리고 달은 빛을 내뿜었다. 세상을 덮을 정도의 끝없는 광원(光源)의 빛을!

콰콰콰콰콰콰콰콰콰콰콰!

거대한 섬광이 백야를 통해 분출되었고, 참왕 쪽을 향해 섬광같이 쏘아져 나갔다. 그리고 난 전신의 모든 힘이 빠져나가는 것과 점점 의식이 희미해져 가는 것을 느꼈다.

거칠 것 없는 무한한 파괴력.

그것이 백야를 통해 분출되고 있었다.

앞을 가로막는 것은 무엇이든 다 쓸어버렸다. 단숨에 숲을 쓸고 지나간 그 파괴력은 참왕으로 하여금 입을 다물 게 할 수 없을 정도였다.

전설의 초절정무공이 이러할까?

도저히 인간이 만들어낼 수 없는 광경을 직접 목격한 참왕은, 마치 괴물을 보는 듯한 표정으로 쓰러진 사예를 바라보았다.

‘죽을 뻔했다.’

죽을 뻔했다. 자신을 향해 절대적인 힘의 섬광이 날아오는 순간 참왕은 죽음을 예감했다. 하지만 다행히 사예가 쓰러짐으로 섬광이 흔들려 참왕을 빗나갔기에 살 수 있었다.

참왕은 사예가 만들어놓은 참상을 바라보았다.

광대한 빛이 쓸고 지나간 숲의 한쪽은 복구가 불가능해 보일 정도로 완전히 파괴되어 버렸다. 이런 힘을… 초절정무공을 지니지도 않은 자가 어떻게 낼 수 있단 말인가!

참왕은 쓰러진 사예를 향해 다가갔다.

'위험한 자다. 창조주께는 미치지 못하지만 영호충 그자와 더불어 창조주를 위협할 가장 위험한 자다.'

참왕은 결코 사예를 살려둬선 안 된다고 생각했다. 그래서 자신의 한상검을 높이 들었다. 광뢰충장의 충격으로 이미 커다란 내상을 입었기에 현재 내공을 전혀 사용하지 못하지만, 한상검의 한기와 예기라면 사예 또한 죽음을 면치 못할 것이었다.

그렇게 내려치려는 순간, 참왕은 갑자기 느껴지는 거대한 충격에 용호의 반대편까지 날아가 버렸다.

"커억!"

[떠나라.]

참왕에게 충격을 준 이의 정체는 바로 천년이무기였다. 어느새 천년이무기의 샛노란 눈동자가 참왕을 직시하고 있었다.

참왕은 전신에 존재하는 모든 뼈가 부서진 듯한 충격에 천년이무기를 바라보았고, 샛노란 눈동자와 정면으로 눈을 마주치자 전신이 오그라드는 듯한 충격을 받았다.

"끄아아아아악!"

[떠나라.]

천년이무기는 그 말을 끝으로 시선을 거두었다. 그러자 참왕은 한참 동안 고통에 몸부림치다 조금 고통이 가라앉자 억지로 참으며 천년이무기를 바라보았다.

"이, 이건 계약 위반이오! 그대는 1대 1의 상황에서는 간섭치 않기로 했잖소!"

그런 참왕의 말을 들은 천년이무기의 눈동자는 다시 참왕에게로 돌아갔다. 그러자 참왕은 다시 한 번 전신이 오그라드는 듯한 고통을 느꼈다.

[계약을 어긴 쪽은 너희다. 내가 그것을 판단하지 못할 줄 아느냐! 어설픈 말재주로 나를 농락하려 하느냐! 떠나라. 난 이 세상을 관조하는 존재. 너를 죽이게 되면 창조주와 영원히 등을 돌리게 되어 관조하는 입장에서 벗어나기에 널 죽이지 않는 것이다. 떠나라. 지금 당장!]

"끄억!"

천년이무기의 말 한마디 한마디가 참왕에겐 극심한 고통으로 돌아왔다. 극도의 한기를 가진 참왕이었지만, 감히 천년이무기의 눈빛조차 받아낼 수 없었다. 더욱이 모든 내공을 사용하지 못하게 된 바에야······.

훗날 인공지능에 의해 회복된다면 모르지만 지금 당장으로선 천년이무기에게 대항할 방법 따윈 참왕에게 없었다.

천년이무기가 다시 시야를 돌려 사예를 바라보자, 숲 전신에 널려 있는 자잘한 붉은 육편(肉片)들이 황금색 빛에 둘러싸이더니 그 육편들이 한자리로 모이기 시작했다. 그러자 곧 육편들이 모여 시왕의 형체를 만들었다.

[그 쓰레기를 가지고 떠나라. 다시는 창조주의 파편들에 대한 용호 침범을 금한다. 만약 그것을 어길 시에는 창조주의 의지가 나를 무시하는 것으로 알고, 창조주와 완전히 등을 돌리는 한이 있더라도 용서치 않겠다.]

그 말을 끝으로 천년이무기는 더 이상 참왕을 바라보지도, 말을 하지도 않았다.

간신히 충격에서 벗어난 참왕은 시왕이 있는 곳으로 다가갔다. 시왕의 전신은 황금색 빛으로 둘러싸여 있었는데, 천년이무기의 힘으로 그 육체를 보존하고 있는 듯했다.

아마도 이 용호를 벗어나면 다시 조각조각나 버리리라.

하지만 이대로 버리고 갈 순 없었다. 완전히 조각이 나버린 시왕이었지만 이 정도로 죽진 않는다. 이미 죽은 시왕이 또 죽을 리 없었다. 소멸이 되어버린다면 몰라도…….

그렇게 참왕은 시왕을 데리고 용호를 떠나야 했다. 용호를 향해 진격했을 때의 모습과는 정반대로 처참하기 이를 데 없는 몰골이었다.

한편 천년이무기는 쓰러진 사예를 바라보고 있었다. 단순히 바라보고 있는 것뿐이지만 사예의 모든 상처는 낫고 있었고, 끓어오르는 내상 역시 자연 치유가 되고 있었다.

[드디어 성공했는가?]

무슨 말일까? 천년이무기는 알 수 없는 혼잣말을 중얼거렸다.

[성공… 하지만 이제부터 시작이다.]

한마디를 더 중얼거린 천년이무기는 사예와 하늘을 번갈아 보았다.

그렇게 또다시 하루가 지났다.

◆ 비상(飛翔) 쉰세 번째 날개
움직임

비상(飛翔) 쉰세 번째 날개 움직임

내가 깨어났을 때는 이미 해가 중천에 떠 있었다. 거의 반나절을 잔 셈이다. 뭐, 잠이 아니라 기절이긴 해도 중간에 잠으로 바뀌었으니 잠이라고 해두자.

어쨌든 깨어난 나는 내가 아직 살아 있다는 것에 놀라면서도, 한편으로는 다시 분노가 끓어올라 날 바라보고 있는 천년이무기를 노려보았다. 하지만 그러다가 문득 천년이무기의 뒤편, 원래라면 나무로 빽빽이 채워졌어야 할 숲이 온데간데없이 사라진 것을 보고 대경실색하고 말았다.

그리고 천년이무기의 말에 난 더욱 놀랐다. 숲이 저 모양 저 꼴이 된 게 전부 내가 한 짓이란다. 의식이 희미해진 가운데 터질 것만 같던 알 수 없는 기운의 폭주에 난 참왕을 향해 섬월명을 쏘아냈고, 곧 기절했다. 그런데 그 섬월명이 저렇게 만들어놓았단다.

세상에… 말도 안 되는 소리지, 내가 어떻게 저렇게 만들어놓는 게 가능하단 말인가. 그것도 단 일 격으로.

인간이라면 절대 불가능한 일이다. 그래서 난 내가 괴물이 아닐까 심각하게 의심하는 중이다. 천년이무기는 거짓말을 하지 않으니 말이다.

물론 나를 곤경에서 구해주지 않았다지만 그에 대한 천년이무기의 대답을 들으니 난 아무 말도 할 수 없었다.

[초극의 힘은 강력한 정신력에서 그 위력을 최고조로 끌어올릴 수 있다. 그대는 아직 능력치를 이용한 초극의 힘밖에 발휘할 수 없었고, 난 그것을 그대의 정신력이 극한의 상황을 맛보지 못했기에 그렇다고 판단했다. 그래서 난 창조주의 파편, 천추십왕의 등장이 그대에게 도움이 되리라 생각했다. 정신력의 극한, 그것은 곧 죽음을 맞닥뜨린 상황을 말한다. 두 명의 천추십왕과의 싸움으로 그 극한의 상황이 닥쳤고, 내 예상대로 그대는 초극의 힘을 사용했다.]

"그럼 일부로 묵인하셨단 말입니까? 하지만 정말 죽을 뻔했다고요. 미리 말씀이라도 해주시지……."

[미리 말했다면 정신력의 극한에 치달을 수 있었겠는가? 그대는 나에게 너무 의지했다. 언젠가 그대는 이 용호를 벗어나야 한다. 그렇게 되면 오늘처럼 천추십왕 중 두 명이 아닌, 더 많은 천추십왕들을 한꺼번에 상대해야 할지도 모른다. 그때도 날 찾을 것인가? 오늘 그대는 천추십왕 두 명을 맞아 선전을 했다. 하지만 그것뿐, 그대는 두 명의 천추십왕조차 이기지 못했다. 그래서 더욱 초극의 힘이 필요한 것이다.]

이런 대화가 오고 갔으니 내가 할 말이 무어 있겠는가.

천년이무기가 채택한 방식이 '사자는 자기 새끼를 절벽에 밀어 강하게 키운다' 라는 것을 알아차리지 못한 내가 잘못이다. 어쨌든 덕분에 난 그 초극의 힘이라는 것에 대한 느낌을 알 수 있었다.

그때 그 들끓어오르던 힘이 초극의 힘이라니… 극한을 초월한 그 힘. 내가 겪었던 그 어떤 힘보다 세차고 맹렬했다.

물론 지금 펼쳐 보라면 못 펼친다. 아직 그 정도로 나 스스로를 다룰 수 없기 때문이다. 하지만 이미 그 느낌은 깨달았으니 이제 초극의 힘을 연성하는 것은 시간문제일 뿐이었다.

또한 어제의 경험은 내게 또 한 가지 선물을 주었다.

〈승급 퀘스트. 초극의 힘을 완성하시오.〉

이와 같은 승급 퀘스트를 받게 된 것이다.

초극의 힘의 완성. 내가 반드시 거쳐야 할 일이었다. 어차피 반드시 가야 할 길을 가는데 그 대가를 받는 기분이랄까? 괜히 횡재한 기분이다.

물론 이 승급 퀘스트의 요건인 초극의 힘을 완성하려면 엄청난 노력과 시간이 걸리겠지만, 전혀 생각지도 못한 무신(武神)으로의 길이 열렸으니 전력의 대폭적인 상승이 있을지도 모르는 일이었다.

아니, 사실 이미 전력의 대폭적인 상승을 겪고 있다.

천추십왕.

그들은 사실 얼마 전까지만 해도 내가 전력을 다해야지만 1대 1로 해서 간신히 맞붙을 수 있는 존재였다. 하지만 지금은 투결과 폭기를 사용하지 않더라도 1대 1의 승부에서 승리할 수 있게 되었으니, 이게 전력의 대폭적인 상승이 아니면 무엇이 전력의 상승이겠는가!

"자, 초극의 힘을 위해서 가자!"

아참, 그전에 오늘은 친구들과 약속이 있었지?

난 그렇게 잠시 초극의 힘을 뒤로 미뤄둔 채 오랜만에 친구들을 만나기 위해 로그아웃을 준비했다.

아, 그나저나 이건 내기에서 이긴 거야, 진 거야? 천년이무기는 무승부라고 했지만, 그래도 이건 엄연히 시왕과 참왕 쪽의 반칙패라고! 이 놈들아! 팔찌 내놓고 가!

"얘들아, 여기다!"

"여어!"

나와 친구들은 우리를 향해 손을 든 병건이를 향해 걸음을 옮겼다.

여기는 아틀란티스가 아닌, 그 근처에 있는 술집이다. 난 그냥 편하게 친구들이랑 아틀란티스에 가기를 원했지만 친구들은 매일 나한테 신세 지기가 그렇다며 괜찮은 다른 곳으로 가자고 했다. 하지만 내가 뭐 알겠는가?

그렇게 망설이고 있는데, 병건이가 자신이 잘 아는 술집이 있다며 그곳으로 가자고 했다. 그리고 그곳의 지리는 상호와 민우도 알고 있기에 병건이는 가서 자리를 잡아놓는다며 먼저 출발한 것이다. 그리고 우리는 이렇게 뒤늦게 도착한 것이고.

우리는 병건이가 잡아놓은 자리에 앉아 맥주와 안주 몇 가지를 시켰다. 술집의 전체적인 분위기는 푸른색 톤에 붉은색 채광을 해놓았는데 의외로 분위기가 좋았다. 그리고 지나다니며 일일이 챙겨주는 종업원들도 친절했고, 전체적으로 상당히 마음에 드는 술집이었다.

잠시 후 맥주와 안주가 도착했고, 우리는 각자 맥주잔을 집어 들고 한 모금 들이켰다. 맥주 또한 아주 시원하고 상쾌해 난 감탄을 하고 말았다.

"이야, 너희 이런 곳도 알았냐?"

"하하하, 우연히 발견했지. 어때? 제법 분위기 좋지?"

"음, 그래. 확실히 분위기도 좋고, 종업원도 친절하고……."

"또 사장님 티를 낸다. 그런 거 잊고 그냥 술이나 마시자."

그렇게 잠시 술을 마시고 있는데, 갑자기 병건이가 일어섰다.

"여기서 술 마시고 있어. 난 잠시 볼일 좀……."

"얘는 꼭 그런 말을……."

병건이의 말에 미영이가 가벼운 핀잔을 놓았지만 병건이는 이상하게 실실 웃어대며 자리를 떴다. 으음, 아무래도 이상하단 말이야?

난 맥주잔을 들고 상호 옆으로 자리를 옮겼다.

"야, 무슨 일 있지?"

뜨끔!

분명… 뜨끔했다 이거지?

난 상호의 반응에 의미심장한 미소를 지었다. 하지만 상호는 발뺌을 하려 하는 게 아닌가. 감히 내 앞에서!

"아, 아니야. 일은 무슨… 그냥 술이나 마셔."

"누굴 속이려고 그러냐. 어서 말해 봐. 뭔가 수상하단 말이야. 아니면 내가 느낀 점을 여기서 다 까발려 주길 원하는 거냐? 그러면 상당히 곤란할 것만 같은 기분이 드는데……?"

"끄응……."

호호호, 이렇게까지 말하는데 지가 말을 안 하고 배겨? 난 쩔쩔매는 상호의 모습에 이미 모든 일이 다 풀렸다는 느낌이 들었다. 자, 도대체 무슨 내용인지 들어나 볼까?

그렇게 다시 한 번 상호를 압박하려는데 무슨 낌새를 눈치 챘는지 지현이가 우리를 보고 있었다. 난 재빨리 아무 일도 아닌 척 술잔을 들어 맥주를 마셨으나 이 바보 같은 상호 녀석은 아직도 쩔쩔맴에서 벗어나지 못하고 있었다.

에잉, 평소에는 연기 잘하는 녀석이 오늘따라 왜 이렇게 쩔쩔매는 거야?

"너희 무슨 얘길 하는 거니?"

역시 지현이는 날카로웠다. 지현이의 한마디에 모든 친구들의 시선이 우리에게 집중되었고, 상호의 쩔쩔맴은 그 강도가 더 심해졌다. 그때 내 눈에 사색이 된 민우의 모습이 보였다.

오호라… 민우도 연결되어 있다… 이것이렷다?

이렇게 친구를 골탕 먹이려고 만난 건 아니지만서도, 참새가 방앗간을 그냥 지나갈 수 없듯이, 내가 이런 좋은 기회를 어찌 놓친단 말인가!

그래도 일단은 친구들의 시선에서 벗어날 필요가 있었기에 난 간단히 안주를 집으며 입을 열었다.

"아니, 아무것도 아니야. 하하하, 여기 값이 얼마나 하는지 물어봤거든."

"얘는 참, 그 사장님 기질 좀 그만 티내라구."

"하하하, 그러지 뭐."

난 그렇게 말하며 다시 술을 들이켰다. 그런데 옆에서 상호의 안도의 한숨 소리가 들렸다. 후후후후, 아직 안도의 한숨을 내쉬긴 일렀다고. 난 슬쩍 땅바닥에서 무엇을 줍는 척하며, 상체를 숙이고는 상호만 들을 수 있게 말을 흘렸다.

"자, 어떻게 할래? 여기서 다 말할까? 아니면 일단 민우가 있는 자리로 함께 자리를 옮길까?"

"헙!"

내가 민우까지 말할 줄은 몰랐다는 표정이었다. 얘가 오늘따라 왜 이러지? 평소에는 그렇게 거짓말을 잘하는 녀석인데 오늘따라 너무 티가 난다. 아아, 물론 내가 눈치가 빠른 것일 수도 있지만…….

내 물음에 상호는 고개를 끄덕였다. 민우가 있는 곳으로 자리를 옮기자는 뜻이었다. 난 상호와 함께 민우가 있는 자리로 자리를 옮겼다. 그리고는 난 아직도 사색이 되어 있는 민우를 향해 슬쩍 말을 흘렸다.

"민우야… 너랑 상호, 그리고 병건이 사이에 무슨 일 있었니?"

"무, 무슨 일? 아, 아냐. 그런 거 없어."

"정말? 상호의 말과는 다른데?"

난 여기서 죄없는 상호를 들먹여야 했다. 그러자 옆에 앉은 상호는 당황해서 아니라는 손짓을 해댔지만 사색이 되다 못해 안색이 퍼렇게 질려 버린 민우가 그것을 제대로 볼 수 있을 리 만무했다.

민우가 그와 같은 반응을 보이자 난 계획에 착수할 때가 왔음을 느꼈다.

"이런, 민우야. 너 얼굴색이 왜 이러니? 어디 아프냐?"

내가 그렇게 소리 내서 말하자 다시 한 번 친구들의 시선이 우리 쪽으로 돌아왔다.

"어머? 정말이네? 안색이 많이 안 좋아."

"너 무슨 무리한 일 같은 거 했니?"

"아, 아니……."

친구들이 이와 같은 반응을 보이자 난 재빨리 다음 계획에 착수했다. 하얀이가 직접 민우의 진맥을 재려고 일어섰기 때문이다. 그전에 일을 끝내야 했다.

"속이 안 좋다고? 바깥 바람을 쐬고 싶어?"

"으, 으응."

"상호야, 도와라. 민우를 부축해서 좀 밖에 나가자."

"으, 으응."

민우와 상호는 감히 내 말에 반박할 수 없었다. 난 어느새 그들만이 볼 수 있도록 악마의 미소를 짓고 있었던 탓이다. 흐흐흐.

그렇게 상호와 나는 민우를 부축한 채 밖으로 나왔다. 그러고는 재빨리 민우의 팔을 어깨에서 내리고 상호와 민우를 바라보았다.

"무슨 일이냐? 무슨 일이기에 상호, 네가 그렇게 당황하고 민우 너는 그렇게 안색이 시퍼렇게 변할 정도냐?"

"사실은……."

"뭐?!"

"쉬, 쉬쉿! 미영이가 알면 난 죽음이야. 효민아… 제발……."

녀석들이 한 이야기의 전말은 이렇다.

얼마 전 녀석들끼리 술을 마시러 갔단다. 날 빼.놓.고.

뭐, 나야 바빴으니 그건 그냥 넘어간다고 치고, 그렇게 술을 마시고 있는데 자신들에게 헌팅이 들어왔단다. 세상에 촌스럽게 헌팅이라니… 그것도 여자가 먼저…….

뭐, 병건이, 상호, 민우 녀석들이 제법 잘생기기는 했지만 헌팅이라는 구시대적 발상이 마음에 들지 않았다. 절대로 부러워서 이런 말 하는 게 아니다. 쳇!

어쨌든 헌팅이 들어왔는데 민우 녀석은 곤드레만드레로 취해 있어서 병건이와 상호가 무심코 승낙하는 것을 막지 못했다고 한다. 그 후 헌팅을 한 여자들과 신.나.게 놀았다는데… 뿌드득, 문제는 그 후에 발생했단다.

각자의 파트너가 너무 마음에 든 상대편 여자들은, 병건이 파트너가 병건이에게 사귀자고 말하자 너 나 할 것 없이 사귀자고 말했다는 것이다. 여기서 문제가 되려면 당연히 그렇듯, 민우 역시 그것을 승낙해 버렸다는 결과가 나와야 하고.

"푸하하하하하하! 이거 걸작이다, 걸작이야!"

"야야, 그렇게 웃지 마! 실수였단 말이야!"

"크크크크큭! 하, 하지만 웃기잖아."

"쓥!"

"아, 알았다. 쿠쿠쿠쿡!"

난 배꼽을 잡고 웃어댔다. 크크큭! 이걸 나 혼자 들어야 한다니… 나중에 서인이한테만 살짝 말해 줘?

어쨌든 민우야 그렇다 치고, 상호가 당황하게 된 이유가 너무 웃겼다. 상호의 파트너였던 여자가 그야말로, 흔히 말하는 폭탄 중 폭탄이었던 탓이다. 크크큭! 민우가 이 이야기를 미영이에게 말해 버리면 상호의 파트너에게 상호의 집주소를 비롯해서 전화번호까지 모두 넘겨버리겠다 협박했기에 상호가 그렇게 벌벌 떨어댔던 것이다. 푸하하하하하!

난 애써 웃음을 참으며 입을 열었다.

"그러니까 병건이랑 사귀기로 했던 여자가 이 술집에서 종업원으로 일하고 있다는 거지?"

"그래, 그래서 병건이가 그렇게 실실 웃어댔던 거지."

"그런데 어째서 이 집으로 잡았냐? 너희는 들키면 안 되잖아."

"에휴, 생각을 해봐라. 지금 병건이는 그 여자랑 한창 진행 중이라고. 다행히 아직 상대편 여자들에게 우리 이야기는 안 한 모양이지만. 그런데 우리가 방해물이 되어봐라. 병건이의 폭주를 우리가 어떻게 감당하겠냐?"

으음, 그건 그렇지. 병건이 녀석… 여자를 위해서라면 당당히 친구도 팔 녀석이야! 으음!

"그러니까 알겠지? 절대 비밀이다. 응?"

"맨입으로?"

"너, 정말 그럴 거냐?!"

"아, 알았어, 알았어. 이 녀석들이, 사람이 농담도 좀 못하냐?"

"농담도 농담 같아야 농담이지!"

"맞아! 네 농담 한마디에 벌벌 떠는 우리는 생각 못하냐?"

내 한마디에 민우와 상호는 노발대발해서 외쳐 댔다. 쩝, 녀석들 흥분하기는…….

"알았어. 알았다고. 그런데… 쿡! 쿠쿠쿠쿡! 우, 웃음이 그치지를……."

"야! 웃지 말라니까!"

"들킨단 말이야!"

"쿡! 크크크크크크크"

이래서 좋다. 친구들과 만나면 이 유쾌함이, 이 포근함이 좋다.

언제까지고… 이들과 함께하고 싶다.

난 그날 억지로 웃음을 참으며 영원한 우정을 위해 건배를 했다. 물론 다시 자리로 돌아온 병건이의 실실 웃는 모습과 상호, 민우의 찌릿찌릿한 눈빛에 웃음을 참느라고 죽을 뻔했지만. 쿠쿠쿠쿡!

"정말 괜찮겠어요?"

"그럼, 괜찮고말고."

"그래도 술을 많이 마셨는데……."

"괜찮아, 괜찮아. 어디 한두 번 이랬었나? 부모님 걱정하시겠다. 어서 들어가."

난 걱정의 눈초리로 나를 바라보는 서인이를 향해 싱긋 미소를 지어주며 말했다. 그러자 서인이의 걱정이 가득한 눈초리가 살짝 샐쭉해진다 하더니 이내 나를 살짝 흘겨보았다.

"흥! 내가 애인가요, 뭐?"

"아아, 아니었어?"

"효민 씨!"

"쿠쿠쿡! 알았어, 내가 잘못했어. 그러니까 그 찌를 듯한 눈초리 좀 펴줘. 부탁이야."

"내, 내가 언제 그랬다고……."

내 말에 서인이는 당황해서 얼굴을 붉히며 고개를 숙였다. 그 모습이 너무나도 사랑스러워서 난 나도 모르게 그녀를 품속에 꼭 안았다.

"사랑해, 서인아."

"……저도요."

"난 말이야. 요즘 따라 항상 비상에 감사해."

"네?"

서인이는 내 말이 의외였는지 고개를 들어 나를 올려다보았다. 난 서인이를 품 안에 안고 내려다보고 있었기에 우리 얼굴은 급속도로 가까워져 있었고, 그것을 부끄럽게 여긴 서인이는 얼굴을 붉게 물들이며 다시 고개를 내 품으로 파묻었다. 쿡쿡, 쑥스러워하기는…….

"말 그대로야. 난 항상 비상에 감사해. 비상은 내게 초매라는 동생을 만들어줬고, 초매는 내게 너라는 아름답고 사랑스러운 신붓감을 안겨다 줬으니 결과적으로 비상에 감사해야 하지 않겠어?"

"핏! 그게 왜 비상에 감사해야 할 일이에요? 저에게 감사해야 하죠."

"응?"

"효민 씨와 처음 만난 초매도 저를 모델로 만든 것이죠, 그리고 효민 씨를 이렇게 행복하게 만들어주는 신붓감도 바로 저니까요. 그러니까 저한테 감사해야 해요."

"하핫! 그런가? 그렇군! 하하하하!"

난 괜히 기분이 좋아져서 크게 웃음을 터뜨렸다. 그러자 품 안에서 서인이가 툭툭 나를 치며 창피한 듯 자그마한 목소리로 말했다.

"크게 웃지 마세요. 주변에서 다 들잖아요."

"뭐 어때? 아아, 장인어른, 장모님께 이 모습 보였다기는 좀 안 좋겠다. 그렇지?"

"……."

이미 쑥스러움이 극치에 달했는지 서인이는 대답이 없었다. 난 양손을 그런 서인이의 뺨에 가져다 대었다. 그러자 서인이는 붉어진 얼굴로 고개를 올려 나를 바라보았고, 난 그녀의 입에 입맞춤을 선사했다.

광휘(光輝)는 아주 오랜만에 사냥에 나섰다. 평소 그녀는 마물 사냥을 그리 즐겨하지 않았다. 자신의 직업 특성상 마물 사냥 말고도 경험치와 무공에 더 많은 경험치를 쌓을 수 있는 방법이 있었기 때문이다.

하지만 그녀는 오늘 마물 사냥에 나섰다. 흑단같이 검고 긴 머리를 뒤로 묶은 그녀는 평소에 즐겨 입는 흑의를 입고 자신이 잡고자 하는 마물의 사냥터로 향했다.

때는 밤이었기에 그것은 매우 위험한 행동이었지만 그녀는 전혀 상관치 않는 듯했다.

오늘 그녀가 마물 사냥에 나선 이유는 별다른 것이 아니었다.

승급. 그녀는 얼마 전에야 승급을 위한 단서를 찾은 것이다. 아직 승급 퀘스트를 얻지는 못했다지만 만약 그녀가 찾은 단서가 확실하다면 이번에 승급 퀘스트를 받을 수 있을 것이고, 그 퀘스트가 무엇이든 해낼 수 있다는 자신감으로 가득 차 있었다.

첫 번째로 받아볼 승급 퀘스트이기에 약간 긴장이 되었다. 하지만 긴장감은 그녀에겐 흥미를 북돋아줄 대상일 뿐이었다.

그녀는 그렇게 암흑 속을 달리며 매우 들떠 있었다.

용암문(溶暗門).

이름만으로 보자면 살수 단체의 그것이다. 하지만 그 이름이 연상시키는 것과는 달리 나름대로 정파의 입장이라고 외치는 이들이었다.

용안문의 특징은 잠행과 신법이었다. 잠행술은 결코 살수 단체의 그것에 비하여 떨어지지 않는다는 자부심과 뛰어난 신법으로 인정받는 문파였다.

하지만 그런 용암문은 전체적인 전투에선 매우 취약함을 보였다. 신법과 잠행술은 대부분 다 인정하는 것이었으나 기본적인 무공이 너무나도 약했던 것이다.

때문에 용암문은 주변에 아무것도 없는 황무지에서 시작을 해야 했다. 주변에 가장 가까이 있는 마을까지 10분 동안은 걸어야 도착할 정도였다. 힘없는 서러움을 몸소 체험하고 있는 문파였다.

하지만 이 순간 용암문 자신들이 힘이 없음을 감사해야 했다. 물론 지금 그들이 그것을 느끼고 있지는 못하더라도……

광휘는 짜증이 났다.

도대체 이 자리에서 몇 시간이나 기다리고 있어야 한단 말인가. 이미 오기 전에 미리 조사한바 대로라면 리젠 시간은 훨씬 전에 지났다.

사실 광휘가 잡고자 하는 마물은 양각도깨비라는 이름을 가진 도깨비였다. 매우 커다란 덩치에 머리에 뿔을 두 개 달고 있는 도깨비의 모습으로, 힘이 매우 세서 방망이를 한 번 휘두를 때마다 주변에 강풍이 불어 닥친다는 녀석이었다.

하지만 순발력이 매우 떨어지고 지능이 낮아 자신의 본거지인 동굴을 떠나지 못하고, 가끔 가다 동굴을 지나는 행인들을 습격해서 잡아먹는다는 설정을 지니고 있었다.

광휘는 그런 양각도깨비의 동굴 앞에서 반 시진이 넘도록 기다리고 있었다. 자신이 승급 퀘스트를 받기 위해서 양각도깨비의 뿔이 필요했던 것이다.

양각도깨비는 일반인들에게 알려진 마물들의 등급으로는 상하급 정도의 마물로, 의형진기 이상의 공격만 통할 정도의 외피를 가지고 있었다. 하지만 그것은 어디까지나 일반인들에게 알려진 마물들의 등급일 뿐. 이미 어느 정도 경지를 넘어선 이들에게 평가된 또 다른 등급으론 하급에서 벗어나지 못하는 그런 마물이었다.

 가벼운 마음에 양각도깨비를 잡으러 온 광휘는 반 시진째 동굴만 노려보는 중이었다. 이 양각도깨비는 일류무공을 익힌 이들 세 명이 연합해도 잡기 힘들 정도였기에 거의 잡히는 날이 드물었고, 때문에 빨리 해치우고 돌아가기로 마음먹고 있던 광휘였다. 그런데 이놈의 양각도깨비는 반 시진째 그 모습을 드러내지 않고 있었던 것이다.

 이는 아무리 양각도깨비가 사냥을 당했다 하더라도 다시 나타나는 30분의 리젠 시간을 훨씬 넘어선 것이었다. 때문에 광휘는 슬슬 치밀어 오르는 열에 동굴의 입구만 노려보고 있었던 것이다.

 광휘는 알 수 없었다. 자신이 애타게 기다리는 양각도깨비가 그곳에서부터 걸어서 반 시진 거리의 지점에 위치하는 마을을 피로 물들이고 있다는 사실을……

 '나오지 않겠다면 내가 들어가지.'

 더 이상 참지 못한 광휘는 동굴 속으로 발걸음을 내디뎠다. 매우 어두워 시야가 전무한 동굴이었지만 그것은 광휘에게 문제가 되지 않았다.

 광휘는 거침없이 동굴의 깊숙한 곳까지 들어왔지만, 이미 이곳에 없는 양각도깨비가 갑자기 나타날 리는 없었다. 결국 아무런 성과 없이 밖으로 나오던 광휘는 밖에서는 미처 발견하지 못했던 발자국을 발견했다.

 거의 무의식적으로 무시한 것이었으리라. 결코 동굴에서 삼 장 이내를 벗어나지 않는 양각도깨비였으니 양각도깨비의 발자국이 아니라 무의식적으로 생각한 것이었다. 하지만 이렇듯 양각도깨비가 보이지를 않자 자연스레 그 발자국이 눈에 띄었다.

‘분명 양각도깨비의 발자국. 북쪽으로… 한 시진 전쯤인가?’

광휘는 단순히 발자국 하나만으로 그것을 파악해 버렸다. 그녀는 양각도깨비의 발자국을 따라 북쪽으로 이동하기 시작했다.

용암문에서 10분, 양각도깨비의 동굴에서 반 시진의 거리에 위치한 곳. 그곳에는 제법 큰 마을이 자리잡고 있었다.

비상의 가장 하단에 위치하는 광서성은 변두리라는 단점 때문에 많은 유저들이 존재하지 않았다. 하지만 중원 중심의 잦은 세력 다툼으로 인해 초보들이 살아남기 힘들게 되자 그나마 사람이 적은 변두리로 초보들이 이동을 시작한 것이다.

때문에 광서성 상측에 위치한 이 마을 역시 초보들만으로 구성된 작은 마을이었다. 마을에 존재하는 여러 문파들 역시 용암문에 비해 조금 나을 뿐이지, 중원의 중심에 가면 똑같은 삼류문파 취급을 받을 뿐이었다.

작은 마을이었고 번화하지 않은 곳이었지만, 그곳에서 플레이하는 유저들은 즐거웠다. 자칫 조금만 길을 잘못 들면 초보로서는 결코 상대하지 못할 마물들이 깔린 곳이 주변에 널린지라 사람들끼리는 단결해야 했고, 때문에 서로 간의 싸움을 최소한으로 줄였다.

문파 간 자리를 차지하기 위한 조그만 다툼들은 있었지만 서로 많은 피를 흘릴 정도의 싸움은 저절로 줄어들었다.

그런 작은 마을에 혈향이 감돌았다.

“크악!”

“살려줘!”

쿵! 쿵!

혈향의 정체는 바로 마을 사람들이 흘린 피였다. 그리고 그 피를 흘리게 만든 주원인은 바로 양각도깨비를 비롯한 많은 종류의 마물들이었다.

개중에는 불꽃을 다루는 마물도 있어 마을 전체가 불에 휩싸이기까지 했다.

어떻게 이들이 이렇게 한자리에 모일 수 있는 것인가. 각각 완전히 성질이 다른 마물들도 서로를 향해 살기를 드러내지 않고 오직 유저들만을 목표로 삼았다.

초보들로 이루어진 마을은 단숨에 혈향과 불꽃에 휩싸였고, 방금 마을의 유일한 생존자가 목숨을 잃게 되었다. 마을의 좌측 10분 정도 거리에 위치한 용암문이 그 상황에 감사해야 한다는 것은 바로 이것 때문이었다.

전멸.

마을은 생존자 한 명 없는 폐촌이 되어버렸다.

광휘는 코끝이 아릴 정도의 진하고 비릿한 혈향과 매캐한 재의 냄새를 맡으며 얼굴을 찌푸렸다.

그녀는 양각도깨비의 흔적을 좇아 달리고 있던 중이었다. 그런데 이상한 일이 발생했다. 분명 양각도깨비의 흔적만이 이어지고 있던 자리로 여러 종류의 많은 마물들의 흔적이 겹쳐지기 시작한 것이다.

개중에는 양각도깨비와 같이 결코 이 자리에 나타날 수 없는 마물의 흔적도 더러 보였다. 광휘는 알 수 없는 불안감에 휩싸여야 했다. 도대체 무슨 일이 벌어지고 있는 것인가?

발끝에 더욱 힘을 발휘해 그녀는 어둠에 녹아든 채로 마치 흘러내리

듯 질주하고 있었다. 그런 그녀의 모습은 마치 밤길을 달리는 흑표범이라 착각할 정도였다.

굉장한 속도로 질주하던 그녀는 혈향의 진원지를 찾아냈다. 전방에 마을 하나가 보였던 것이다. 그녀는 어둠 속에 녹아드는 자신의 모습에 더욱 집중하며 전방을 향해 달리기 시작했다. 그리고 그녀는 볼 수 있었다.

불타고 있는 마을 사이의 처참한 광경을…….

온전한 시체가 보이지 않을 정도였다. 그 정도로 흉수는 잔인했고, 흉포했다.

광휘는 그 모습을 본 순간, 이미 흉수의 정체에 대해 떠올리고 있었다. 보나마나 이것은 마물에 의해 벌어진 일이었다. 하지만 어째서? 어째서 마물들이 갑자기 습격을 해오는 것인가?

광휘는 지금까지 겪어보지 못한 일에 당황을 금치 못했다. 그때였다.

"이, 이게 무슨 일이지?"

"마을이 불타고 있잖아?!"

"으악! 마을 안에는 온통 시체뿐이야!"

사람의 목소리였다. 광휘는 그 목소리들을 듣자마자 다시 어둠 속으로 몸을 묻었다. 그러자 지금까지처럼 어둠에 동화되는 것이 아니라, 마치 어둠으로 흩어지듯 그녀는 완벽한 어둠이 되었다.

한편 목소리의 주인공인 용암문의 무사들은 갑자기 폐촌이 되어버린 마을에 아연실색할 수밖에 없었다. 또한 불타고 있는 사이사이로 보이는 마을 안의 광경은 그야말로 처참한 모습이라 담력이 약한 무사는 뒤로 넘어지기까지 할 정도였다.

불과 몇 시간까지는 마을 사람들과 술을 마시던 그들이다. 원래 문파에선 밤에 함부로 나가는 것을 금지했지만 다시 술 생각이 나 마을에 들린 그들이다. 그런데 난데없이 이런 모습이라니…….

그때 불타는 마을을 멍하니 바라만 보던 한 무사가 목 언저리가 서늘해지는 느낌을 받았다. 그것은 단순한 느낌이 아니었다. 실제 자신의 목을 싸늘한 예기를 발하는 작은 소도가 겨누고 있었기 때문이다.

"허헉!"

"누, 누구냐!"

무사의 신음 소리에 나머지 두 명의 무사는 뒤를 돌아보았고, 자신의 동료의 목에 소도를 가져다 댄 인영이 보였다. 인영은 복면을 쓰고 있어 그 모습을 볼 수 없었지만, 몸에 착 달라붙는 흑의를 입고 있었기에 몸매의 굴곡상 여성임을 알 수 있었다.

무사들은 갑자기 나타난 여인의 모습에 깜짝 놀라며 칼을 빼 들었다. 하지만 그들은 여인의 한마디에 몸을 멈춰 설 수밖에 없었다.

"움직이지 마. 그렇지 않으면 너희 동료의 목숨은 없다."

아주 상투적인 협박이었지만 가장 효과적인 협박이기도 했다. 여인의 말에 무사들은 멈춰 섰고, 긴장된 눈빛으로 여인을 바라보았다.

여인, 광휘는 그런 무사들의 모습에 복면 사이로 눈을 빛내며 소도를 쥔 손에 힘을 주었다.

"너희는 누구냐?"

광휘의 아무것도 얻을 수 없는 심문은 그렇게 시작되었다.

"뭐?! 그게 무슨 소리인가?"

"말씀드린 그대로입니다."

“제기랄! 앞장서!”

“어딜 말씀이십니까?”

“어디긴 어디야! 그 잘나신 양반들이 모여 있는 곳으로 앞장서란 말이다!”

강민은 잔뜩 흥분해서 부하 직원을 윽박질렀다. 그러자 부하 직원은 식은땀을 흘리며 앞장서서 강민을 인도하며 걷기 시작했다.

‘정신 나간 인간들! 도대체 지금 때가 어느 때인데!’

그렇게 계속해서 걷던 그들은 어느새 커다란 문 앞에 도착하게 되었다. 그러자 문 옆에서 대기하던 여성 직원이 그들의 앞에 나섰다.

“무슨 일이시죠?”

“회장님을 뵈러 왔소.”

“회장님께선 지금 회의 중이십니다. 나중에 미리 약속하시고 찾아와 주십시오.”

“아니, 난 지금 들어가야겠어.”

“이, 이보세요! 그게 무슨…….”

하지만 강민은 그 말이 끝나기도 전에 문을 열고 안으로 들어가고 있었다.

“무슨 일인가?”

문 안에 펼쳐진 것은 바로 넓은 회의실로 보이는 장소였다. 그곳에는 고급스런 양복을 차려입은 몇몇 사람들이 서류를 보며 토론을 하다 갑자기 들어온 강민과 그 뒤를 따라 들어온 여성 직원의 모습에 인상을 찌푸렸다.

“아니, 이분이 회장님을 뵙고 싶다고 다짜고짜…….”

“그게 사실입니까?”

강민은 가차없이 여성 직원의 말을 끊어버리며 장내에 있는 사람들을 향해 말했다. 그러자 가장 상석에 앉아 강민을 내려다보던 한 노인이 쓰고 있던 안경을 벗으며 물었다.

"음… 자네는 누구지?"

"비상 개발 계획 총책임을 맡은 강민 팀장이라고 합니다."

"흠… 그건 그렇고, 그래서 무슨 볼일이지?"

"방금 전 비상의 상용화 계획을 앞당기라는 지시를 내리셨다고 들었습니다. 그게 사실입니까?"

"그래, 사실이네."

너무나도 쉽게 나오는 노인, 포에버 사 회장의 말에 강민은 허탈한 표정을 지었다. 하지만 이내 표정을 굳히고는 입을 열었다.

"하지만 지금 비상은 너무나도 불안전한 상태입니다. 이 상태에서 상용화라니요. 아직 시스템적으로 불안전한 것이 많은데다, 가장 큰 문제인 인공지능에 대한 문제 역시 아직 해결되지 않았습니다. 지금 이대로 게임을 상용화한다면 분명 많은 문제가 야기될 것입니다."

"문제가 있으면 고치면 될 것 아닌가. 그게 자네 역할이 아니었나?"

"말처럼 그것이 쉽지 않습니다. 가장 중요한 인공지능과 비상의 세계의 점유권에 대한 각 투전을 벌이고 있는 상황에서……."

그것을 시작으로 현 비상의 상황에 대해 설명을 하려 한 강민이었으나, 회장은 그런 강민의 말을 무참히 끊어버렸다.

"이보게, 강민이라 했던가?"

"네. 말씀하십시오."

"자네… 월급은 얼마나 받는가?"

"네?"

"자네의 월급에, 자네의 밑에 있는 수하의 월급, 그 수하의 밑에 있는 수하의 월급, 그리고 자네가 지급받는 모든 물품들은 다 어디서 나오는 것인가?"

"……."

"모두 다 회사에서 나오는 것일세. 회사가 자네에게 월급을 지급하고, 자네의 수하, 또 그 수하의 월급까지 지급하는 거지. 월급을 받았으면 그만큼의 일을 해야 할 것 아닌가. 자네는 지금 무엇을 하고 있는 건가."

"하지만……."

"듣기 싫네. 지금 본사가 그 비상이란 게임에 얼마나 쏟아 부었다고 생각하는 건가? 웬만한 자동차 회사 신상품 기획을 몇 배나 뛰어넘는 금액일세. 그 정도의 금액을 쏟아 부었으면 답이 나와야 할 것 아닌가. 언제까지 제자리걸음만 할 것인가!"

"하지만 회장님, 들어주십시오. 이대로 비상이 상용화된다면 결과적으로 포에버 사에 큰 타격을 주게 될 것입니다. 신용을 잃은 회사가 그 신용을 되찾으려면, 이전의 몇 배 정도의 노력 가지고는 되지 않습니다. 이대로 비상을 출시하게 되면 바로 그 신용을 잃게 되는 겁니다."

강민은 지금 매우 절박했다. 절대 이대로 비상의 상용화가 진행되어서는 안 된다. 인공지능이 이제야 그 모습을 드러내려 하는데, 상용화가 되면 많은 사람들이 금전적, 정신적인 피해를 입게 될 것이다.

그때부터는 별것없었다. 신용을 잃게 된 포에버 사는 그대로 땅으로 추락할 것이고, 비상은 다시 공중 분해 되어 버릴 것이다. 그것만은 막아야 했다.

하지만 강민이 보기에 회장은 그 심각성을 아직 깨닫지 못하고 있는 듯했다.

"몇 번을 말해야 알아듣겠는가. 그건 자네 일일세. 이것은 어린아이의 장난이 아니란 말이네. 자네 스스로가 맡은 일을 해내지 못한다면 자네를 해고시킬 수밖에 없는 회사의 입장을 알아주게나. 이만 가보게."

"하지만 회장님!"

"이봐, 저 친구 어서 끌어내."

"네!"

회장의 말 한마디에 회의장의 좌측과 우측에 서 있던 경비원들이 강민을 끌어내기 시작했다. 강민은 끝까지 버텨 절대로 비상의 상용화 계획을 막아보고자 했지만 이내 그는 문밖으로 내쫓기고 말았다.

탕탕!

"회장님! 그러시면 안 됩니다! 회장님!"

문을 두들겨 대는 강민이었지만 굳게 잠긴 문은 움직일 생각을 하지 않았다. 또한 방음 장치가 완벽한 회의실이었기에 이렇게 문을 두드린다 해도 안에서는 전혀 알지 못할 것이었다.

"제기랄!"

강민은 문에 등을 기대고 그 자리에 주저앉으며 욕설을 내뱉었다. 점점 일이 꼬이는 느낌이었다.

"아그그그그극!"

강민은 참을 수 없는 분노와 허탈함에 자신의 머리카락을 두 손으로 마구 헝클어뜨렸다. 그때 강민을 향해 누군가 달려왔다.

"강 팀장님."

"아, 부이사장님."

강민을 향해 달려온 누군가, 그녀는 비상 개발 계획 팀 부이사장의 자리를 맡고 있는 진사혜였다.

"어떻게 된 거예요? 갑자기 비상의 상용화라뇨?"

"회장님이 그렇게 결정을 내리셨답니다. 전 그것을 막으러 이렇게 왔다가 내쫓겼습니다."

"세상에… 아직 불완전하기 이를 데 없는 비상을 상용화시켜요? 이건 무슨 일이 있어도 막아야 해요!"

"저도 그렇게 생각하지만… 그 고집불통 영감의 생각은 다른 것 같더군요."

강민은 거침없이 회장을 고집불통의 영감으로 불러댔다. 그런 강민의 모습에 진사혜는 깜짝 놀랐다.

"조심해요. 누가 들을지도 몰라요."

"들으라면 들으라죠. 제기랄… 근데 제가 나동댕이 쳐진 꼴을 보고 싶어서 오셨습니까?"

"무슨 말을 그렇게 하세요."

진사혜는 강민의 말을 그렇게 넘기며 앉아 있는 강민을 향해 손을 내밀었다. 강민은 그 손을 잡고 일어서며 입을 열었다.

"지금 제 상황이 그 정도로 비참하기에 그냥 말해 본 겁니다."

일어선 강민은 옷매무새를 바로 하려다가 급하게 달려온 진사혜의 모습에 의문이 담긴 표정을 지었다.

"그런데 정말 무슨 일로 그렇게 급하게 온 겁니까? 비상의 상용화 때문에 그런 것 같지는 않고……."

강민의 말을 들은 진사혜는 깜빡 잊고 있었던 게 떠올랐는지 손바닥을 치며 소리를 질렀다.

"아차! 깜빡 잊고 있었네요. 지금 비상에 이상 현상이 잡혔어요. 마물들이 이상해요!"

"그런 걸 깜빡하면 어떻게 합니까? 빨리 가죠!"

강민과 진사혜의 발걸음은 이곳을 달려올 때를 방불케 할 정도로 빨리 움직이고 있었다.

디다는 하북의 정보를 검토하고 있었다. 무림정상회담 이후 그들은 천진에서의 활동을 하북까지 연결시켰다. 과연 천진의 몇 배나 되는 땅덩어리의 하북이었기에 천진처럼 쉽게 점거되지 않는 상황이었다.

상황이 그렇게 되니 신난 것은 다름 아닌 천진랑과 비마, 그리고 아닌 척했지만 디다 역시 이들 중에 포함되어 있었다. 디다만 해도 조금 전까지 한참 하북의 세력 다툼을 일으키는 세력들을 박살 내고 있다가 하북에 임시로 정해놓은 숙소로 돌아온 것이다.

천진과는 달리 하북은 천진랑과 비마, 그리고 디다를 감당하기에 충분했고, 천진랑과 비마는 밤낮을 잊은 채 하북을 종횡무진하는 중이었다.

그렇게 잠시 쉴 겸 하북에 대한 정보를 검토하는 디다에게 한 마리의 비조가 날아들었다.

푸드득! 푸드득!

"응? 오늘의 하북 정보는 이미 받았는데, 무슨 비조지?"

개방에서는 매일매일 디다에게 하북의 정보를 보내주고 있었다. 정파라는 허울을 쓰고 있었기에 자신들이 직접 나서서 세력 다툼을 일으키는 세력들을 무력으로 제재하지 못하는 것에 미안해하던 개방이었다. 그 대신 이렇듯 디다에게 하북에 대한 정보를 보내주고, 디다는 그 정보를 바탕으로 하북을 더욱 요령껏 부수고 있는 중이었던 것이다.

그런데 이미 오늘의 하북 정보는 디다의 손에서 철저히 검토되는 중이었다. 그렇다면 이 비조는 무엇인가?

"흠… 개방에서 보낸 것이긴 한데……."

디다는 서찰 겉면에 표시되어 있는 개방 독문 표식을 보고는 고개를 갸웃거렸다. 그러더니 이내 서찰을 풀고 내용을 훑어보았다.

"마물들의 습격. 형산(衡山)을 중심으로 마물들의 집결?"

서찰에 쓰여 있는 내용은 놀라운 것이었다.

비상의 전역에 위치한 마물들이 제자리를 떠나 움직이기 시작했다는 것이었다. 또한 그 마물들의 앞을 막아서는 것은 그것이 무엇이든 간에 닥치는 대로 부수고, 태우고, 베어버리고 있다는 것 또한 적혀 있었다. 그리고 마지막으로 그들의 목적지가 호남성(湖南省)에 위치한 형산을 중심으로 모이고 있다는 것도 적혀 있었다.

서찰을 읽어갈수록 디다의 표정이 심각해져 갔다. 무엇인가를 예측한 것이다. 사실 이 정도의 움직임을 보고도 그것을 예측하지 못한다면 디다는 현자라는 직업을 내놔야 했을 것이다.

"드디어… 움직이는 건가? 생각보다 조금 빠르군."

디다는 서찰을 접어 품속에 넣고, 이번에는 다시 하북의 정보가 적힌 서찰을 펼쳤다. 그리고 잠시 후 그 서찰 역시 접으며 디다는 혼자서 중얼거렸다.

"서둘러야겠어."

그렇게 비상 역사상 가장 큰 아픔으로 남을 대전쟁의 서막이 시작되고 있었다.

참왕과 시왕의 습격 사건이 있은 지 2주일이 지났고, 초풍건룡권과 광한폭뢰장이 극성에 오른 지 1개월이 지나고 있었다.

참왕과 시왕이 다녀간 후로도 수련을 멈추지 않았다. 아니, 오히려 전보다 더욱더 수련의 강도가 높아졌다. 초극의 힘, 그것은 극한의 정신력을 필요로 하고 있었고, 그러기 위해선 나 자신의 육체부터 극한의 상황까지 끌어들일 필요가 있었다.

매일매일 계속되는 강도 높은 수련에 난 지쳐 갔지만 그만큼 초극의 힘에 대한 이해도 높아져 갔기에 수련을 멈출 수 없었다. 하지만 아직도 초극의 힘은 멀게만 느껴지고 있었다.

초극의 힘, 내가 생각하던 초극의 힘은 단순히 능력치의 극한을 초과한 것이었다. 하지만 내가 사용한 진정한 초극의 힘은, 비단 능력치뿐만이 아니라 내가 가진 모든 무공들을 12성, 극성을 뛰어넘게 하고 있었다.

내가 가진 모든 기술과 무공, 그리고 능력들이 극한을 뛰어넘어 내 움직임 하나하나에 그 모든 게 담기는 것. 그것이 바로 진정한 초극의 힘이었던 것이다.

그렇다고 생사일보의 수련을 게을리 하는 것은 아니었다. 비록 이제야 4성에서 그 벽을 깨뜨리고 5성의 반열에 올랐다지만 6성부터 그 시전이 가능한 생사일보이기에 내 기대감은 점점 더 높아만 가고 있었다.

난 조금만 더라는 마음으로 열심히 수련에 맹진하고 있었다. 물론 그 수련 기간 동안 내 능력이 상승하는 것과 같은 좋은 일만 생기는 것은 아니었다.

"미치겠군."

진짜 미치겠다. 어떻게 이런 사건이 발생한단 말인가?

비상의 상용화. 그것이 여름이 가기 전에 이뤄질 것이란 이야기를 강민 형에게서 전해 들은 것이다.

세상에 도대체 포에버 사의 고위간부들은 무슨 생각을 가지고 사는 것일까? 아아, 이렇게 말하면 진사혜 부이사장의 아버지인 포에버 사 이사장도 욕하게 되는 건가?

어쨌든 결코 있어서는 안 되는 일이었다. 현재의 비상은 그 위험성이 극도에 이르렀다. 인공지능은 언제 터질지 모르는 시한폭탄이었고, 인공지능의 기운을 받은 천추십왕이란 녀석은 초절정무공을 찾아 비상을 쏘다니고 있다.

이런 상황에서 덜컥 상용화라니… 어이가 없다 못해 스스로 자살을 하는 지경에까지 다다른 것이다.

게다가 강민 형의 말로는 상용화가 끝이 아니란다. 지금의 일단 목표를 상용화로 잡았지만 사실, 그것은 표면상으로 드러낸 일부일 뿐 진짜 목표는 단순히 이 한국만의 서버에서 벗어나 전 세계로 서버의 확장을 시도한다는 것이었다.

지금 비상은 한국에서 한국인만을 대상으로 오픈베타를 실행 중이다. 그런데 갑자기 그 모든 게 한순간에 바뀌게 되면 어떻게 될까?

비상에 혼란이 찾아오게 될 것이다. 안 그래도 혼란이 트리플로 가중되어 있는데 거기다가 또다시 혼란이 겹치게 되면 볼 것도 없이 뻥 하니 폭발해 버리겠지.

비상이 인공지능의 손아귀에 넘어가는 것은 둘째 치고, 강민 형이 잘리고… 아니, 아예 포에버 사는 망해 버릴 것이고, 비상이라는 메리트를 잃은 아틀란티스는 존속 여부조차 희미해질 것이다.

"절대 그럴 순 없어!"

난 속에서 우러나오는 말을 내뱉었다. 하지만 지금 내게는 뚜렷이 좋은 수가 없었다. 있는 방법이라고는 상용화가 되기 전에 인공지능을 없애 버려야 할 것인데, 그게 쉬우면 애초에 내가 이 고생을 미쳤다고 하겠는가?

어쨌든 그렇게 골치 아픈 문제가 내 머리 속에 떡하니 자리잡았다.

그리고 또 하나의 골치 아픈 문제가 머리의 나머지 부분을 차지하고 있었다.

여전히 수련에 맹진하고 있는 내게 천년이무기가 불쑥 나타나더니 갑자기 비상에 불온한 움직임이 나타나고 있다고 했다. 불온한 움직임, 그것이 무엇인지 궁금한 나는 천년이무기에게 물어봤지만 창조주와 연관되어 안 좋은 예감이 든다는 이야기만 할 뿐, 다른 이야기는 해주지 않았다.

그리고 그 불온한 움직임을 알게 된 것은 그로부터 이틀 후, 디다 형을 통해 날아온 비조의 서찰을 통해서였다.

마물들의 대이동, 그리고 앞을 가로막는 모든 것에 대한 습격.

이 모든 것이 우연히 일어나기에는 현 상황에 너무나도 큰 충격을 받고 있었다. 수많은 유저들이 마물들의 대이동에 습격을 받아 목숨을 잃었고, 사냥터에는 이제 마물 한 마리 남아 있지 않게 되어버려 모든 사냥 활동이 중단되었다.

그 때문에 세력 다툼 또한 멈추게 되었지만, 이 사건이 세력 다툼에 비해 떨어지는 것이라고는 생각지 않는다. 바로 인공지능의 개입이 뚜렷하기 때문이다.

도대체 무슨 일을 꾸미는 것일까? 디다 형이 보내온 서찰에 따르면 현재 대이동을 시작한 모든 마물들이 호남성에 자리잡고 있는 오악 중 남악(南岳) 형산으로 집결 중이라고 한다.

형산에 무엇이 있기에 그곳에 모이는 것일까? 난 제일 먼저 초절정 무공에 대한 생각이 떠올랐지만 이내 고개를 저었다. 초절정무공이 존재하기에는 형산이 너무나도 유명했기 때문이다.

형산 그 자체가 아주 좋은 사냥터였고, 또한 실제로도 오악 중 남악이라는 명칭을 지니고 있었기에 관광지로도 유명했다. 그렇기에 사람들이 항상 끊이지 않는 곳 중 하나였다.

이번 마물들의 대이동에 가장 많은 사상자를 낸 것이 형산과 호남성의 유저들인 만큼, 아직까지 그 형산에서 초절정무공이 발견되지 않았다는 건 어폐가 있다.

"아악! 그럼 도대체 뭐란 말이야?"

갈수록 머리 굴릴 일은 많아지는데 굴리면 굴릴수록 좋아지기는커녕 더 나빠지는 것 같단 말이야?

"아아아아! 몰라, 몰라. 일단 수련에 전념하자. 그게 최선의 방법이야."

아주 간단명료하게 답을 내린 나는 지끈거리는 머리를 털어버리며 바위에서 내려갔다. 그리고 또다시 육체를 극한으로 치몰기 위해 수련을 시작했다.

하지만 내 머리 속에서는 아직 떠나지 않는 생각이 있었다.

도대체… 비상은 어떻게 되는 것일까?

난 답답한 가슴을 주먹에 담아 억지로 떨쳐 버렸다. 어쨌든 지금 내가 할 수 있는 것은 이것뿐이다!

"흐음."

난 또다시 바위에 앉아 고민하는 중이다. 내가 내린 결과는 분명히 내가 할 수 있는 최선의 길인 수련이나 계속하자였지만, 그것이 하루가 지나고 이틀이 지나고 딱 사흘째가 되니까 궁금증이 치밀어 올라 수련이 안 되고 있었다.

그래서 난 이것만이라도 풀자는 생각에서 이렇게 바위 위에 앉아 고민 중인 것이다.

"흐음……."

[뭘 그리 고민하는 것인가?]

내가 계속해서 고민을 하고 있자 천년이무기는 내가 고민하고 있는 것의 정체에 대해 물어왔다.

요즘 천년이무기는 많이 변해 있었다. 겉으로 변한 것은 없는데 속이 변했다고 할까? 천년이무기는 이제 내 생각을 읽지 않는다. 날 존중해 주고 개인적인 생각의 자유 때문에 그런 것은 아니었다.

천년이무기는 아주 오랫동안 인간을 비롯한 비상의 모든 세계를 지켜봐 왔지만 아직도 인간의 자유에 대해서는 이해하지 못하고 있다. 그런 천년이무기이니 그것이 나를 위한 배려랍시고 해줄 이유가 없는 것이다. 아니, 천년이무기는 그것이 배려라는 생각 자체를 하지 못하고 있었다.

뭐, 그 밖에도 많은 변화가 있지만 이것이 가장 뚜렷한 변화다.

이젠 밖으로 모습도 잘 드러내지 않는다. 며칠에 한 번, 그것도 아주 짧은 시간. 나온다고 해도 뭘 하는지 아주 조용히 눈을 감고 있을 뿐이다. 그럴 바에는 왜 나오는지 이해할 수가 없지만 그럴 때면 난 최대한 천년이무기에게 방해가 되지 않으려 한다.

어쨌든 오늘은 웬일로 천년이무기가 내게 말을 걸어오고 있었다.

"음, 아무리 생각해도 이건 모르겠단 말이죠."

[그게 무엇인가?]

"왜 하필 형산일까요? 지금 비상의 모든 마물들이 씨가 말랐습니다. 모두 형산으로 집결하고 있다는 거죠. 어떤 사람들은 그 길목에 서서 기다렸다가 만만한 마물들이 지나가면 도리어 그 마물들을 습격하는 형편입니다. 아아, 그거야 어찌 되었든 간에 왜 형산인 거죠? 형산에 무엇이 있기에? 이것만 딱 해결하면 실마리가 연결되어 모두 이해될 것 같은데, 이게 이해가 안 되네요."

[그 답은 내가 해줄 수 있을지도 모르겠군.]

"네?"

어라? 천년이무기가 웬일로 이렇게 협조적이지? 그동안 내가 아주 많은 것을 물어봐도 극히 일부 중 일부만을 가르쳐 줄 뿐이었던 천년이무기. 그런데 이번에는 도리어 먼저 내게 가르쳐 주겠다고 나선 것이다.

[인간들이 형산을 묘사할 때 이런 말을 자주 쓰더군.]

"어떤?"

[혼돈(混沌).]

"혼돈?"

난 천년이무기의 말에 무엇인가 떠오르는 것이 있었다. 형산에 마물들이 모이자 디다 형은 형산에 대한 자료를 비조를 통해 내게 보내주었다. 그리고 그중에는 이런 구절이 있다.

형산은 오악 중 남악으로 불리는 산이다. 그리고 그 형산은 운봉무쇄(雲封霧鎖)라는 말로도 유명하다. 언제나 형산의 산 위가 혼돈과도 같은 짙은 안개에 둘러싸여 있기 때문이다.

이 구절에서 혼돈은 단순히 형산을 둘러싼 안개를 비유하는 단어로밖에 등장하지 않지만 난 왠지 이 부분이 마음에 걸렸다. 더욱이 실제 형산은 어떤지 몰라도 비상의 형산은 항상 짙은 어둠의 안개가 자욱이 끼어 있어, 마치 산이 혼돈과 어둠을 끌어들이는 촉대가 되고 있는 것만 같은 기분이 들 정도였다.

그리고 그 뒤를 잇는 천년이무기의 말은 나를 놀라게 하기에 충분했다.

[단순한 묘사만이 아니다. 형산은 비상의 혼돈을 이루는 주축돌이 되고 있는 산이다.]

"네?! 그게 무슨 말이죠?"

[이 세상에 마물이라는 것이 어떻게 존재할 것 같은가?]

"그야 운영자들이……."

[물론 운영자라는 이들의 조작이 있기에 가능한 것이지만 그들은 직접 마물들을 생산하지 않는다. 그렇다면 어떻게 마물들은 계속해서 나타날 수 있는 것인가?]

"설마… 형산에서?"

[그렇다. 비상 전역에 펼쳐진 마물들이 살고 있는 배치를 지도로 나타내면 매우 불규칙적이다. 하지만 그것은 단면상 그런 것일 뿐, 지형의 특징과 굴곡, 깊이 등을 따져 입체적으로 나타낸다면 곧 한 가지 놀라운 사실을 발견하게 될 것이다. 그 모든 것이 형산을 중심으로 쇄기형의 나선을 그리고 있다는 것이지.]

"그, 그런……."

정말 놀라운 사실이었다. 지금까지 아무도 알아내지 못한 사실이다. 입체적으로 나타내면 쇄기형의 나선을 그린다니…….

[또한 나선을 이루는 선이 약간의 비틀림으로 그 굵기가 달라질 때, 굵을수록 그곳에 존재하는 마물들은 강력한 힘을 가지고 있고, 얇을수록 그곳에 존재하는 마물들 역시 약하다. 이 모든 것이 우연이라 생각하는가?]

그럴 수가…….

비상은 예전 S·T라는 게임의 시스템을 상당수 가지고 왔다고 그랬다. 내가 알기로는 S·T에서 가져온 것 중에는 마물들 또한 포함되어 있었다. 그럼 이 모든 시스템이 S·T를 만들 때 만들어졌단 말인가?

[마물들은 대지의 영향을 받는다. 아무리 각자의 속성을 지닌 마물이라 할지라도 대지의 힘을 받지 않는 마물은 없다. 그러니 그 대지의 힘에 따라 마물의 강력함이 좌지우지 된다는 것이다. 그리고 그 대지의 힘이 형산에서 뻗어나가는 나선을 따르고 있거늘…….]

"그렇다면 마물들이 형산에 집결하는 이유도?"

[그렇다. 마물들은 자신에게 힘을 주는 나선의 진원지인 형산에 모여들고 있는 것이다. 형산에서 벌어질 어떤 알 수 없는 일을 기다리며…….]

천년이무기는 그 말만 남기고 또다시 호수 속으로 들어갔다. 조용히 가라앉는 천년이무기의 모습에서 난 왠지 이상한 느낌이 드는 것을 떨쳐 버리지 못했다.

이번 천년이무기와의 대화는 정말 충격적이었다. 내가 알지 못하던 새로운 사실들을 잔뜩 알아버린 느낌…….

천년이무기는 어째서 내게 이런 것을 알려주는 것일까? 지금까지처럼 그냥 침묵으로 일관하던 모습에서 갑자기 이렇게 바뀌다니… 내게 좋은 일임에 분명하지만, 사람은 안 하던 짓 하면 죽는다는 말이 있어서 그런지 왠지 좀 불안하다?

하지만 그 불안은 뒷전에 내버려 두고 난 천년이무기와의 대화에서 알아낸 것을 서찰에 적기 바빴다. 디다 형에게 보내려는 것이지.

그 후 1주일이 지났다. 하지만 그날 이후 천년이무기는 모습을 드러내지 않았다. 1주일 동안이나 그 모습을 한 번도 드러내지 않은 적은 이번이 처음 있는 일이었다.

난 천년이무기를 생각할 때마다 알 수 없는 느낌을 받아야 했다. 이 느낌의 정체가 무엇일까? 안 좋은 예감? 아니, 그것과는 조금 다르다. 뭔가… 다가온다는 느낌이 들고 있다.

내가 무슨 점술가도 아니고 느낌만으로 상황을 예측하기란 불가능하겠지만 뭐, 그렇다는 얘기다.

어쨌든 천년이무기 덕분에 내 궁금증이 풀리자 막혀 있던 수련은 막힌 변기를 뚫은 것처럼 술술 넘어가기 시작했다.

수련은 잘되지만… 천년이무기를 생각할 때마다 드는 이상한 느낌에 내 가슴은 무거워져만 갔다.

◆ 비상(飛翔) 쉰네 번째 날개
세상으로

비상(飛翔) 쉰네 번째 날개 세상으로

캬오오오오오—!

"제발 정신을 차리란 겁니다!"

제기랄! 이렇게 소리쳐 봤자 알아듣지도 못하잖아!

난 지금 전신이 만신창이가 된 상태다. 성한 곳이 한 군데도 없고 전신에서 심각한 고통이 느껴진다. 움직일 때마다 고통은 더욱 가중되어만 가고, 눈앞이 빙글빙글 돌 정도로 의식이 희미해져 간다.

천년이무기를 생각할 때마다 들던 불안감의 정체, 그것은 얼마 후 실체가 되어 내게 나타났다. 바로 광룡(狂龍)이라는 최악의 형태로.

사건의 발단은 여느 날처럼 수련을 하고 있을 때였다. 초극의 힘이라는 것은 아주 먼 곳에 위치해 있기에 하루라도 수련을 빼먹으면 걸어온 것의 두 배로 되돌아갈 것만 같았다. 그래서 난 그날도 강도 높은 수련에 기진맥진되어 있던 참이었다.

그때 난 용호의 수면이 부글부글 끓어오르는 것을 보았다. 천년이무기가 나타날 때쯤이면 항상 그와 비슷한 반응을 보였기에 난 아무런 걱정도 없이 용호를 향해 발걸음을 내디뎠다.

벌써 오랫동안 모습을 보이지 않던 천년이무기였다. 난 내 수련의 성과에 대해 점검을 받으려고 다가간 것뿐이었으나 섬뜩한 느낌에 급히 용호에서 떨어졌다. 그리고 볼 수 있었다. 용호를 뚫고 성광이 하늘로 뻗어가는 것을.

그리고 마침내 천년이무기가 모습을 드러내었다. 하지만 천년이무기의 샛노란 눈동자는 이성이 전혀 담겨 있지 않은 눈동자였다. 천년이무기는 닥치는 대로 눈에 보이는 것을 공격하기에 이르렀고, 그것을 막으려다 내가 지금 이 모양 이 꼴이 된 것이다.

천년이무기는 광룡이 되어버린 것이다.

"제기랄! 정신 좀 차리라고요!"

내가 아무리 외쳐 대도 천년이무기는 들은 척도 하지 않았다. 천년이무기의 꼬리가 스치고 지나간 자리는 산사태가 일어난 듯했고, 천년이무기의 입에서 뻗어 나오는 광선은 예전, 딱 한 번 내가 초극의 힘을 사용했을 때와 같은 광경을 이곳저곳에 만들어주고 있었다. 그때마다 난 전력을 다해 피해 다녀야 했고.

제기랄! 드래곤이라는 녀석의 브레스라는 것도 아니고, 저 광선은 도대체 뭐냐고!

그때였다. 천년이무기는 무엇을 느꼈는지 하늘을 향해 시선을 두더니 곧 전신에서 빛을 뿜어냈다.

캬오오오오오―!

구구구구구구궁!

"세, 세상에……."

난 믿을 수 없는 광경에 온몸에서 전율이 이는 것만 같았다. 천년이무기가 하늘로 날아오른 것이다. 거대한 몸집의 천년이무기가 날아오르자 그 위압감은 대단했고, 그것은 내가 지금 느끼고 있는 전율 이상의 공포감을 심어주기에 충분했다.

그런데 천년이무기의 동태가 이상했다. 날아오르긴 했는데 그 시선이 다른 곳을 향하고 있었기 때문이다. 대충 방향을 잡아보니 그곳은 바로 형산이 있는 곳이었다.

"서, 설마……."

불길한 예감이 들었다. 천년이무기의 말을 들어보면 모든 마물들은 대지의 힘에 영향을 받고, 그 대지의 힘은 형산에서 뿜어져 나온다고 했다. 비록 천년이무기는 마물은 아니지만 대지의 힘에 영향을 받고 있을 터였다. 그렇다면?

캬오오오오!

"이런 제기랄!"

내 예상이 맞아들었는데 천년이무기의 몸은 천천히 움직이기 시작했다. 형산으로 향하는 것이다. 하지만 난 그것을 가만히 내버려 두지 못했고, 어느새 내 손에는 백야가 금묵광의 도강을 뿌리며 만반의 준비를 갖추고 있었다.

"초월파!"

백야에서 발출된 금묵광의 도강은 초승달의 형체를 갖춘 채 천년이무기를 향해 날아들기 시작했다. 하지만 천년이무기는 내가 날린 공격을 보지 못했는지 신경도 쓰지 않는 듯했다. 그리고 마침내 초월파가 천년이무기를 때렸다.

콰!

거대한 굉음이 울렸지만 천년이무기는 날 바라보지 않았다. 제길, 이 정도로는 안 된단 말이지? 그렇다면…….

"초월파! 초월파! 초월파! 초월파!"

난 남아 있는 모든 진기들을 다 초월파로 소모해 버릴 작정으로 계속해서 초월파를 쏘아댔다. 초월파 하나 가지고는 아무런 충격이 없었지만 여러 개가 모인다면 그 위력은 감히 천년이무기라도 무시하지 못할 터!

콰콰콰콰!

초월파의 강기가 마침내 또다시 천년이무기를 두들겼고, 굉음이 연속해서 터져 나오기 시작했다. 그리고 내 의도가 성공했는지 천년이무기의 샛노란 눈이 나를 향했다.

"어딜 나를 한 번 죽이고 가보라고!"

계획이 성공함에 난 호기롭게 외쳤지만, 이내 입을 쩍 벌리며 나에게로 날아오는 천년이무기의 모습에 크게 후회하고 말았다.

캬오오오오─!

제, 제기랄… 내가 미쳤지. 어디서 천년이무기를 보고…….

"으아아악!"

콰콰콰콰!

천년이무기가 쏘아대는 빛에 난 정신없이 피해 다니기 바빴다. 적어도 저거 한 대만 맞으면 난 죽음일 테니 말이다.

콰콰콰콰!

"제에기이라알!"

난 길게 욕설을 퍼부어댔지만 천년이무기는 섬광을 그칠 생각 따위는 하지 않는 것 같았다.

이렇게 되면 방법은 하나뿐이다. 섬광을 발사하지 못하는 곳으로 가면 되는 것이다!

난 지금까지와는 반대로 이번에는 오히려 천년이무기를 향해 달려갔다. 그러자 천년이무기가 뱉어내는 섬광이 바로 내 옆을 지나갈 정도로 피해낼 수 있는 거리가 줄어들었지만 이대로 도망가다가 죽는 것이나 이렇게 돌파하다가 죽는 것이나 어차피 죽긴 마찬가지였기에, 난 최대한 몸을 빨리 움직여 천년이무기에게로 다가갔다.

콰콰콰콰콰!

"히익!"

헉! 헉! 죽을 뻔했다. 난 바로 옆으로 떨어지는 섬광에 죽을 뻔한 것을 상기하며 식은땀을 흘렸다. 하지만 다행히도 난 천년이무기의 바로 아래, 결코 섬광을 발사할 수 없는 곳으로 들어왔다 이거야!

"크하하하하! 어떠냐! 이래도 섬광을 발사할 테냐?"

난 의기양양해서 외쳐 댔으나 미처 한 가지 생각하지 못한 것이 있었다.

쉐에에에에엑!

공기를 가르는 소리.

구구구구구구구!

땅바닥을 가르는 소리.

이 두 소리가 결합하면 천년이무기의 꼬리가 땅바닥을 긁어 내리며 나를 공격해 오는 소리가 된다.

“으악!”

난 간신히 앞으로 몸을 날려 천년이무기의 꼬리를 피해냈다. 미, 미쳤어. 밖에는 섬광, 안에는 꼬리야? 나보고 도대체 어쩌라고!

그런 나의 심정을 아는지 모르는지, 천년이무기의 꼬리는 다시 나를 향해 움직이기 시작했다. 그때 머리 속을 반짝 스치고 가는 아이디어!

과연 해낼 수 있을까? 해낼 수 없어도 해낼 수 있게 만들어보자고!

“제기랄! 이렇게 되면, 이판사판이다. 한 번 해보자고!”

난 그렇게 외치며 마음의 준비를 단단히 했다. 지금 내가 쓰려는 방법은 실패하면 바로 죽음이다. 그것밖에 없다. 살아난다 해도 곧 천년이무기한테 죽게 될 테니, 어쨌든 결과는 죽음이다. 그렇기에 반드시 성공해야 한다.

“자, 와라!”

다시 한 번 예의 그 꼬리가 날 향해 날아오는 소리가 귓가에 울렸다. 난 긴장감에 침을 꿀꺽 삼키고는 꼬리를 향해 집중하기 시작했다. 그리고 꼬리가 나를 가격하려는 그 순간, 원주미보를 밟아 꼬리를 타고 흘러내렸다. 그리고 내 오른손은 지나가려는 꼬리의 끝을 잡고 있었다.

“끄악! 어, 어딜 가려고!”

개미가 사람한테 매달리면 이런 기분일까? 난 계속해서 지나치려는 천년이무기의 꼬리를 부여잡고 놓지 않았다. 그러자 급격히 내 몸이 떠오르려 했지만 난 양다리를 땅에 박아 넣으면서 견뎠다.

내가 쓰려는 방법은 참 무식한 방법이랄 수 있다. 바로 힘을 이용해 천년이무기를 다시 저 용호에 처박자는 것! 일명 충격 요법이라는 것으로 아직 아무도 써먹어보지 않아 효과가 있을지는 잘 모르겠지만, 이대로 죽는 것보다는 낫지 않겠어?

"끄으……!"

ㅋㅋㅋㅋㅋㅋ—

나의 다리는 땅속에 깊숙이 박혀 있었음에도 불구하고 녀석의 꼬리에 이끌려 앞으로 끌려가기 시작했다. 제기랄, 정신력이다, 정신력! 내 능력치로 정신력만 충분하다면, 이따위 천년이무기 정도야 껌도 아니라고!

그러나… 천년이무기에게는 내가 껌이었다.

쾨쾅!

"으악!"

결국 땅이 내 다리를 끌어당기지 못하고 완전히 부서지고 말았던 것이다. 결국 나는 천년이무기의 꼬리에 매달려 왔다 갔다 하는 신세가 되고 말았다.

"으악! 살려줘!"

흠흠, 매달려 있는 처지에 이런 말하긴 뭐하다만… 참 품위없는 비명이었다.

그렇게 얼마나 매달려 다녔을까? 천년이무기가 꼬리를 흔드는 힘이 상당히 약해졌다는 것이 느껴졌다. 물론 그와 비례해서 내 정신력 역시 바닥이 날 듯했지만, 난 이를 악물고 정신을 차려 다시 착지를 시도했다.

쾨쾨쾨쾨!

"끄아아아아아악!"

다리가 땅속 깊숙이 박히며 엄청난 고통이 느껴졌지만 난 참았다. 참아야 살 수 있었다. 그렇게 계속해서 참자, 언제부터인가… 고통이 희미해지기 시작했다.

"이 빌어먹을 이무기 자식아! 그만 좀 하라고!"

아직 내 말소리는 그대로였지만 내 시야에 비치는 모든 것들이 조금씩 느려지기 시작했다. 전신에는 힘이 샘솟고 세상은 곧 결로 덮이기 시작했다.

난 천년이무기의 꼬리를 쥔 손에 힘을 주었다. 그리고 몸 앞에서 끓어오르는 폭발적인 힘을 바탕으로, 용호에 메다꽂아 버렸다.

콰콰쾅! 쾅! 콰카카카카카카쾅!

수많은 굉음이 들리며 천지가 진동하는 듯했다. 용호를 이루는 물은 거대한 몸뚱어리가 자신들 쪽으로 내리 꽂히자 자신들의 본분도 잊은 채 사방으로 비산을 감행했다. 결국 난 흠뻑 젖고 말았다.

그러나 그 덕분에… 천년이무기는 완전히 기절한 듯 움직이지 않았다.

"사, 살았다……."

진짜 죽을 뻔했다. 만약 초극의 힘이 조금만이라도 늦게 발동됐다면 난 죽었을 것이다. 그리고 광룡이 된 천년이무기는 인공지능의 손아귀에서 놀아나게 됐을 것이고.

아아, 갑자기 피로가 몰려온다. 초극의 힘은 한 번에 극한을 뛰어넘는 것이기에 그것을 사용한 후에는 정신적인 피로감이 극심해진다고 한다. 하지만 난 이대로 눈을 감고 휴식을 취할 수 없었다. 지금 이 순간, 이 느낌을 잊을 수 없었기 때문이다.

"자, 다시… 하압!"

난 정신을 집중하고 내가 무엇이든 할 수 있다는 그 믿음에 내 모든 정신력을 걸었다. 그러기를 잠시… 세상이 느려지기 시작했다. 전신에서는 다시 폭기 2단계의 힘이 샘솟고, 온 세상이 또 한 번 투결의 결들에 의해 덮이기 시작했다. 그리고 내 움직임 하나하나에 내가 익힌 모든 무공들의 위력이 따라 나오고 있었다.

초극의 힘… 난 그것을 이렇게 완성하게 된 것이다.

〈승급 퀘스트 완료, 초극의 힘을 완성하시오.〉

〈초극의 힘 완성. 투결 확장. 투결의 시간당 체력 소비 비율 감소. 승급을 축하드립니다. 당신은 신(神)의 칭호를 얻으셨습니다.〉

과연 내가 초극의 힘을 완성시킨 것이 확실한지 나를 감싸 올라 화려한 움직임을 그려내는 빛과 승급 퀘스트의 성공 메시지가 눈앞에 떠올랐다. 그리고 그것이 오늘 하루, 내가 본 마지막 장면이었다.

"으음, 아아 머리가 지끈거려……."

난 깨질 것만 같은 머리를 부여잡으며 눈을 떴다. 그러자 내 눈에는 완전히 폐허가 되다시피한 용호와 그 주변의 모습이 보였다. 난 그 모습에 깜짝 놀라고 말았다.

"허, 헉! 이, 이게 어떻게 된 거야?"

[깨어났는가.]

난 귓가를 울리는 천년이무기의 목소리에 고개를 돌려 천년이무기가 있는 쪽을 바라보았다. 그런데 천년이무기의 몰골도 참 이상했다. 아름다움을 뿌리기까지 하던 비늘이 더럽혀진 게 한두 개가 아니었고, 전신에서 은은히 새어 나오던 빛마저 그 자취를 감췄던 것이다.

“도, 도대체 어떻… 아…….”

천년이무기에게 상황 설명을 부탁하려는데, 어제의 기억이 떠올랐다. 천년이무기는 광룡이 되었고, 내가 초극의 힘을 사용하여 천년이무기를 용호에 메다꽂았었지.

지금 생각하자니 정말 내 무식한 방법에 치가 떨린다. 어떻게 저 커다란 덩치를 힘으로 메다꽂을 생각을 다한 건지…….

난 욱신거리는 고통을 참으며 자리에서 일어나 천년이무기를 향해 다가갔다.

“이제 좀 괜찮으십니까?”

[그대 덕분에 나를 잃지 않았다. 고마움의 인사를 전한다.]

“아아, 괜찮아요, 괜찮아. 지금까지 나도 천년이무기님께 많은 걸 배운걸요. 이로 쌤쌤이 치죠 뭐.”

나는 씨익 웃으며 그렇게 답했다. 그러자 천년이무기는 노란 눈을 껌뻑거리며 내게 물음을 던졌다.

[그 쌤쌤이라는 것이 무엇인가?]

“아아, 그냥 없던 일로 치자는 거예요. 이미 지나간 일 아니겠습니까?”

[그런 뜻이었던가? 흠… 그대는 초극의 힘을 완성했더군.]

“하하, 눈치 채셨습니까?”

[나의 육체는 의식을 잃은 상태였지만, 나의 정신은 모든 것을 다 보고 있었다. 그러니 모를 수 없지 않겠는가.]

무슨 말인지 정말 어렵게도 하지만, 어쨌든 정신을 차린 것 같군.

“그거야 나중에 생각할 일이고. 우선 이 주변부터 좀 치워야 하지 않겠습니까? 이러다가 나중에 잠잘 곳도 마땅치 않겠습니다.”

난 주변을 보며 그렇게 말했다. 확실히 주변은 완전히 뒤집어져 있는 것이 더 이상 사람이 잘 만한 곳이 못 되었다.

그런데 천년이무기에게서 나온 대답은 너무나도 의외의 것이었다.

[아니, 그럴 필요 없다. 그대는 이곳을 떠날 것이다.]

"그, 그게 무슨?"

이게 무슨 소리란 말인가!

[말 그대로다. 그대는 더 이상 여기에 남아 있을 수 없다.]

난 천년이무기의 말에 공황 상태에 빠져 버렸다. 도, 도대체 왜? 내가 자기를 메다꽂았다고 저러는 건가? 아니지, 천년이무기는 그 정도로 이럴 만큼 쪼잔하지 않아. 그럼, 도대체 왜?

[납득할 수 없다는 표정이군.]

"당연한 거 아닙니까? 왜 갑자기 그러시는 겁니까?"

[그대가 초극의 힘을 깨달았기 때문이다.]

"네?"

[그대는 아직 피부로 느끼지 못하고 있지만, 지금의 상태는 좋지 않다. 창조주가 무슨 일을 꾸미고 있음에 틀림없다. 그대를 내보내어 그것을 막고 싶었지만, 초극의 힘 없이는 천추십왕조차 이기기 힘든 그대였으니 내보내질 못했던 것이었다. 하지만 그대는 초극의 힘을 깨달았고, 더 이상 여기에 있을 이유가 없는 것이다. 떠나라. 그리고 그대 스스로의 힘으로 비상을 창조주로부터 지켜라.]

천년이무기의 말은 이미 나 자신을 스스로 지킬 힘 정도는 쌓았으니, 이제 그 힘으로 비상을 구하라는 말이었다. 즉, 내가 떠날 때가 왔단 말이다.

"하, 하지만 아직까지 완벽하지는 않고……."

[초극의 힘이란 정신력에 달린 것. 언제까지 나와 함께하는 안주하는 삶으로 초극의 힘을 완벽히 깨우칠 수 있단 말인가. 그대에게는 밖이 어울린다. 창공을 비상하는 한 마리의 자유로운 매의 모습이 그대에게 어울린다는 말이다.]

창공을 비상하는 한 마리의 자유로운 매…….

난 천년이무기의 말에 더 이상 떠나는 것을 미룰 수 없음을 깨달았다. 너무나도 갑작스럽긴 하지만… 난 이제 떠나야 했다.

[그대는 없었던 일로 하자고 했지만, 은원은 확실히 해야 하는 법. 내가 그대에게 세 가지 선물을 주도록 하겠다. 그 첫 번째 선물은 바로 이것이다.]

웅웅웅!

천년이무기의 말이 끝나기 무섭게 천년이무기의 미간에서 황금빛이 난다고 생각되더니 사람의 눈동자만한 구슬로 빛이 뭉쳐 들었다. 그리고 그 구슬은 나를 향해 천천히 내려오기 시작했다.

[그 구슬은 내가 가진 본연의 용연지기로 이루어진 것이다. 독 따위에 목숨을 잃을 일은 없을 것이다.]

한마디로 막강한 피독주라는 것이네? 난 구슬을 손에 쥐었다. 그러자 구슬에서 따뜻한 기운이 일더니 전신을 상쾌하게 해주었다.

[또한 그대의 정신적인 피로를 푸는 것에도 많은 도움을 줄 것이다. 그것이 바로 내가 그대에게 주는 첫 번째 선물이다.]

솔직히 쌤쌤이 하자고 해놓고 이런 걸 받자니 민망하지만… 뭐, 이별의 선물이라는데 이 정도는 받아주는 것도 괜찮치 않겠어? 흠흠, 결코 이 구슬이 탐나서 그러는 건 아니야.

[나와 한 가지 약속을 해줄 수 있겠는가?]

“어떤……?”

[그 구슬이 깨지면 모든 일을 제쳐 두고 이곳으로 돌아온다는 약속. 이 약속을 지켜줄 수 있겠는가?]

별로 어렵지는 않네. 제법 거리가 있긴 하지만 전력으로 경공을 펼치면 길지 않은 기간 안에 도착이 가능할 것이다. 그 정도면 되겠지?

“약속하죠.”

[결코 잊어서는 안 되는 약속이다.]

“절 믿으십시오.”

흠흠, 나 자신이 나를 못 믿는 판에 남보고 믿으라니……. 하지만 진지한 천년이무기의 모습에 나 역시 감히 거짓으로 대답할 수 없었다.

[두 번째 선물은 그대가 다시 날 찾아오는 날 주도록 하겠다. 그리고 세 번째 선물은… 두 번째 선물을 주고 나서 생각하도록 하지.]

“하하하, 알겠습니다. 두 번째 선물을 받기 위해서라도 반드시 약속을 지키겠습니다.”

[그대를 믿겠다. 그대는 내가 유일하게 믿는 인간이다. 그 믿음을 배신치 않기를 바란다.]

“네, 알겠습니다.”

이별의 순간이 와서 그런 것일까? 괜히 숙연해지는 기분이 들었다. 난 그렇게 천년이무기가 준 구슬을 품속에 넣었다. 그러자 천년이무기의 거대한 몸이 호수 속으로 조금씩 가라앉기 시작했다.

[떠나라. 그리고 그대의 힘을 마음껏 펼쳐라. 결코… 지지 마라.]

“알겠습니다! 절대… 절대로 지지 않겠습니다!”

[건투를 빈다. 나의… 제자여…….]

그것을 마지막으로 천년이무기는 호수 속으로 완전히 사라졌다. 그리고 나 역시 발걸음을 옮겨 용호를 벗어나기 시작했다. 챙길 짐 같은 건 없었다. 애초에 백야 하나만 달랑 들고 들어왔으니 백야가 허리춤에 꽂혀 있는 이상 짐 따위가 있을 리 없었다. 난 그렇게 용호를 떠나가다 뒤를 돌아보았다. 찬란한 햇빛이 용호에 반사되어 용호 전체가 빛나는 듯했다.

"다녀오겠습니다. 천년… 아니, 사부님."

그렇게 난 세상으로 향하기 시작했다.

"하아… 날씨 좋구만."

난 새파란 하늘을 바라보며 중얼거렸다. 어느새 용호를 벗어난 지도 열흘이 넘었다. 열흘 동안 전력을 다해 경공을 펼쳤더라면 벌서 북경에 도착했을 텐데, 난 아직 그 반의 반에도 미치지 못하는 거리에서 어물정대고 있었다.

형산에서 무슨 일이 벌어지고 있는지는 알지 못하나 서둔다고 해서 일이 잘 풀린 적이 없었기에, 난 느긋한 마음을 가지고 북경으로 향하고 있는 중이었다. 하지만 역시 너무 느린 진행 속도에 이제부터는 조금 빨리 발걸음을 옮겨야겠다고 생각했다.

그런데 그때였다. 멀리서 강렬한 기의 파동이 느껴지고 있었다.

"누구지? 이 정도의 기파라면… 천추십왕 정도인가?"

아니, 천추십왕 정도의 것이 아니었다. 이 정도의 기파를 흘릴 정도라면 오직 천추십왕밖에 없었다. 그리고 이 정도의 흔들림이라면 필시 누군가와 싸우고 있을 터!

난 즉시 그곳을 향해 달려가기 시작했다. 어떤 놈이든 간에 잘 걸렸다! 아주 요절을 내주마!

광휘는 설마 자신이 이런 상황에 처하리라고는 생각지도 못했다.

단순히 마물들의 흔적을 따라다닌 광휘는 그 마물들의 흔적이 형산으로 이어지고 있다는 것을 알고는 형산으로 달려갔다.

하지만 형산 근처에도 못 가보고 마물들의 습격을 받아야 했다.

하지만 광휘가 그따위 마물 정도에게 겁먹을 리 없었다. 자신의 특기인 은신술을 사용하여 자신에게 덤벼드는 마물들을 간단히 처리하고는 계속해서 형산을 향해 나아갔다.

그런데 정말 이상했다. 아무리 천연 사냥터로 유명한 형산이라지만 그 형산에 도착하기도 전에 이렇듯 몇 걸음을 옮길 때마다 마물들이 나올 수는 없었던 것이다. 그것도 형산에는 없다고 밝혀진 마물들이.

광휘는 계속해서 마물들을 처리하는 대신, 은신술을 극한으로 끌어올려 계속해서 형산으로 다가갔다. 광휘가 은실술을 극한으로 전개하자 아무리 고위 마물일지라도 광휘의 존재를 눈치 채지 못했다.

그렇게 형산으로 향하는 길목에 선 광휘였지만 그때, 광휘는 누군가로부터 강력한 공격을 받았다. 분명 은신술을 극한으로 전개하고 있었음에도!

광휘는 대경실색하여 재빨리 물러서며 반격했지만 자신을 공격한 괴한은 불행히도 광휘보다 무공이 뛰어났다. 광휘는 그것을 믿을 수 없었다.

자신이 누구인가. 어떻게 정체도 모르는 괴한에게 이렇게 밀릴 수 있단 말인가. 하지만 광휘는 침착하게 이성을 가라앉혔고, 이대로 맞붙기보다는 도주를 선택했다.

그렇게 마음먹은 광휘는 상대의 빈틈을 노려 도주를 감행했고, 다리에 부상을 입긴 했지만 호남을 벗어나 호북까지 벗어날 수 있었다. 하지만 괴한의 추적술은 광휘가 가히 경악을 할 정도였다.

괴한의 추적은 호북을 지나 하남에 들어서도 멈추지 않았다. 시간이 갈수록 제대로 된 치료를 하지 못한 광휘의 다리는 말을 듣지 않았고, 결국 하남의 관도에서 벗어난 한 야산에서 괴한과 다시금 맞붙게 된 것이다.

"끈질기군."

서글서글한 목소리가 광휘의 귓가를 때렸다. 분명 상대는 말을 하고 있었지만, 광휘는 그에 대구해 줄 시간이 없었다. 상대의 공격을 피하기에도 바빴던 것이다.

훙!

거대한 패검이 방금까지 광휘가 있던 자리를 베고 지나갔다. 이에 광휘는 상대에게 반격을 해나가려 했으나, 상대의 패검은 덩치에 맞지 않게 상당히 빨랐다.

다리만 제 말을 들었어도 충분히 반격해 들어갈 수 있는 찬스였지만, 다리가 말을 듣지 않는 고로 상대의 이어지는 공격보다 더 빠른 공격을 할 수 없었던 광휘는 급히 뒤로 물러설 수밖에 없었다.

하지만 그것은 광휘의 커다란 실수였다.

"바보로군. 주변 지형도 제대로 파악하지 않고 싸우나?"

서글서글한 목소리의 중년사내가 한 말처럼 광휘는 너무나도 다급한 마음에 주변 지형을 제대로 파악하지 못하고 전투에 임했다. 그 때문에 광휘는 뒤가 깎아지른 듯한 절벽으로 막혀 버렸다는 것을 이제야 깨달을 수 있었다.

이제 광휘에게는 도망갈 곳이 없었다.

"감히 그곳까지 침범해 오다니 그 은신술은 칭찬할 만하다만… 상대를 잘못 골랐다. 이만 죽어라."

상대는 그 말과 함께 패검으로 자신을 베어왔다. 그런 모습에 별다른 대책이 없는 광휘의 두 눈은 절망으로 물들어갔다.

그 순간 믿을 수 없는 일이 발생했다. 자신을 향해 베어오던 패검에서 갑자기 금속성이 울리는 듯하더니 패검의 움직임이 멈추어 버린 것이다.

그때를 놓칠 광휘가 아니었다. 다리는 잘 움직이지 않았지만 움직일 수 있는 최대한의 전력을 사용하여 광휘는 중년사내의 빈틈으로 절벽에서 빠져나올 수 있었다. 순간적으로 빠져나오기는 했으나 그녀는 어떻게 된 것인지는 알 수 없었다.

그때였다. 누군가가 빠른 속도로 자신들을 향해 달려오고 있었다.

"패왕!"

크게 소리치는 이의 정체는 바로 한 사내였다. 엄청난 속도로 쏘아져 오는 사내는 광휘를 지나쳐 중년사내를 향해 주먹을 내뻗으며 공격해 나갔다.

광휘는 멍한 눈으로 그 모습을 바라볼 뿐이었다.

"패왕!"

난 가슴 속에서 우러나오는 외침을 내질렀다. 강렬한 기파의 정체. 그것은 다름 아닌 소림사에서 제법 깊은 인연을 만들었던 패왕이었던 것이다.

내가 처음 패왕을 발견했을 때, 패왕은 웬 복면을 쓴 여인을 패검으로 베어나가고 있었다. 난 재빨리 일섬쾌지를 극성으로 발출하여 패검의 움직임을 막아냈다. 그랬더니 그 여인이 상승의 보법을 발휘해 패왕의 틈 사이로 빠져나오는 게 아닌가.

난 여인의 뛰어난 신법에 적잖이 놀랐지만 그보다 패왕이 먼저였다. 난 패왕을 향해 달려나가며 강력한 일권을 내질렀다.

"협!"

캉!

내 강력한 일권을 패왕은 패검을 들어 올려 검신으로 막아내었다. 하지만 그 충격까지 모두 막아낼 수 없었는지 주춤주춤 뒤로 두 발자국을 물러섰다.

"이게 무슨……?"

패왕은 미처 자신이 물러섰다는 것을 믿을 수 없는 듯 중얼거렸지만 그런 모습은 내게 오히려 녀석의 전신을 허점으로 만들기에 충분한 행동이었다.

난 원주미보를 밟아 둥글게 녀석의 좌측으로 돌아갔고, 성운추명의 초식으로 녀석의 손목을 때려 패검의 움직임을 방해하는 동시에 진기를 오른팔로 집중해 나갔다.

"광뢰충장!"

꽝!

"크억!"

옆구리에 광뢰충장을 그대로 얻어맞은 패왕은 비명을 지르며 힘없이 튕겨나고 말았다. 하지만 이대로 가만히 끝내기엔 예전에 받았던 빚이 너무나도 컸다.

난 원주미보를 사용하여 녀석이 튕겨나며 물러설 곳을 미리 파악하고 그곳으로 흘러 들어갔다. 그리고 예상대로 내가 있는 곳으로 물러서는 녀석을 위해 주먹에 힘을 꽉 주었다.

패왕은 자신이 물러설 곳으로 내가 미리 와 있자 경악한 듯 입을 쩍 벌리고 있었다.

"크윽! 너, 넌 누구냐!"

"알 것 없잖아! 우선 좀 맞자고! 건룡풍힐!"

파파파파팍!

"커억!"

수많은 권영의 파도가 무방비 상태의 패왕을 쓸어갔다. 갑작스런 기습 탓인지, 아니면 내가 너무 세진 탓인지 패왕은 변변찮은 반격 한 번 해보지 못하고, 아니, 방어조차 해보지 못하고 건룡풍힐의 권영에 떡이 되도록 얻어맞아야 했다.

난 건룡풍힐로 녀석을 어느 정도 때렸다 생각하자 주먹을 내지르는 것을 멈추고 진각을 크게 밟으며 단숨에 앞으로 쑤욱 진격해 나갔다. 그리고 내 체중을 주먹의 한 점에 실었다.

"꺼져 버려! 건룡초풍!"

퍼억!

"끄악!"

건룡초풍에 의해 큰 타격을 입은 패왕은 옆으로 날아가 버렸다. 하지만 난 안다. 타이밍을 잘못 맞춰서 내가 때린 것은 패왕의 몸뚱어리가 아닌 패검의 검신이었다.

패검의 검신을 때렸다고는 해도 그 충격이 내장 속까지 전달될 것임을 의심치 않지만, 그것만으로는 도저히 속이 풀리지 않기에 난 패왕을 향해 다시 몸을 날리려 했다.

하지만 그때, 패왕에게서 번쩍이는 무엇인가가 날아와 바로 내 앞에 박혔다. 그 때문에 난 앞으로 달려나가려던 걸 멈출 수밖에 없었다. 내 앞에 박힌 것, 그것은 다름 아닌 패왕의 반쪽 검신이었다. 건룡초풍에 의해 반 동강난 패검의 반쪽 검신을 나를 향해 던진 것이다.

그렇게 내가 잠시 멈추는 사이 패왕은 어느새 절벽을 향해 몸을 던지고 있었다. 제기랄! 이대로 놓치게 되면…….

아직까지는 조금 시간이 있기에 난 다시 재빨리 달려가려 했지만 패왕은 나머지 검의 손잡이를 포함한 부분까지 던지며 철저히 내 접근을 막았다. 그리고 마지막 한마디를 내뱉고 절벽의 아래, 급류 속으로 몸을 던졌다.

"크윽! 네가 누군지는 모르겠다만… 다음에는 이리 쉽게 당하지 않을 것이다!"

풍덩!

왠지 참 처참한 최후이다만…….

"제기랄! 또 놓치고 말았잖아!"

내가 분노에 떨며 땅바닥을 발로 차고 있을 때, 누군가 내 옆으로 다가왔다. 아차, 그러고 보니 이 여인을 잊고 있었군. 난 잔뜩 찡그린 인상을 펴고 미소를 지으며 여인을 바라보았다.

"괜찮아요?"

아아, 내가 생각하기에도 이 어설픈 웃음과 인사라니…….

그는 엄청난 신위의 주인공이었다. 자신이 덤벼들 때는 결코 무너지지 않던 방어가 그의 일격에 단숨에 뚫려 버렸다. 또 이어진 일격에 상대는 비명을 질러댔고, 제대로 된 반격조차 못한 채 순식간에 당해 버렸다.

　광휘의 눈 속에 그려진 그의 움직임은 마치 한 폭의 그림처럼 아름답게 느껴졌다. 그리고 다가간 자신을 향해 짓는 싱긋한 미소라니…….

　광휘의 눈동자 속의 그는 마치 자신이 동경하던 그와 똑같이 보였다. 그녀는 떨리는 손을 모아 차분히 가라앉힌 후 허리를 숙였다. 그리고 그를 향해 외쳤다.

　"사부가 되어주세요!"

　"엥?"

　그녀가 동경하는 이는, 모든 소설의 주인공을 가르치는 사부의 모습이었다.

◆ 비상(飛翔) 쉰다섯 번째 날개

북벌 대습격(北伐大襲擊)

비상(飛翔) 쉰다섯 번째 날개 북벌 대습격(北伐大襲擊)

호남성.

한때 비상에서 제일가는 성 중 하나였다. 형산은 사냥의 요충지로 많은 사람들을 끌어 모았고, 그 외에도 호남성엔 유난히 사냥터가 많아 사람들이 자주 찾는 곳이었다.

하지만 그랬던 곳도 불과 한 달 만에 무법천지가 되어버렸다.

이제 호남성에서 인간을 찾아보기란 힘든 일이었다. 형산을 중심으로 넓게 퍼진 수많은 마물들은 호남성에 사람들이 존재하는 것을 용납치 않았다. 이미 호남성은 사람이 마물을 사냥하던 곳에서 마물이 사람을 사냥하는 곳으로 바뀌어 버린 것이다.

그 호남성의 중심. 짙은 혼돈의 안개로 그 끝이 덮인 형산에선 알 수 없는 기운이 흘러나오고 있었다. 한 번 빠지면 결코 다시는 벗어날 수 없는 혼돈의 늪. 그와 같은 기운이 형산에서 새어 나오고 있었다.

[크흐흐흐흐흐.]

음산한 목소리. 아니, 잔인한 목소리. 아니, 고통스런 목소리. 아니, 정신을 갉아먹는 목소리. 아니, 이 모든 목소리가 겹쳐 흘러나오고 있었다.

단순히 웃음일 뿐인데도 듣는 이로 하여금 지독한 공포와 증오를 동시에 느끼게 하는 기묘한 힘이 담긴 목소리였다. 그리고 또다시 그 목소리가 울려 퍼졌다. 이번에는 단순히 형산에서만이 아니었다.

그 목소리는 온 호남에 모두 울려 퍼지고 있었다.

[크하하하하하! 모두 들어라! 우리의 적은 인간이다. 인간들을 철저히 짓밟아라. 뭉개 버려라. 너희 세상을 쓰레기와 같은 인간에게 빼앗기지 마라. 얻을 수 없다면… 차라리 파괴해라! 없애 버려라! 자, 이제 시간이 되었다. 쓰레기 같은 인간들을 토벌하러… 이제 우리는 북벌(北伐)을 시작할 것이다. 크하하하하하!]

캬오오오오오오—!

크롸롸롸롸롸롸—!

캬우우우우우우—!

목소리의 연설이 끝나고 호남성의 모든 마물들이 긴 포효를 지르기 시작했다. 그리고 호남성에서 움직이지 않던 모든 마물들이 천천히 위로, 위로… 올라가기 시작했다.

그들의 목적은 인간을 파멸시키고 세상을 손에 넣는 것이었다. 그것이 되지 않는다면 차라리 세상까지 파괴시키는 것, 그것이 그들을 움직이게 하는 원동력이자 목적이었다.

북상(北上)!

호남 형산의 주변에 웅크리고 있던 마물들이 북상을 시작했다는 파발이 비상의 전 지역으로 쉴 새 없이 날아들었다. 하지만 그 파발은 조금 늦은 감이 없지 않았다.

북상하기 시작한 마물들의 속도는 엄청났다. 앞을 가로막는 것은 그 무엇이라도 파괴시키며 북상을 시작했다. 비상을 가로지르는 북상이 아니었다. 북상이라고는 하지만 실질상 호남성 아래 있는 운남, 귀주, 강서, 복건, 광서, 광도에도 그 마수는 뻗혀들었기 때문이다.

마물의 수는 엄청났기에 그렇게 많은 분열을 했지만 여전히 그들을 상대로 싸울 수 있을 정도의 전력을 가진 단일 문파는 없을 정도였다.

그들의 이동이 시작됨과 동시에 귀주와 광동, 광서성의 절반이 그들의 수중에 넘어가게 되었다. 이미 그 지역에선 이 마물들의 대이동으로 큰 피해를 보았기에 변변찮은 방어를 하지 못하고 전원 후퇴에 나선 것이다.

더욱이 강서성의 패하는 더욱 심각하여 이미 강서성의 전 지역이 마물들의 손에 들어가게 되었다. 가장 먼저 선두에 선 마물들인 비행이 가능한 마물, 베어도 베어도 죽지 않는 불꽃 마물, 아예 칼조차 들어가지 않는 돌 괴물 등 그들의 앞에 나타난 것은 그야말로 검기를 일으키고 강기를 뿜어대는 고수들이나 상대가 가능한 것들이기에 사람들의 사기는 더욱 깎이게 되었다.

때문에 강서가 당하자 복건의 문파와 사람들은 하나둘 복건을 버리고 바다를 따라 북상하기 시작했다. 자신들로선 도저히 승산이 없음에 자신들의 본거지를 버리고 살길을 찾으려는 것이었다.

이 모든 것이 자기들끼리의 세력 다툼으로 인해 심각한 전력의 손실을 불러일으킨 대가였다.

대피를 시작한 것은 복건의 사람들만이 아니었다. 상대적으로 호남과 많은 거리가 떨어져 있었기에 아직 큰 피해가 없는 운남, 절강의 사람들도 하나둘 북상을 하기 시작했다.

운남에는 구파일방 중 하나인 점창파가 남아 있었으나 사람들은 점창파 역시 막대한 수로 밀고 들어오는 마물들을 감당할 수 없을 것이란 판단을 내린 것이다.

호북성이라는 예가 있기에 그 사실은 사람들의 인식을 확정시켰다.

마물들이 가장 먼저 발을 내디딘 호북성에는 소림사와 함께 무림 양대 기둥으로 꼽히는 무당파와 오대세가 중 지략이 뛰어나기로 소문난 제갈세가가 자리를 잡고 있었다. 그들은 호북과 호남의 경계에 방어선을 구축하고 마물들의 침범을 대비했지만, 끝없이 밀려오는 마물들에 의해 경계에 자리잡고 있던 방어선이 어느새 호북성의 중턱까지 밀려 올라가게 된 것이다.

정파의 기둥이라는 구파일방 중 하나인 무당파와 오대세가 중 하나인 제갈세가의 연합으로도 마물들의 침범을 저지하지 못했다는 말이었다. 그 말은 곧, 아무리 구파일방 중 하나인 점창파라지만 그와 같은 단일 독립 문파로서는 마물들의 상대가 불가능하다는 말이었다.

북상하는 마물들은 이미 세력 다툼으로 전력에 많은 손실을 일으키고, 아직도 서로 싸우기에 여념이 없었던 사람들을 단숨에 쓸어버리기 시작했다.

그들이 한 번의 발걸음을 옮길 때마다 수십, 수백의 피를 보아야 했고, 그만큼 사람들은 공포에 젖어 들어갔다.

이렇게 비상 역사상 가장 아픈 기억으로 남는 마물들의 북벌 대습격(北伐大襲擊)은 시작되었다. 코를 아릴 정도의 진한 피비린내를 흘리며…….

"아, 네. 죄송합니다. 지금…….”
"마물들의 북상에 대한…….”
"죄송합니다. 이번 습격전은…….”

마물들의 북벌 대습격이 시작되자 지옥은 호남을 중심으로만 퍼지고 있는 것이 아니었다. 비상 개발 계획 팀의 상황 역시 전장을 방불케 하고 있었다.

아무런 예고 없이 시작된 마물들의 북벌 대습격에 아직도 그것을 이벤트로 착각하고 있는 수많은 사람들은 자신들의 캐릭터가 당하자 항의 전화를 하기 시작했고, 마침내 비상 계발 개획 팀의 전화란 전화는 모두 불통이 될 정도로 항의 전화가 빗발치고 있었다.

마물들의 대습격은 그만큼이나 큰 반향을 일으키고 있었던 것이다.

탁!

"이런 빌어먹을!”

강민은 책상 위로 신문 뭉치를 내려치며 욕설을 내뱉었다. 하나같이 비상에서 일어나고 있는 북벌 대습격에 관한 내용들뿐이었다. 인공지능에 대한 것은 지금까지 철저한 보안 속에 지켜져 왔던 것인데, 이번 북벌 대습격으로 인하여 그 모든 것이 틀어져 버렸다.

갑작스런 마물들의 대습격. 이벤트인가, 시스템상의 오류인가?

아무런 예고도 없는 돌출성 이벤트에 수많은 피해 발생. 과연 비상… 어디까지 갈 것인가?

수많은 항의 전화에도 꿋꿋이 견디는 포에버 사의 횡포에 유저들은 울고 있다.

　신문에 쓰인 글이라고는 하나같이 이런 문구뿐이니 화가 나지 않으려 해도 화가 안 날 수가 없는 상황인 것이다. 게다가 강민을 더욱 화나게 만드는 것이 있었으니…….

　"빌어먹을 회장 같으니! 뭐, 상용화 준비를 위한 회원들의 물갈이라는 말로 은폐하라고?"

　바로 이것이었다.

　비상에서 일어난 사건을 알게 된 회장. 강민은 그런 회장에게 상용화의 철폐를 요구했다. 지금도 이렇게 큰 반향을 일으키고 있는 판에 여기에 겹쳐 상용화를 실시한다면 더욱더 큰 파란을 몰고 올 것임에 분명했던 것이다.

　하지만 회장은 물러서지 않았다. 오히려 이번 사건을 상용화를 위한 회원들의 물갈이로 은폐하라는 말이나 지껄이고 있었던 것이다.

　오픈베타에서 상용화로 넘어가면서 일어나는 시스템상의 몇 가지 문제 때문에 유저 캐릭터들을 초기화시킬 계획이었고, 그 대신 이런 이벤트를 마련해 살아남는 유저들에게는 그만한 대가를 주겠다는 말을 언론에 내뱉는다면 확실히 지금보다는 언론이 잠잠해질 것은 분명했다.

　하지만 강민은 그것을 용납할 수 없었다. 그런 식으로 은폐하다니……. 그것은 완전히 유저들을 우롱하는 행위 아닌가. 강민은 천재이긴 했지만 장사꾼은 아니었다. 프로그래머였고, 자신의 능력에 자부심을 가지고 있는 사람이었다.

　"그래, 결코 이대로 끝낼 순 없어. 무슨 방법을 찾아야 해."

강민의 머리 속에는 수많은 생각들이 스쳐 지나가고 있었다. 가장 먼저 해야 할 일은 우선 유저들의 불만을 잠재우는 일이었다. 그러기 위해선 일부분의 진실은 필요했다.

다음날 비상 계발 개획 팀에서 이번 일에 대한 해명을 발표했다. 그 해명의 문구는 다음과 같았다.

안녕하십니까, 비상 개발 계획 팀의 팀장을 맡고 있는 강민입니다.

이번 저희 비상에서 일어난 마물들의 대습격에 피해를 입으신 분들이 상당수 계신 것으로 알고 있습니다. 먼저 죄송하다는 말씀을 드리고 싶습니다.

이번 비상에서 일어난 대습격은 이벤트가 아닌, 시스템상의 오류로 인해 발생한 문제입니다. 시스템의 인공지능이 워낙 발달하여 스스로 마물들을 조작하여 인간들을 공격하고 있는 것입니다.

우선 이미 피해를 입은 분들의 명단을 작성하고 있습니다. 그래서 훗날 비상이 정상으로 돌아가게 된다면 그에 대응하는 보상을 꼭 해드리도록 약속하겠습니다.

또한 이번 시스템상 오류를 단순한 오류만으로 치부하지 않고 이벤트로 발전시키겠습니다. 언제든지 도전할 수 있는 이벤트가 아닙니다. 세 번의 목숨을 잃게 되면 끝나게 되는 이벤트인 것입니다.

이벤트의 목적은 수없이 밀고 들어오는 마물들의 격파가 될 것입니다. 세상의 어디에 숨든지, 아니면 마물들을 공격하여 자신이 살고 있는 곳을 지키든지 뜻대로 하십시오. 이번 습격으로 인해 마물에게 피해를 입게 되면 그에 대응하는 보상을 드리겠습니다.

또한 피해를 입지 아니하더라도 끝까지 살아남으시는 분들께는 한 번의 죽음을 무효화할 수 있는 아이템을 비롯하여 몇 가지 선물을 드리도록 하겠습니다.

저희는 도망가지도, 숨지도 않습니다. 저희와 함께 마물들을 물리치고 하나의 생명을 얻는 것과 동시에 함께 전설을 이룩해 보시지 않겠습니까?

이 해명이 발표되자 또다시 신문을 비롯한 언론은 떠들어대기 시작했다. 그 시작은 비상의 게임에 대한 비난과 비판일 뿐이었다. 언론은 계속해서 포에버 사를 비롯한 비상을 공격해 대고 있었다.

하지만 며칠이 지나지 않아 비상을 공격하기에 여념이 없던 신문사의 홈페이지가 해킹을 당했다. 이에 신문사는 포에버 사를 그 흉수로 집었지만, 곧 그 신문사에선 해킹뿐만 아니라 그 이외의 알 수 없는 사건들이 발생하기 시작했다.

그 사건들 대부분의 끝은 비상을 모욕하지 말라. 우리의 꿈을 짓밟지 말라 같은 문구를 담고 있었다. 그리고 그때부터 비상을 플레이해 오던 모든 유저들이 지금껏 포에버 사를 공격하던 언론들을 도리어 공격하기 시작했다.

또한 비상의 홈페이지는 날이 갈수록 사람이 많아지고, 새로이 가입하여 나타나는 초보들도 많아졌다. 물론 마물들의 북벌 대습격으로 캐릭터를 만들자마자 죽기 일쑤였고, 그렇지 않다고 해도 사냥을 하지 못하니 캐릭터의 성장은 실질적으로 불가능한 것이었다.

하지만 그것이 오히려 사람들의 흥미를 북돋았다.

스릴과 현실감.

마물들의 습격이란 스릴에 사람들은 비상을 찾게 되었고, 그때까지 비상의 현실감을 믿지 못해 플레이하지 않던 이들도 마물들과 이루어지는 대규모 전쟁의 동영상이라든지 CS방에서 가장 폭주 중인 비상의 인기를 실감하고는 너도 나도 비상에 접속하기 시작했다.

이로써 비상은 본의 아니게 최고의 전성기를 맞이하게 된 것이다. 어쩌면 마물들의 북벌 대습격은 비상에겐 또 다른 기회였을지 몰랐다.

"휴우… 이제야 한숨 돌리겠군."

강민은 어느새 돌변하여 흥미진진하다 등등의 소리를 지껄이고 있는 신분을 책상 위에 내려놓으며 안도의 한숨을 내쉬었다.

사실 이것은 도박과도 같은 일이었다. 만약 강민이 제시한 대가들이 조금이라도 약했거나 강했더라면 사람들의 이와 같은 호응을 이끌어내지 못했으리라. 또한 평소 비상을 좋아했던 사람들이 이와 같이 많지 않았더라도 실패했을 도박이었다.

하지만 다행히도 성공했고, 이로써 유저들의 불만과 언론의 공격도 잠재웠다. 이제 남은 것은 상용화를 거치기 전, 인공지능을 해치우는 일 뿐이었다.

"수고하셨어요."

"아, 부이사장님."

강민은 자신에게 음료를 내미는 손을 타고 올라가 얼굴을 보고 그녀가 바로 진사혜임을 깨달았다. 그녀에게서 음료를 건네받은 강민은 옆자리의 의자를 내주었다.

"부이사장님도 수고하셨습니다."

"제가 뭐 한 게 있나요?"

"후후, 그런데 효민이 녀석과는 요즘 어떻게 지내십니까?"

강민의 짓궂은 질문에 진사혜는 입가로 들어 올리던 음료수 캔을 잠시 멈춰 세웠다.

"어떻게 지내긴요, 그냥 친구죠."

"친… 구 말입니까? 정말 친구?"

"그럼 어떻게 생각하셨는데요? 효민 씨는 분명 좋은 사람이지만 친구 감일 뿐, 애인 감은 안 돼요. 너무 좋은 사람이거든요. 이렇게 좋은 사람은 어느 여자든 가리지 않고 친절히 대해주기 때문에 그 애인이 상당히 고달프죠. 전 그러고 싶진 않네요. 게다가 또 한 가지, 그 서인 인가 하는 분이 효민씨 애인 아녜요? 전 임자 있는 남자는 안 건드린답니다."

"하하하! 하긴 그렇죠? 제 동생이지만 그 녀석은 우유부단한 게 애인으로 써먹을 상은 아니에요. 하하하하!"

그동안 진사혜와의 일로 효민의 엄청난 구박에 시달리던 강민은 진사혜로부터 그녀의 진심을 듣게 되자 가슴이 뻥 뚫린 기분이었다.

이제 이 소식을 전해주게 되면 강민이 오히려 효민을 갈굴 수 있으리라. 강민은 괜히 기분이 좋아지는 것을 느꼈다. 그 때문에 진사혜의 표정이 조금은 서글퍼지는 것을 볼 수 없었다.

갑작스런 사용자의 증가로 전성기를 맞이한 비상이었지만 실질적으로 늘어난 전력은 얼마 되지 않았다. 그도 그럴 것이 늘어난 사용자의 대부분이 아직 마물 한 마리조차 제대로 잡기 힘든 초보였던 것이다.

때문에 사용자의 증가에도 비상의 곳곳은 마물들의 거센 습격을 막아내지 못하고 무너지기 십상이었다.

그래도 아직까지 마물들은 하남까진 접근치 못하고 있었다. 그 밑으로 사천(四川)과 호북, 그리고 안휘가 당당히 지키고 있었기 때문이다.

사천에는 당문과 아미파, 청성파가 자리잡고 있어 마물들의 습격을 가장 효율적으로 막아내고 있는 지역 중 한 곳이었다. 다만 이 이상의 마물들의 수가 늘어난다면 그들로서도 힘들 것임이 분명했지만, 아직까지는 견딜 만했다.

호북에는 무당파와 제갈세가가 있어 마물들의 침공을 막아내고 있었고, 안휘에는 오대세가 중 단일 무력으로는 가장 강하다는 남궁세가(南宮世家)가 자리잡고 있어 간신히 마물들의 습격으로부터 안휘를 지키는 중이었다.

이렇게 세 지역이 서로의 틈을 꽁꽁 묶어 마물들이 새어 나가지 못하게 하자 상측 지역에 있는 이들은 나름대로 안심할 수 있었다.

하지만 그 안심도 잠깐뿐이었다. 남궁세가가 철수를 시작한 것이다.

역시 단일 무력으로 가장 강한 세가였지만 끊임없이 쏟아지는 마물의 수에는 역부족이었던 것이다.

원래의 구파일방과 오대세가라면 멸문하고 가문이 사라지더라도 자신들의 거점을 지키려 들었겠지만, 그들은 치욕을 무릅쓰고서라도 물러서야 했다. 사전의 무림정상회담에서 그렇게 하기로 정했던 것이다.

단순히 단일 문파로 끝날 문제가 아니라 비상 전체의 문제인지라 모두 치욕을 씹으며 동의할 수밖에 없었고, 남궁세가 역시 이에 물러서는 것이었다.

그렇게 남궁세가가 자리한 안휘가 뚫리자 단숨에 좌측에서도 공격을 받게 된 호북은 무당파와 제갈세가가 끝까지 버텼지만 역시나 역부족이었다.

결국 무당파와 제갈세가 역시 하남으로 철수하게 되고, 혼자 고립될 가능성이 높아진 사천의 세 문파 역시 섬서성으로 철수를 하기에 이른다. 그런 문파들의 뒤를 따라 열심히 싸우던 유저들 역시 철수를 결심할 수밖에 없게 된다.

이로써 비상에 존재하는 땅의 절반이 인공지능의 손아귀에 넘어간 셈이었다. 하지만 그것은 시작일 뿐이었다.

지금까지 겪은 경과로 인해 단일 문파로는 결코 마물들에게 버틸 수 없다는 의견에, 결국 아직까지 마물의 손이 미치지 않은 곳의 문파들도 전부 섬서, 하남, 산동, 하북, 산서, 그리고 북경과 천진으로 몰려들기 시작했다.

개중에는 영원한 마도종사라 일컬어지는 천마가 이끄는 마교의 대군도 포함되어 있었고, 사파의 종주라는 사마보도 속해 있었다.

평소 서로에게 이를 드러낼 정도로 결코 좋은 관계의 문파들은 아니었지만, 지금은 서로 싸울 때가 아니라는 사실을 그 누구보다 더 잘 알고 있었다.

하남의 경계.

그곳에는 수많은 사람들이 고조된 긴장감을 느끼며 멀리서 뭉게뭉게 피어나며 점점 다가오는 모래구름을 보고 있어야 했다. 저 모래구름을 피워내는 이들의 정체는 바로 마물이었다.

호북을 점거한 마물들. 그들은 곧장 하남으로 올라오지 않고 이미 점거한 호북을 완전히 파괴시키고 있었다. 무당산의 수려한 경관은 이제 옛 모습을 찾아볼 수 없을 정도였다. 그리고 마침내 호북을 완전히 박살 낸 그들은 하남을 향해 진격을 개시한 것이다.

이 하남이 뚫리면 남은 지역들은 모두 안쪽에서 이중으로 공격을 받게 되기 때문에 더욱더 위험해질 것이었다. 또한 이곳이 뚫리게 되면 하북은 물론, 천진과 북경까지 위험한 상황에 놓이게 되니, 사실상 하남이 뚫리게 되면 모든 것이 끝난다고 봐야 했다.

그 때문이었을까. 하남을 지키는 사람들의 시선엔 굳은 의지가 가득했다.

"크악!"

퍼걱!

캬우—!

"죽어라!"

참상(慘狀).

섬서와 하남, 그리고 산동을 잇는 경계면의 모습은 이 한마디로 표현할 수 있었다.

인간과 마물, 난전, 그리고 죽음.

어떤 이가 마물을 죽이게 되면 옆에 있던 마물이 그의 목을 날려 버린다. 그 마물은 조금 있다가 창에 찔려 죽게 되고, 창의 주인은 이내 손발이 잘려진 채 죽음을 맞게 된다.

이 이상의 어떤 단어로 표현할 수 있을까. 그곳은 이미 지옥이었다.

각 경계마다 긴 성채가 둘러싸고 있었기에 평범한 싸움이라면 난전은 벌어지지 않았으리라. 하지만 이 싸움은 평범한 싸움이 아니었다.

마물들은 목숨을 도외시했다. 자신이 죽더라도 눈앞의 사람을 먼저 죽여야 했다. 그렇게 싸웠기에 성벽까지 다가오는 것을 막지 못했고,

성벽 역시 거대한 마물들의 일격으로 부서지며 그렇게 무너져 버렸다.

그렇게 벌어진 난전이다.

온통 피비린내가 가득했다. 그 피비린내는 마물이고 사람이고 할 것 없이 이성을 마비시켰고, 서로를 죽음으로 몰아넣을 뿐이었다.

하지만 역시 숫자의 차이는 컸다. 사람이 한 명 죽을 때 마물은 세 마리 죽는다 해도, 다섯 배가 넘는 마물들이었으니… 아니, 계속해서 증원되는 마물이었으니 사람들이 견뎌낼 수 있을 리 없었다. 이내 사람들은 계속해서 밀리기 시작했고, 이대로 가다가는 모두 죽을 위기에 처했다.

그때였다.

"크하하하하!"

커다란 광소가 터져 나오며 괴한이 무너진 성벽에서 마물들이 모여 있는 곳으로 뛰어내렸다. 그는 순식간에 수많은 마물에 둘러싸였고, 그것을 본 몇몇 이들은 겁없는 미친놈이 아까운 목숨만 낭비했다고 생각했다.

하지만 아니었다.

콰앙!

커다란 굉음과 함께 입가에 소름이 끼칠 정도로 광기 어린 미소를 담은 사내가 마물들의 틈에서 솟아올랐다. 어느새 그의 두 주먹에선 은은한 빛이 감돌고 있었는데, 자세히 본다면 그것이 권기임을 누구나 어렵지 않게 알아볼 수 있을 것이었다.

"크하하하하! 다 죽어버려라!"

사내는 광기가 흘러넘치는 광소를 터뜨리며 마물들 사이를 종횡무진으로 누비고 다녔다. 마물들은 그 사내에 대항하여 공격해 나갔지만 번번이 무력화될 뿐이었다. 하지만 사내의 일격은 단숨에 어떤 방어든 무너뜨리며 마물들을 무더기로 쓰러뜨리고 있었다.

그것이 끝이 아니었다.

"합!"

쾅!

사내가 마물들의 중심에서 마물들을 공격해 나간다면, 측면에서 역시 누군가가 마물들을 공격하고 있었다. 깔끔하고. 단조로운 공격이었지만 그 속에 담긴 힘은 결코 그렇게 생각될 정도의 것이 아니었다.

"차합!"

쾅!

장검에서 뻗어 나오는 새파란 검기는 단숨에 마물들을 베며 지나가다 폭발을 거듭했다. 검기를 뿌리는 사내의 무위는 결코 마물들을 종횡무진으로 누비는 사내 못지않았다. 아니, 오히려 더 깔끔하고 필요한 만큼의 기를 적절하게 사용하는 것은 검기를 뿌리는 사내가 더욱 상급의 수였다.

그렇게 투귀와 단엽이 전장에 투입되자 마물을 맞이하여 싸우던 무사들은 모두 멍해져 가만히 서 있었다. 둘의 신위가 엄청났던 탓이다.

자신들도 엄연히 사문이 있었고, 사문에서의 최고고수가 싸우는 장면도 몇 번 봤다. 하지만 결코 그들의 무위는 저들의 발치에도 따라가지 못할 것이라 그들은 생각했다.

그만큼이나 투귀와 단엽이 보이는 무위는 무위라는 단어를 지나 신위라는 단어가 어울릴 정도의 것이었다.

그때 그런 무사들의 뒤에서 급한 사람들의 목소리가 들렸다.

"뭐 하는 겁니까? 어서 안 싸웁니까? 그리고 부상자는 이리로 오세요. 치료해야죠!"

상호, 여원은 사람들이 멍하게 있자 어이가 없다는 듯 외쳤다. 그리고 하얀… 즉, 솔하와 사예가 보내온 감 노인, 그리고 초은설이 있는 곳으로 부상자들을 인도했다. 그렇게 몇 명을 인도해 주던 여원은 멀쩡한 한 무사에게 그 일을 대신 맡기고 자신도 전장으로 나섰다.

이미 싸움은 거의 끝나가고 있었다.

단엽과 투귀의 맹활약으로 일반인이 상대하기 힘든 마물들은 이미 사라져 있었고, 다른 일행 역시 각자 의형진기를 일으키며 마물들을 상대하고 있었다.

열심히 수련한 그들은 이제 외 3등급, 초일류무공을 익힌 고수가 되었던 것이다. 비록 아직 강기를 뿌릴 수는 없었지만 이 정도의 마물들에게는 강기가 아닌, 의형진기만으로도 충분했다.

그렇게 그들이 싸우는 동안 솔하와 초은설, 그리고 감 노인은 부상자를 살피고 있었다. 어느새 솔하는 대단한 실력의 의녀가 되어 있었고, 솔하만큼은 아니지만 초은설 역시 의술을 사용할 수 있었으며, 감 노인은 상급의원이었기에 그 세 명이 고칠 수 없는 사람은 거의 없었다.

특히 상급의원인 감 노인은 다 죽어가는 사람을 살려놓는 신의(神醫)의 기술을 발휘하기까지 했다.

그런데 이들이 왜 이곳에 있는 것일까?

그것은 쥬신에서 보내온 서찰 때문이었다. 하남으로 파견을 가달라는 내용이 담긴…….

하남과 산동, 그리고 산서로는 수많은 문파들이 모여들었다. 하지만 그들은 이미 아래에서 마물들을 막느라 상당한 전력을 소모해 버렸다.

거기다가 하남과 산동, 산서의 집결지로 모이기 위해 하루도 쉬지 못하고 달려온 그들이다. 그렇기에 각 경계의 방어는 마물들과의 접전에서 전력을 크게 소모하지 않은 문파들의 차지가 되어버렸다. 하지만 그들만으로 경계를 방어하기란 턱없이 힘든 일이었다.

때문에 각 경계마다 방어의 틈은 상당히 컸다. 디다가 부탁한 것은 바로 이 틈을 메워달라는 것이었다. 물론 하남의 모든 틈을 메워달라는 것은 아니었다. 하남의 좌하단 측의 호수에서부터 이어지는 직경 약 30킬로미터까지의 거리만을 맡아달라는 것이었다.

사실 이런 틈을 메우기 위해선 많은 군사보다는 몇몇의 고수가 더 필요했고, 디다 역시 그것을 알았기에 여원들에게 부탁한 것이었다. 그들에게는 투귀와 단엽이라는 응원군이 있었기에…….

물론 쥬신들도 노는 것이 아니었다. 쥬신들은 산동으로 파견을 갔다. 산동과 하남에 비해 산서로 모여든 문파들의 수가 족히 배는 되었기에 산서보다는 산동에 파견을 나가기로 택한 것이다.

전장에 나간다는 말에 투덜거리기라도 할 줄 알았던 투귀는 아무 말 없이 따라나섰고, 단엽은 원래부터 그들에게 협조적이었기에 그들은 이렇게 이곳까지 손쉽게 도착할 수 있었다. 그리고 벌써 이렇게 며칠째 사방을 누비며 무사들을 독려하고 응원군이 되어 그들을 도와주는 역할을 하고 있었다.

때문에 그들은 일시적으로 자신들이 맡은 경계로 갈 수 있는 가장 좋은 자리에 숙소를 마련해야 했다. 하지만 이미 과포화 상태에 이른 하남에서 숙소를 구하기란 쉽지 않은 일. 다행히도 경계에서 싸워대는 자신들의 얼굴을 알아본 이들이 숙소를 양보해 줬기에 숙소를 구할 수 있었다지만, 정말 하루하루가 힘든 나날이었다.

“아, 힘들다……..”

“그래, 정말 힘들다.”

그들은 다들 지쳐 있었다. 비록 본격적인 전투가 아닌, 틈을 메워 응원군의 역할을 해주는 것이 그들이 맡은 역할이라지만 하루 종일 왔다 갔다 해야 하는 그들의 입장으로는 힘들지 않을 수 없었다.

“이럴 때 효민이… 아니, 사예 그 녀석이 있었다면 좋았을 텐데.”

말을 꺼낸 것은 병건, 무진이었다. 그가 사예에 대한 이야기를 꺼내자 친구들도 고개를 끄덕였다.

“그 녀석 참 일은 잘하는데 말이야.”

“그래, 시키면 알아서 다 하지.”

“가끔… 아니, 거의 매번 엉뚱한 실수를 하지만 그 녀석이 있었으면 정말 편했을 거야.”

거의 사예를 하인 취급하는 친구들이었다.

여원은 그렇게 친구들과 사예에 대한 이야기를 주고받으며 문득 주먹을 쥐었다. 그리고 입을 열었다.

“그 녀석… 강해져 있을 테지?”

“물론.”

“자기 스스로가 많이 강해졌다고 하잖아.”

“그래, 그 소심한 녀석은 어지간히 강해지지 않고서야 그런 말 할 녀석이 아니야.”

소심함과 우유부단의 극치.

이들이 평하는 사예의 모습이었다. 과연 이들이 사예의 친구가 맞는지 의심스러울 따름이었다.

그때였다. 그들이 휴식을 취하고 있는 숙소로 누군가가 달려 들어왔다.

"크, 큰일 났습니다!"

"무슨?"

"서협 측 경계에 괴인이 침입했다고 합니다!"

그 말에 일행은 모두 자리에서 일어났다. 또다시 전투가 벌어진 것이다. 여원은 자기들에게 상황을 알리러 온 무사에게 질문을 던졌다.

"투귀와 단엽은 어디에 있죠?"

"투귀 대협은 이미 출동하셨고, 단엽 대협은 아직 기다리고 계십니다."

"알았습니다."

그들은 다시 재빨리 무장을 챙기기 시작했다. 무장이라고 해봐야 자신의 병기가 전부였지만, 그 외에도 급히 응급치료를 할 수 있는 약초 등이 필요했기에 잠시 시간이 걸려 숙소를 나갔다. 그러자 그곳에는 단엽이 서 있었다. 그는 일행을 보자 다급히 입을 열었다.

"여기서 대기하십시오."

"네?"

"이번에 서협에 온 적은 아마 천추십왕이라는 자 중 하나일 것입니다. 그리고… 또 하나가 이곳으로 다가오고 있군요. 여기에서 대기하십시오. 제가 가겠습니다."

"그럼 같이……."

"아니요. 저 혼자 가보겠습니다."

단엽은 그렇게 말하고 신형을 띄웠다. 과연 천하제일인이라 칭해졌을 만큼 단엽의 무공은 신법에서도 그 빛을 발휘했다. 순식간에 단엽이 사라지자 무장을 하고 나온 그들은 잠시 멍한 표정을 지었다.

"휘우… 정말 대단들해."

무진은 단엽의 모습에 고개를 절레절레 내저었다. 그리고 다시 숙소로 들어가려 했다. 시간이 남을 때 휴식을 취해둬야 했다. 처음 이곳에 도착해 전투를 치를 때는 체력이 떨어져 죽을 뻔했을 정도로 체력의 소모가 극심한 곳이었다.

일행은 다시 숙소로 돌아가려 했으나 다시 멈춰 설 수밖에 없었다. 지현, 사미가 제자리에 선 채 무엇인가 고민하고 있었기 때문이다.

"왜 그래?"

"아니, 뭔가 이상해."

"뭐가 이상하다는 거야?"

"생각을 해봐. 너무 우연이 겹친다고 생각하지 않아? 어째서 여태껏 함께 행동하던 투귀가 혼자 행동했을까? 또 단엽은 왜 그걸 당연하게 받아들이고? 그리고 단엽 또한 혼자 사라졌어. 항상 같이 행동했을 때는 최대한 속전속결이었는데, 또 상대가 천추십왕이라며? 그럼 빨리 끝나지는 않을 거 아냐. 그렇게 되면… 지금이 가장 적기라고 생각하지 않아?"

사미의 말을 들은 일행은 모두 등줄기가 싸늘해짐을 느꼈다. 지금까지 그들은 항상 함께 행동했었다. 때문에 속전속결로 해결하고 다음으로 넘어갔었는데 오늘은 단엽과 투귀가 없다.

그렇게 생각하니 지금이 가장 쳐들어오기에 적기인 것이다. 마침 그때, 아까 그들을 부르러 갔던 무사가 다시 달려왔다.

"큰일입니다! 1차 대 관도(官道)가 마물들의 공격에 의해서 뚫렸습니다! 그리고 마물들은 제2차 대 관도 쪽으로 몰려가고 있습니다!"

"이런……."

불안한 예감은 항상 들어맞았다. 바로 지금처럼.

"얘들아, 가자!"

그들의 발걸음은 다급함과… 불안함을 담고 있었다.

"크악!"

푸학!

"끄억!"

일방적인 학살. 그것이 지금 진행되고 있었다. 호북에서 하남으로 올라오는 관도 위. 그곳에서 바로 일방적인 학살이 진행되고 있었다.

"재미없군."

관도에서 얼마 떨어지지 않은 나무 위. 벽안(碧眼)의 청년이 무심한 눈초리로 아래를 내려다보고 있었다.

벽안? 어떻게 된 것일까? 비상의 유저들 중에 벽안의 존재는 없었다. 한국 제한 오픈베타이기 때문이다. 하지만 사내는 벽안일뿐더러 살결도 새하얀 백인종임에 틀림없었다.

사내는 자신의 손에 들린 긴 장창의 수실을 쓸어 내리며 무심히 아래를 바라볼 뿐이었다. 그 아래에서 지독한 학살이 진행되고 있음에도…….

부웅!

"크윽!"

무당파의 이대제자 운소(雲宵)는 거칠게 자신을 향해 짓쳐 오는 거대한 방망이를 간신히 피해냈다.

무당파의 이대제자로서 익혀야 할 무공을 빠른 시간 안에 성취한 운소는 장래가 촉망한 후기지수로 꼽혔다. 자신과 같은 또래의 이대제자 중에선 가장 무공이 뛰어나다는 자부심을 가지고 있는 운소였다.

그 때문에 같은 이대제자들이 아직도 수련을 하고 있는 동안 그는 그리 넓지는 않지만 한 지역의 경계를 맡는 대장으로 파견되었다. 이곳에 올 때까지만 해도 자신의 검법을 펼치면 마물 따위는 상대도 되지 않을 것이라 생각했다. 또한 그것이 맞았다.

2차 대 관도의 대장을 맡은 그는 1차 대 관도에서 가끔 가다 놓친 자잘한 마물들을 잡았고, 자잘한 마물에게 그의 검법은 마치 사신의 낫과도 같았다.

그런 자잘한 마물을 몇 마리 잡자 운소는 마치 자신의 무공이 천하를 누를 수 있을 정도일 것만 같았다. 그러나 오늘, 그 환상이 깨어져 버렸다.

이 관도를 따라 많은 마물들이 하남에 침입하려 했다. 하지만 언제나 1차 대 관도의 무사들이 그런 마물들을 잘 막아냈었다. 그러나 오늘은 달랐다. 지금까지와 같이 잘 막아낼 줄 알았던 1차 대 관도가 너무나도 어이없이 뚫려 버리고 만 것이다.

하지만 운소는 자신의 무공을 믿었다. 덤벼드는 마물을 향해 검을 떨치자 제일 먼저 달려드는 마물이 가볍게 나가떨어졌다. 그에 자신감을 얻은 운소는 태극검법(太極劍法)을 마음껏 펼치며 마물들을 상대해 나갔다. 그때 그런 운소의 앞으로 이 괴물이 걸어나왔다.

두 개의 뿔과 거대한 덩치, 그리고 역시 거대한 방망이를 휘두르는 괴물.

아무리 태극검법으로 괴물을 공격해 보았지만 괴물은 눈 하나 깜짝하지 않으며 자신을 향해 거대한 방망이를 내려칠 뿐이었다. 방망이를 휘두르는 그 괴물의 힘은 무척이나 대단했기에 방어조차 할 수 없었다. 아직은 어설픈 보법을 밟으며 방망이를 피하는 수밖에 없었다.

그렇게 피하던 운소는 이내 보법이 어지러워졌다. 그리고 거대한 방망이에 어깨를 스쳐 맞았다.

단순히 스쳐 맞았을 뿐이지만 극심한 고통 가운데 어깨부터 팔까지는 전혀 사용할 수 없을 정도였다. 그리고 괴물은 다시 자신을 향해 방망이를 내려치고 있었다.

'죽는다!'

방망이의 위압적인 모습에 질끈 눈을 감아버린 운소였지만, 잠시 후 분명 느껴졌어야 할 고통이 느껴지지 않았기에 눈을 떠 앞을 바라보았다.

그러자 방망이를 쥔 손에 붉은색의 채찍이 감겨 있었고, 그 붉은색 채찍 끝에는 한 여인이 인상을 찌푸리며 서 있었다.

"뭐 하는 거야? 어서 일어나!"

괴물의 힘을 막기 힘든지 여인은 뾰족한 소리로 고함을 질렀고, 그제야 정신을 차린 운소는 재빨리 일어나서 다시 칼을 집었다. 그리고 그녀에게로 다가갔다.

"가, 감사하오. 본도는 무당의 이대제자 운소……."

"당신 이름이 무엇이든 간에 우선 피해!"

여인은 발로 운소를 뻥 차버렸다. 그러자 운소는 볼품없이 땅바닥을 굴렀지만 감히 여인에게 뭐라 소리를 지를 수 없었다. 방금까지 운소가 있던 그 자리를 방망이가 파고들었던 것이다. 조금만 늦었어도 자신은 말린 포가 될 뻔한 것이다.

"여기 좀 도와줘!"

여인이 소리를 질렀다. 운소는 자신을 향해 말한 것인 줄 알았으나 곧 나타난 한 사내의 모습에 그를 부른 것이라는 걸 알 수 있었다. 그러고 보니 어느새 주변에 여태껏 보지 못한 사람 몇이 마물들을 상대하고 있었다.

여인을 향해 달려온 사내, 차가운 인상의 깎아낸 듯한 외모를 지닌 사내가 검을 들어 올렸다. 그러자 그 검에서 무엇인가 연기 같은 것이 피어오른다 싶더니 일정한 형체의 빛을 뿜어냈다. 운소는 그 빛의 정체를 알 수 있었다.

"검기!"

그랬다. 그것은 검기였던 것이다. 사내는 검기를 입힌 검을 가지고 괴물을 향해 뛰어갔다. 괴물은 거대한 방망이를 휘둘러 왔지만 사내는 검을 빗겨 들어 방망이를 스쳐 지나가며 괴물의 발뒤꿈치 쪽을 베며 지나갔다.

크어—!

쿵! 쿵!

괴물은 매우 고통스러운 듯 날뛰었지만, 그렇다고 봐줄 상황이 아니었다. 이내 사내는 몇 번을 더 괴물을 지나치며 검을 휘둘렀고, 그때마다 괴물의 전신은 상처로 뒤덮인다 싶더니 잠시 후 목을 긋는 사내의 검에 목숨을 잃었다.

사내는 여인을 보며 살짝 웃었다.

"조심해. 이런 힘 위주의 마물은 채찍으론 위험해."

"알았어."

그 둘의 대화에 운소는 재빨리 일어나 그들에게 다가가려 했으나 그전에 옆에서 작은 마물이 자신의 어깨를 할퀴려 했다. 운소는 급히 뒤로 피하려 했지만, 그전에 다시 홍광(紅光)이 어리더니 작은 마물을 낚아채서 땅에 패대기쳤다. 바로 여인의 채찍인 것이다.

"조심해요."

"아, 저……."

그 말을 남기고 여인은 다시 전장으로 뛰어 들어갔다. 여인에게 뭐라 말하려던 운소였지만 별수없이 자신도 검을 다시 잡으며 전장을 향해 발걸음을 옮겼다.

"응?"

벽안의 사내는 상황이 조금 달라지는 것을 보았다. 상급 축에도 들지 못하는 마물 따위에게 당하는 무사들이 한심해 보이던 차에 갑자기 한 무리의 사람들이 도착한 것이다.

그들은 무공이 제법 뛰어난지 의형진기를 사용해 마물들을 상대하기 시작했다. 가끔 가다 상대하기 어려운 마물은 협공을 해서 상대하기도 했다. 그 덕분에 무사들은 안정을 찾아 차근차근 마물들을 공격해 내고 있었다.

갑자기 나타난 그들 때문에 분위기가 변한 것이다.

그런 모습에 벽안의 사내는 흥미를 보였다.

"그나마 가장 나은 녀석은 한 명뿐이군."

벽안의 사내는 이제 자신이 나서야 할 때임을 알았다. 그는 창을 휘두르며 마물을 상대하고 있는 한 사내를 바라보았다.

"멍청하긴, 창을 저따위로 쓰다니……."

사내는 푸른 수실을 흩날리는 창을 쥔 손에 힘을 주고 나무에서 뛰어내렸다. 그리고 곧장 창을 쓰는 사내에게로 달려갔다.

무진은 자신의 창을 휘두르며 열심히 마물들을 해치우는 중이었다. 난전에서는 자신의 창과 같은 무기는 적아를 구분하기 힘들기에 매우 다루기 힘들지만, 이와 같이 나 이외엔 전부 마물이라는 상황에선 엄청난 능력을 발휘할 수 있는 게 창이었다.

창기가 스멀스멀 피어오르는 창을 휘두를 때마다 마물들은 나가떨어졌지만, 그만큼 무진의 내공과 체력 역시 저하되고 있었다.

"헉! 헉! 더, 더럽게 많잖아!"

무진은 끝없이 밀려오는 마물들의 모습에 질려 버렸다. 벌써 자신만 해도 몇 마리를 죽였던가. 기억도 나지 않는데, 아직까지도 마물들의 모습은 빽빽하기만 했다.

그때였다. 무진은 자신을 향해 깊숙이 날아오는 살기를 느끼고는 급히 창을 세워 막았다.

땅!

퍽!

"컥!"

자신의 창에서 금속성이 나자 상대의 공격을 막았다고 생각한 무진이었지만 등에 강한 충격이 느껴지며 앞으로 넘어져 버렸다.

"흥! 바보 같군. 창의 유연성의 휘어짐도 예상하지 못한단 말인가. 또한 강철 창이라니! 겉멋만 든 녀석이로군."

"크윽! 뭐, 뭐야 네 녀석은?! 헉!"

무진은 갑자기 공격해 놓고 이상한 말만 지껄이는 상대를 쳐다보았다가 깜짝 놀라고 말았다. 상대는 금발에 새하얀 피부를 가진 색목인이었기 때문이다.

하지만 상대는 그런 무진의 상태에 대해 아무런 관심도 없는지 땅에 떨어진 무진의 창을 차올려서 한 손에 받았다.

"흥! 그나마 무게 중심은 잘 잡혀 있고 손질도 잘되어 있다만, 이따위 창으로 뭘 할 수 있단 말이냐."

"이 자식이!"

계속해서 지껄여 대는 벽안 사내의 말에 무진은 잔뜩 흥분해서 보법을 밟아갔다. 그리고 주먹으로 상대를 공격하는 척하며 자신의 창을 뺏어왔는데, 상대는 그런 무진의 모습에 아무런 관심도 없다는 듯 전혀 움직이지 않고 있었다.

"버러지 같은 놈, 덤벼라. 이 쇄왕(殺王)이 창은 어떻게 다루는 것인지를 보여주지."

"뭐, 뭐?!"

무진은 깜짝 놀라고 말았다. 상대의 이름 때문이었다.

왕 자 돌림의 인물들… 그들은 오직 천추십왕뿐이었다. 그러고 보니 빽빽이 주변을 채워가던 마물들도 모두 자신과 벽안의 사내 밖으로 멀찍이 떨어져 나머지 일행을 공격하고 있었다.

무진은 그 모습과 벽안의 사내, 쇄왕을 번갈아 보다가 입을 열었다.

"너도 천추십왕이냐?"

"호오, 천추십왕을 아느냐?"

"으음, 뭐 어쩌다 보니까 말이야. 그런데 너도 천추십왕이냐고?"

"그렇다."

쇄왕이 긍정의 대답을 하자 무진은 긴장된 표정과 함께 창을 쥔 손에 힘을 주었다.

"그럼 너만 족치면 이 마물들 다 물러가겠네?"

"흠, 그럴 리는 없지만, 만약 그렇게 된다 해도 마물들은 물러가지 않을 것이다."

"제기랄… 그럼 넌 아무 쓸모도 없는 놈이잖아?"

"뭐?!"

무진은 창대의 끝으로 땅을 툭툭 치며 인상을 있는 대로 찌푸렸다.

"널 족쳐 봤자 상황은 변하지 않을 테니, 너 아무 쓸모 없는 놈 맞잖아."

"훗! 재미있군. 날 쓰러뜨리면 적어도 지금처럼 군단을 이루어 공격을 하진 않을 것이다. 그리고 또 한 가지… 내가 이 상황에 끼어들면 어떻게 되는지는 생각 못하겠나?"

파아앗!

"흡!"

쇄왕의 말이 끝나는 동시에 쇄왕의 전신에서 막대한 기파가 쏟아져 나오기 시작했다. 그 기파는 감히 무시할 수 없는 것이라 무진은 살을 찌르는 듯한 기파와 그 속에 섞인 살기에 주춤주춤 뒤로 물러섰다.

"자, 아직도 네가 나를 쓰러뜨릴 수 있다고 생각하느냐?"

'하… 하하. 이거 아무래도 잘못 걸린 것 같지?

오늘 무진은 재수 옴 붙은 날이었다.

여원을 비롯한 일행은 조금씩 지쳐 가고 있었다. 오늘따라 경계를 타 넘어오는 마물의 수가 너무나도 많았다. 생각해 보면 고위 마물은 별로 없고 오로지 숫자로만 밀어붙이고 있는 것 같았다.

하지만 그것은 이미 지칠 대로 지쳐 버린 일행에게 너무나도 적절한 방법이었다.

파앙!

캬악!

"제기랄! 도무지 끊이지를 않는군!"

여원은 자신의 얼굴을 향해 날아오는 조그만 마물을 향해 주먹을 쳐내고는 잇따라 옆차기로 따라오는 마물들을 차내며 투덜댔다. 이미 얼마나 많이 싸웠는지 그의 전신에는 자신의 피인지, 아니면 마물의 피인지 주인을 알 수 없는 피들로 범벅이 되어 있었다.

그때 옆에서 검을 휘두르며 악전고투하는 소룡이 물음을 던져 왔다.

"병건이 어니 샀어?"

"병건이? 없어?!"

"없잖아!"

"제기랄!"

여원은 저 마물 속에 파묻힌 무진이 떠올랐다. 워낙 마물들이 많다 보니 중간에 일행과 떨어진 것이 이런 피해를 가지고 오는 것이다. 그래도 뒤편에 다른 일행은 다 있는 것 같았는데 무진의 모습은 보이지 않았다.

"제기랄! 푸우를 데리고 왔어야 했는데!"

푸우는 진영에 놔두고 온 상태다. 자신들이 진영을 뜨게 되면 진영은 그야말로 무방비 상태가 된다. 적들의 기습이 있게 되면 아무런 방어도 할 수 없이 진영은 완전히 무너지게 되는 것이다.

그렇게 되면 육체적인 피로보다 정신적인 피로를 먼저 느끼게 될 것이었다. 그렇기에 푸우보고 항상 진영을 지키도록 했다. 푸우라면 그 누가 쳐들어와도 막을 수 있을 거라 보았기 때문이다.

그리고 그 이유 외에, 아주 사소한 이유가 또 한 가지 있었다. 사실 푸우를 데리고 다니면 남아나는 것이 없었다. 푸우가 공격을 시작하면 주변은 초토화되어 버렸고, 방책이라든지 성벽조차 푸우의 날뜀에 완전히 부숴지기 때문에 푸우를 데리고 다닐 수가 없었던 것이다.

하지만 오늘따라 데리고 오지 않은 것이 이렇게 너무나도 후회가 되었다. 그때 여원의 눈에 언뜻 무엇인가 스치고 지나가는 것이 보였다. 무엇이었을까?

'잘못 보았겠지.'

그렇게 생각할 수밖에 없었다. 어떤 사람이 있어 그 수많은 마물들을 그냥 돌파해 나갈 수 있단 말인가. 그런 고민도 잠시, 여원은 닥쳐오는 마물들을 맞아 다시 주먹을 내질렀다.

한편, 사미와 미우, 수유, 그리고 초은설은 이미 극한에 달해 있었다. 솔하는 뒤에서 환자들을 고치고 있으니 그녀와 환자들의 안전을 위해 자신들이 마물들을 막아야 했다. 하지만 그 수가 너무 많았다.

특히 사미와 미우는 더욱더 그러했다. 상대적으로 직접 자소와 검을 휘두르는 초은설과 수유에 비해 은사와 채찍을 주 무기로 삼는 사미와 미우는 체력이 떨어질 수밖에 없었던 것이다.

캬웅!

"꺄악!

마침내 미우가 마물의 공격에 손에서 채찍을 놓쳐 버렸다. 그리고 그런 미우를 향해 섬뜩한 이빨을 드러내며 마물이 달려들고 있었다.

◆ 비상(飛翔) 쉰여섯 번째 날개
무신강림(武神降臨)

비상(飛翔) 쉰여섯 번째 날개 무신강림(武神降臨)

캉!

픽!

"커억!"

무진은 전신에 멍이 들어 욱신거려 왔다. 자신과 상대의 창이 부딪쳐 금속음을 내게 되면 어김없이 상대의 창이 쑥 휘어져 자신을 치고 지나가는 것이다.

큰 힘을 담고 있지 않았기에 아직 큰 상처는 없었지만, 이미 지칠 대로 지치고 맞을 대로 맞은 무진은 넘어지려는 몸을 간신히 창대에 기대어 설 수 있었다.

"헉… 헉……."

"역시 버러지는 이 정도밖에 안 되는 건가?"

쇄왕은 강했다. 창대 속에 담긴 힘, 창을 짧게 끊어 내지르고 재빨리 회수하는 스피드, 그리고 안정된 보법.

화려한 기교는 없었지만 쇄왕이 강하다는 것을 감히 부정할 사람은 없었다. 방어력이 뛰어나 무진의 공격을 모두 무로 돌렸고, 휘어지는 공격으로 무진을 공격했다.

아마 창기나 창강… 아니, 진기를 조금만 더 많이 담았더라면 무진은 말 그대로 벌써 맞아죽었을지도 모를 일이었다. 쓰러질 듯 버티는 무진을 앞에 두고 쇄왕의 눈동자는 더욱더 차가워졌다.

"흥! 꼴사나운 최후로군. 아아, 네가 버려지니 네 친구들 역시 버려지의 반열에서 벗어나지 못하겠지? 이거 재미가 없어지는군."

"퉤! 개자식. 네놈의 썩은 머리가 버려지다, 이 개자식."

무진은 쇄왕을 향해 침을 뱉었다. 하지만 침은 쇄왕의 근처에도 가지 못했다.

"역시 생각하는 게 그따위밖에 안 된다니까. 그게 버려지들의 한계지. 이만 죽어라. 내 창에 너와 같은 버려지의 피를 묻힐 수 있다는 것을 영광으로 알아라."

"크, 크윽!"

쇄왕은 창을 들어 올렸다. 그런 쇄왕을 보며 무진은 몸을 움직이려 했으나 움직이지 않았다. 계속된 충격으로 감도가 낮아져 몸에 대한 제어력을 잃기 시작한 것이다.

쇄왕의 창은 천천히 들어 올려졌다가 무진을 향해 내려찍기 시작했다. 그때였다.

캉!

"윽!"

쇄왕은 갑자기 창끝에서 느껴지는 반탄력에 손목이 저릿해짐을 느

겼다. 손목을 털어 그 저릿함을 없애고 정면을 바라보자 어느새 무진
의 옆에 한 사내가 서서 무진을 부축하고 있었다.

사내는 아주 오랫동안 여행이라도 했는지 결코 깔끔함 따위는 모르
는 듯한 모습이었다. 그런 사내의 모습과 또 자신의 공격이 막혔다는
것에 자존심이 상한 쇄왕은 인상을 찌푸리며 입을 열었다.

"누구냐!"

쇄왕의 말에 사내는 잠시 생각하는 듯하더니 씨익 웃으며 대꾸했다.

"널 죽일 분이시다."

"뭐, 뭐?!"

쇄왕은 자신을 조롱하는 상대의 말에 잔뜩 화가 났다. 하지만 사내
는 그런 쇄왕 따윈 안중에도 없는지 무릎을 굽히며 무진을 바닥에 앉
혔다.

"웃차! 이 녀석아, 어쩌다가 저런 놈한테 걸려가지고 이 꼴이냐?"

"너, 너… 효, 효민이냐?"

"어허, 이놈아, 여기선 효민이 아니라 사예지."

그랬다. 무진을 도운 사내. 그는 다름 아닌, 여행에서 이제 막 돌아
온 사예였다. 그런 사예의 모습에 무진은 믿을 수가 없는 듯 눈을 비벼
댔다.

"어, 어떻게 네가 여기에 있는 거냐?"

"아아, 이 녀석들아, 어딜 가면 나한테 서찰이라도 보내야 할 거 아
냐? 북경까지 올라갔다가 그곳에서 너희가 이곳에 왔다는 소리를 듣고
다시 내려왔잖아!"

그 말 그대로였다. 용호에서 벗어난 사예는 북경까지 올라갔으나 이
미 그곳에는 친구들이 없었다. 장원을 담당하는 NPC에게 물어보니 하

남으로 갔다는 것이었다. 그래서 사예는 왔던 길을 되돌아 다시 하남에 내려온 것이다.

"네 이놈!"

자신을 무시하는 모습이 역력한 사예의 모습에 쇄왕은 잔뜩 화가 나 일갈을 질렀다. 자신이 누구인가. 천추십왕 중 일 인인 쇄왕이다. 결코 그런 무시를 당할 정도의 인물이 아니었던 것이다.

그 소리를 들었는지 사예도 무진을 부축하던 손을 뗐다.

"여기서 잠시만 보고 있어라. 금방 끝낼게."

"으, 으응? 아, 알았어."

사예는 그렇게 자리에서 일어섰다. 그리고 쇄왕을 바라보며 미소를 지었다.

"네가 내 친구를 이렇게 만들었냐?"

"네 친구? 그 버러지를 말하는 거라면 내가 만든 것이 맞다."

"버러지?"

사예는 의아하다는 듯 무진과 쇄왕을 번갈아 보며 말했다.

"흥! 살아갈 가치도 없는 약한 쓰레기들. 저 녀석도 마찬가지다. 창조차 제대로 다룰 줄 모르는 놈 주제에 제가 아주 잘난 줄 알고 있겠지?"

"음음, 맞아, 맞아. 가끔 저 녀석이 잘난 척하는 거 보면 때려주고 싶다니까?"

쇄왕의 말에 사예가 고개를 끄덕이며 심히 공감한다는 투로 대꾸하자 쇄왕의 표정이 이상해졌다. 뭐, 이런 놈이 다 있나는 표정이었다. 쇄왕의 말은 거기서 멈췄지만 사예는 멈추지 않았다.

"게다가 어찌나 멍청한지 자기한테 여자들이 마음을 보이는데도 그

걸 모른다니까! 그러다가 여자 친구 사귈 기회를 날리는 거지. 그런 주제에 또 여자는 엄청 좋아해요. 참 문제 많은 녀석이야."

"야, 임마!"

사예가 그렇게 장황하게 설명하자 앉아서 가만히 지켜보고 있던 무진이 발끈해서 사예를 불렀다. 하지만 사예는 들은 척도 하지 않고 있다 고개를 들어 쇄왕을 바라보았다.

"하지만 말이야, 내 친구란 말이지."

"응?"

"내 친구란 말이다."

쇄왕은 갑자기 돌변한 사예의 행동에 자신도 모르게 당황했다. 쇄왕도 지금까지 많은 사람들을 봐왔지만 이토록 변화난측한 인간은 처음이었기 때문이다. 하지만 여기서 물러설 순 없었기에 쇄왕은 애써 신색을 유지하며 입을 열었다.

"그래서?"

"그래서? 아니, 뭐 그렇다고."

고개를 주억이며 대답하는 사예의 모습에 쇄왕은 잔뜩 인상을 찡그렸다.

힘 앞에서는 비굴한 녀석.

쇄왕은 사예를 그렇게 보았다. 쇄왕이 가장 싫어하는 모습이었다. 강함을 숭배하는 것은 좋지만, 그 강함 앞에 비굴해지는 모습을 보이는 것은 싫었다. 그래서 쇄왕은 사예가 마음에 들지 않았다.

"흥! 싫어도 그렇게 될 것이다."

쇄왕은 가볍게 사예를 향해 창을 찔러 넣었다. 물론 가볍게라는 것은 쇄왕이 생각하기에 그렇다는 것이지 다른 사람이 보기에는 내공을

잔뜩 넣어 빠르고 굵게 찔러 나가는 모습과 하등 다를 바가 없는 공격
이었다.

그때까지 사예는 움직이지 않고 있었다. 역시나 말뿐인 녀석이라며
쇄왕은 사예를 빨리 죽이고 이 자리를 뜰 생각이었다. 하지만 그때였
다. 쇄왕은 눈앞이 번쩍인다 싶더니 오른쪽 뺨에서 느껴지는 통증과
함께 나가떨어졌다. 어느새 그의 오른쪽 뺨은 벌겋게 부어올라 있었
다.

"무, 무슨……?"

쇄왕의 결코 믿을 수 없다는 표정에도 사예는 웃음을 지우지 않았
다.

"자, 내 친구를 건든 이 녀석을 이제… 어떻게 할까나? 뿌드득!"

난 겉으로는 웃고 있었지만 속으로는 무척이나 화가 나 있는 상태
다. 아무리 병건이 저 녀석이 문제가 많다지만, 적어도 너 따위한테 맞
을 정도는 아니란 말이다.

"어, 어떻게 나… 나 쇄왕이?!"

녀석은 내려앉은 부어오른 뺨을 감싸며 믿을 수 없다는 듯 중얼거렸
다. 음, 이 녀석 이름이 쇄왕인가? 그거야 어쨌든 간에, 넌 오늘 잘못
걸렸다.

"언제까지 누워 있을 거냐?"

내가 팔짱을 끼고 녀석을 향해 그렇게 물어보자 녀석은 그제야 정신
을 차렸는지 재빨리 일어서서 나를 노려보았다.

"이, 이 녀석 어떤 사술을 썼는지는 모르겠다만 이젠 통하지 않을 거
다!"

하아, 천추십왕에 이런 녀석이 있었어? 아아, 하긴 이런 녀석이니까 지금까지의 계획에서 안 보였겠지. 인공지능 녀석도 이런 억울한 녀석에게 힘을 준다고 참 고생 좀 했겠다.

어쨌든 그건 그거고 이건 이것. 오늘 너 한 번 죽어봐라.

"이, 이 녀석! 죽어라!"

쇄왕은 쥐고 있는 창에 힘을 잔뜩 주고 나를 향해 뻗어냈다. 확실히 속도가 빠르긴 했지만 힘이 너무 많이 들어가 있었다. 나한테 한 대 맞은 게 그렇게 충격적이었나?

창을 쥔 손에 힘이 들어가자 자연스레 창끝은 조금씩 흔들렸고, 또한 매우 단순한 투로를 그리고 있었다. 난 한 발자국 앞으로 발을 내디뎠다.

쉑!

"헉!"

한 발자국 앞으로 나서는 것만으로 녀석의 창이 그리는 일직선상의 투로에서 가볍게 벗어난 나는 발을 뻗어내었다.

퍽!

"컥!"

내 발은 정확히 녀석의 복부에 틀어 박혔고, 녀석은 허리를 숙이며 고통스러운 자세를 취했다. 난 그대로 주먹을 갈겨 녀석을 다시 뒤로 나가떨어지게 했다.

뭐야? 이거 순 물이잖아? 병건인 이런 녀석한테 당한 거야?

난 갑자기 병건이가 한심해졌다. 이 녀석, 진짜 천추십왕이 맞긴 하나? 왜 이렇게 단순해?

천추십왕은 입가의 피를 닦으며 다시 자리에서 일어났다. 하지만 아직까지도 제정신을 차리지 못했는지 휘청휘청 댔다. 난 그런 녀석을 향해 입을 열었다.

"너 천추십왕 맞냐? 왜 이렇게 패왕이랑 참왕이랑 차이가 많이 나는 건데? 너 가짜지?"

"뭐?!"

쇄왕은 내 말에 충격을 받았는지 창을 쥔 손이 부르르 떨렸다. 그렇게 잠시 시간이 지나자 녀석의 창이 다시 고요한 신색을 갖추기 시작했다. 그리고 쇄왕이 고개를 들어 나를 바라보았다.

난 그제야 쇄왕이 정신을 차렸다는 것을 알 수 있었다. 그래, 이렇게 나오지 않으면 재미가 없지.

"내가 너무 흥분했었군. 게다가 너와 같은 강자를 알아보지 못해 추한 꼴을 보였군."

쇄왕의 목소리는 매우 가라앉아 있었다. 그리고 슬슬 녀석의 전신에서 피어나는 기도가 날 압박해 오기 시작했다.

"이제… 정식으로 상대해 주마."

"뭐, 얼마든지."

난 그렇게 대꾸하며 쇄왕을 맞을 자세를 취했다.

그렇게 잠시 시간이 지나고… 마침내 쇄왕이 움직였다.

"타하!"

기합성과 함께 내 미간을 향해 찔러오는 창. 간단히 봐서는 조금 전처럼 단순한 투로로 찔러오는 것 같았지만, 자세히 보면 녀석의 손끝이 언제든 방향을 옮길 수 있도록 준비하고 있다는 것을 알 수 있었다.

그렇기에 난 조금 전처럼 한 발자국 앞으로 걸음을 내딛는 대신 원주미보로 녀석의 사정거리에서 벗어나는 것과 동시에 측면으로 이동해 들어갔다.

"어딜!"

붕붕!

측면으로 돌아가서 공격하려던 나의 모습을 발견한 쇄왕은 손끝에 힘을 줘서 창을 흔들기 시작했고, 곧 강력한 반탄력으로 나를 향해 긴 창대로 쓸어오기 시작했다. 쳇! 조금 전처럼 상대하다가는 좋은 꼴 못 보겠군.

난 슬쩍 고개를 숙이며 손을 들어 올려 내 가슴을 쓸어오는 창대를 감아쥐었다. 아니, 감아쥐며 위로 흘려 넣었다. 그러자 창대의 방향이 급격히 움직이며 위쪽 대각선으로 뻗어가기 시작했고, 난 그 즉시 원주 미보를 밟아 작은 원을 그리며 녀석을 향해 팔꿈치를 날렸다.

"큭!"

녀석은 그 사이 내 팔꿈치를 피하려 했는지 얼굴을 뒤로 뺐지만 난 그대로 발을 옆으로 옮기며 팔꿈치의 방향을 자연스레 아래로 바꾸었다. 그리고 그것을 따라가는 일장!

펙!

빠악!

"크억!"

가슴에 연타로 충격을 받은 녀석은 다시 한 번 뒤로 나가떨어졌다. 하지만 도중에 창을 잣대로 몸을 제대로 세워 안전히 착지해 버렸다. 흠, 저 창 참 쓸모가 많군.

난 고통을 참는 표정을 하고 있는 쇄왕을 향해 한 발자국 뻗으면서 성운추명을 날렸다.

"성운추명!"

성운추명의 초식으로 내 발은 급격히 녀석의 턱주가리를 노리고 들어갔으나, 녀석은 창대로 신체를 밀어 성운추명의 초식을 피해 버렸다.

"이봐, 제대로 안 할 거야?"

"크윽! 오늘은 여기까지 해야겠군."

"뭐? 이봐! 그게 무슨……."

저건 또 무슨 헛소리야! 누가 보내준데?

난 그렇게 생각하며 녀석을 향해 달려들려고 했다. 하지만 그때, 녀석은 품에서 검은색의 동그란 무엇인가를 꺼내 들었다.

제, 젠장! 저건?

"다음에 볼 때는 결코 봐주지 않겠다!"

녀석은 그렇게 외치며 검은색의 동그란 것 세 개를 나를 향해 던졌고, 난 녀석에게 향하던 몸을 멈추고 방향을 틀어 정반대 쪽으로 달렸다. 그런 내 모습에 병건이가 의아한 듯 나를 바라보았지만, 일일이 설명할 시간 따위는 없었다.

난 앉아 있는 병건이를 급히 낚아채며 달리기 시작했다. 앞에는 마물들이 진을 치고 있었지만, 들어올 때도 마물들을 가볍게 무시하고 들어온 나다. 이제 와서 마물들이 날 막을 수 있을 리 없었다.

"뭐, 뭐야?!"

"제기랄! 일단 가만히 있으라고!"

난 그렇게 외치며 병건이와 함께 앞으로 몸을 날렸다. 그리고 그때…….

콰아아앙!

쿠그그그그긍!

귀청을 뜯어낼 정도의 커다란 굉음과 천지를 진동시킬 정도의 엄청난 폭발이 시작된 것이다!

쾌아아아아아앙!

쾅! 쾌아아아아앙!

벽력탄. 잔왕이 애용하는 거지. 그 검은색 구슬 같은 게 바로 벽력탄이었다는 말이다.

벽력탄을 중복해서 폭발시키면 그로 인해 연속해서 폭발이 일어난다는 것을 이미 당해 알고 있던 나는 급히 병건이를 데리고 이렇게 피신한 것이었다.

그렇게 나의 복귀는 천추십왕 중 하나를 놓치고, 벽력탄에서 도망가며 시작되었다. 제기랄… 어떻게 된 게 난 항상 시작부터 꼬여.

이건 아무리 강해져도 고쳐지지 않는 고질병인가?

"효민아!"

"여어!"

난 나를 반겨주는 친구들의 모습에 손을 흔들어주었다. 솔직히 이런 주변 환경에서 재회를 맞고 싶진 않았는데 말이지. 주변 환경이 어떠냐고? 온통 마물들의 시체들이 널려 있는 환경이지 뭐.

난 친구들의 무사한 모습… 흠, 그러니까 겉보기엔 상처를 상당히 입었지만 살아 있는 그 모습에 그들의 뒤를 따라 걸어오고 있는 광휘를 향해 미소 지어주었다.

천추십왕과 싸우던 그녀를 구해준 것은 정말 우연이었다. 아니, 애초에 구해줄 생각 같은 건 하지도 않았다. 그렇다고 내가 매정하다느니 할 게 아니라, 내 머리 속에는 일단 천추십왕부터 족쳐 놓고 보자는 생각에 아무런 생각 없이 패왕을 두들겨 댔다.

그러고 그제야 그녀를 발견한 나는 살짝 인사를 건넸는데, 그녀가 대뜸 하는 말이 제자로 삼아달라는 게 아니겠는가. 세상에 무슨 이런 어처구니없는 일이 다 있단 말인가?

게다가 더욱 놀라운 사실은 그녀가 구신의 직업 중 사마삼신의 사(死) 직업을 가지고 있다는 사실이었다. 내가 알기로는 사의 직업을 가진 사람은 살무라는 사람이었는데, 그것은 내게 붙여진 광무제처럼 그냥 붙은 별호란다.

어쨌든 난 그녀를 제자로 받아들일 생각 같은 것은 눈곱만큼도 없기에 그녀에게 거절의 의사를 표했지만, 제자로 받아주지 않는다고 해도 끝까지 따라다닐 것이란 그녀의 말에 한숨을 내쉬며 동행을 허락했다.

어쨌든 지금에 와서 구신 중 사라는 일원의 도움이 상당히 컸으니까 말이다. 결과적으로 여자애들이 위험할 때 이렇게 내게 도움이 되지 않았는가. 이 많은 마물들을 그녀가 다 쓰러뜨렸으니 말이다.

어쨌든 난 그녀에게 고마움을 담아 인사를 하고선 친구들에게로 다가갔다.

"도대체 어떻게 된 거야?"

"아아, 우선 돌아가는 게 좋지 않을까? 아무리 감동적인 재회라고는 해도 여기서 대화를 나누기엔 그리 좋은 생각이라 생각하지 않는데 말이야. 하하하."

"아! 그래, 우선 돌아가자. 돌아가서 얘기하자."

그제야 친구들도 주변 상황을 인식했는지 고개를 끄덕이며 여기 오기 전에 들렀던 그 숙소로 발걸음을 옮겼다. 으음, 마물을 잡은 뒤엔 반드시 아이템을 챙겨야 하거늘… 으음, 아쉽도다.

숙소에 도착한 나는 오랜만에 푸우를 볼 수 있었다. 아까 전에 친구들을 찾으러 이 숙소에 도착하기는 했으나 주변의 무사에게 친구들이 현재 어디 있는지 물어보고 바로 이동했기에 미처 숙소에 남아 있는 푸우와 만날 순 없었다.

그런데 이놈의 푸우는 주인이 왔는데도 드르릉 드르릉 코를 골며 자고 있었다. 난 오랜만에 녀석의 배때기를 발로 갈기려다가 오랜만에 만났으니 봐준다는 식으로 그냥 녀석의 위로 올라가 앉았다.

그러자 친구들의 질문 공세가 쏟아지기 시작했다. 도대체 어떻게 된 거냐는 둥 언제 용호에서 나왔냐는 둥 얼마만큼이나 강해졌냐는 둥. 진짜 많고도 많이 쏟아지는 질문 공세에 정신을 차릴 수가 없었지만, 너무나 반가워서 그러는 것을 알기에 난 웃으며 질문에 대한 답을 해 줬다.

뭐, 얼마만큼 세졌느냐에 대해서는 직접 봐야 알겠지만, 천추십왕 중 하나를 아주 간단히 제압했다고 떠들어대는 병건이의 모습에 친구들은 매우 놀란 듯했다. 쩝, 하긴 천추십왕이면 단엽이랑 투귀랑도 맞먹는 녀석들인데… 아, 그러고 보니 그들은 어디에 있지?

"근데 투귀랑 단엽은 어디에 있지?"

"아차! 잊고 있었어! 천추십왕과 싸우러 갔는데!"

"뭐?!"

천추십왕과 싸우러 가? 뭐, 그들이라면 지지는 않겠지만 혹시 부상이라도 입으면 골치 아프단 말이다. 부상을 입게 되면 단 며칠이라도 부상 기간 동안에는 마음껏 부려먹을 수 없으니까 말이다.

"어디로 갔어?"

"응? 어디로?"

“어디로 갔지?”

“내가 어떻게 알아?”

“하아······.”

정말 한숨이 새어 나온다. 어디로 가는지도 안 물어봤단 말이야? 그
때 초매가 생각났다는 듯 손뼉을 쳤다.

“맞아요! 단엽 소협은 모르겠지만 투귀 소협은 서협의 경계에 갔어
요.”

“아! 맞다! 서협!”

“그래? 그럼 우선 서협에라도 빨리 가보자.”

숙소에 돌아온 지 얼마 되지는 않았지만 그것보다는 투귀와 천추십
왕에 관한 것이 먼저였기에 나와 친구들은 급히 밖으로 나가려 했다.
하지만 나의 발걸음은 곧 멈추어 설 수밖에 없었다.

“뭐 해? 안 가?”

“아아, 갈 필요 없겠어.”

“뭐? 그게 무슨······?”

펄럭!

상호의 말이 끝나기도 전에 천으로 이루어진 숙소의 문을 젖히며 투
귀가 걸어 들어오는 것이 모두의 시야에 잡혔다. 난 이미 기파로 그걸
느꼈단 말이지.

난 앉아 있는 상태로 씨익 웃으며 걸어오는 투귀를 바라보았다. 그
러자 투귀도 걸어오며 나를 보고는 여전히 광기가 철철 흘러넘치는 미
소를 지었다.

“여어, 오랜만이군.”

“크크큭! 갑자기 웬 강한 기파가 생겼나 했더니 바로 네놈이었군.”

난 그런 녀석의 말에 씨익 웃어줄 뿐이었다.

난 이제 영호충이 준 기파를 감추는 단약을 먹지 않는다. 아니, 이제 먹을 필요가 없다. 천년이무기와 지내며 배운 것 중 하나가 기파를 감추는 거다. 그리고 난 지금 기파를 감추고 있다. 즉, 투귀는 헛다리를 짚은 거다.

"응? 네놈의 것이 아니잖아? 하지만 이 강한 기파는……?"

투귀는 광휘의 기파를 느꼈는지 주변을 훑어보다 조용히 서 있는 광휘에게 눈이 멎었다. 그리고는 다시 그 광기 넘치는 웃음을 지으며 나를 바라보았다. 어느새 투귀에게서는 살기가 무럭무럭 피어오르며 나를 자극하고 있었다.

"네놈은 정말 재미있어. 항상 주변에 재미있는 일이 일어난단 말이야."

"미안하지만 난 재미 하나도 없거든. 그러니 그만 하지 그래?"

난 순간적으로 기파를 증폭시켜 살기를 담은 투귀의 기파를 밀어버리며 말을 이었다. 자신의 기파가 너무나도 손쉽게 밀려나자 투귀의 눈동자에 이채가 띠었지만 그건 내 알 바가 아니었다.

"그나저나 천추십왕과 싸우러 갔다며? 어떻게 된 거지? 보아하니 이긴 것 같지는 않은데 말이야."

투귀의 몰골은 수많은 마물들에게 연합 공격을 당한 친구들과 못지않았다. 온통 피로 뒤덮여 있었으며, 그 피의 대부분은 자신의 피부 곳곳마다 있는 자잘한 상처에서 새어 나오고 있었다.

"흠, 보아하니 암기에 당한 상처인데… 암왕이었군."

난 예전 소림사에서 보았던 암왕을 떠올리며 말했다. 확실히 투귀의 방어력은 뛰어나고, 또 피부 자체도 외공을 소홀히 하지 않은 턱에 보통의 암기로는 상처를 낼 수 없을 정도로 질기고 단단하다. 하지만 암왕의 암기는 보통의 암기가 아니란 말이지. 아니, 암기뿐만이 아니라 암기에 담는 기운이 보통의 보호로는 막을 수 없을 정도니까.

꼴을 보아하니 이긴 것 같지는 않고, 그렇다고 진 것 같지도 않은데 투귀 저놈이 도망을 칠 리는 없으니까 암왕이 후퇴했나 보군. 아마 단엽과 투귀를 다른 곳에 묶어두고 하남의 경계를 뚫으려는 속셈이었던 걸 거야. 하지만 나 때문에 쇄왕이 도망쳤으니까 그들도 도망쳤겠지. 아마 지금쯤이면 단엽도……

펄럭!

역시 재도 양반은 아니야.

"하아… 죄송합니다. 놓치고 말았습니다. 그런데 이 강력한 기파는 누구의 것입니까?"

문을 젖히며 들어온 사내, 그는 다름 아닌 단엽이었다. 단엽 또한 광휘의 기파를 느꼈는지 들어오자마자 그것부터 물었다.

단엽은 그나마 투귀에 비해 나았다. 하지만 역시 옷 이곳저곳에 탄흔적이 역력하고, 그슬린 것이 아마 잔왕을 상대하고 왔나 보다. 음, 잔왕을 상대하고 옷이 저 정도까지 멀쩡하다니… 역시 단엽이라는 건가?

"응? 그런데 당신들은 누구십니까? 그리고 당신… 어째서 기파가 전혀 느껴지지 않는 거죠?"

원래 이 비상의 세상에서 기파가 전혀 느껴지지 않는 생명체는 두 개뿐이다. 바로 죽은 시체와 스스로를 감춘 영호충. 하지만 이제 세 개로 늘었다, 바로 나까지 합해서.

그러니 단엽이 놀란 만도 한 것이다.

"날 모르겠나?"

"그 목소리는… 설마?"

"그래, 무황이다. 그리고 저쪽은 내 일행이고."

"역시!"

단엽은 용케도 내 목소리를 기억하는지 내 정체를 예상할 수 있었다. 아아, 지금은 같은 편으로 지내야 하는데, 정체를 감출 수는 없는 노릇이잖아? 그냥 속 시원하게 다 말하는 거지 뭐.

"당신… 상당히 강해졌군요."

단엽에게서도 투귀와 같은 투지가 느껴지기 시작했다. 이 투지… 투귀와 단엽의 이 투지가 어쩌면 나를 변하게 한 것일지도 몰랐다. 왜냐면 지금의 나도 단엽과 투귀가 내뿜고 있는 투지에 이끌리고 있으니까.

"그나저나 맥도 놓쳤나 본데?"

"무슨 일인지 갑작스레 도주하더군요. 당신과 관련된 일이겠죠?"

"뭐, 그렇다고 할 수 있지."

난 그렇게 대꾸했다. 자, 이제 나도 도착했겠다. 광휘도 있겠다. 이쪽의 일도 좀 쉬워지겠지?

그런데 그때 투귀가 난데없이 말을 꺼냈다.

"그럼 이제 약속은 이행한 것이군."

엥? 저게 뭔 소리야?

"그렇군요. 무황 사예가 돌아오기 전까지 이 일행을 보호하고, 일행의 일을 도우라는 약속은 이제 끝난 셈이로군요."

"자, 잠깐… 뭐라고? 약속이 어떻게 돼?"

"애초에 우리의 약속은 당신이 돌아오기 전까지 저들을 보호하고, 저들의 일을 도우라는 것이었습니다. 이제 당신이 돌아왔으니 약속은 지킨 것이지요."

뭐, 뭐야?! 도대체 강민 형은 어떻게 약속을 했기에 이런 조건을 걸어놓은 거야! 제기랄!

난 가만히 서 있는 투귀와 단엽을 향해 입을 열었다.

"그럼 이제 어떻게 할 생각이지?"

"저희가 약속을 이행하고 받기로 한 것은 초절정무공의 단서가 적혀 있는 구결이었습니다. 이미 오래전에 받았고, 지금까지 계속 연구하고 있었죠. 그리고 전 이미 그중에서 하나를 찾은 것 같습니다. 전 그것을 찾으러 갈 생각입니다."

"흥! 저놈이 찾는 것을 나라고 찾지 못할 리 없지. 나 또한 초절정무공을 찾으러 떠날 것이다."

"그, 그럴 수가……."

난 절망에 휩싸이는 기분이 들었다. 내 계획대로라면 이들에게 이곳 수비의 대부분을 맡기고 난 수련이나 계속하며 간간이 거들어줄 생각이었다. 하지만 저들이 떠난다면 저들이 맡고 있던 모든 것을 내가 다 짊어져야 하는 것이다! 즉, 난 일 더미에 둘러싸이게 된다는 말이지. 으악!

내가 그렇게 앞으로 해야 할 일을 계산해 보며 좌절하고 있을 때, 나에게로 단엽이 한 걸음씩 걸어왔다.

"떠나기 전에… 한 번 겨뤄줄 수 있겠습니까? 당신의 강함… 직접 체험하고 싶군요."

크윽! 이 찌릿찌릿 등줄기를 찌르는 투기라니… 이 투기는 단엽에게 뿐만이 아닌, 투귀에게서도 무섭게 발출되고 있었다. 나 또한 이 투기에 반응해서 녀석들과 싸우고 싶었으나 그보다 내게 중요한 게 있었다.

"내가 미쳤냐? 지금 너희가 떠나 버리면 내가 너희 일 다 맡아야 하는 참에, 그것만으로도 빠듯한데 너희랑 싸워달라고? 좋아, 싸워줄 테니 여기서 마물들을 확실히 막고 떠나!"

크윽! 앞으로 그 많은 전투를 또 어떻게 해야 한단 말인가. 난 벌써부터 절망감에 찌들려고 하는 걸 느꼈다.

그런 내 모습이 황당해서일까? 단엽은 멍해진 얼굴로 아무런 말도 하지 못하고 있었다. 그렇게 조금은 어색한 이 상황에서 또다시 투귀의 웃음소리가 들려왔다.

"크크큭! 크하하하하! 역시 네놈다운 소리다. 그동안 제법 간덩이를 늘린 것 같다만 그 성격은 여전하군. 좋다. 지금 당장의 네놈과의 일전은 포기하마. 크크큭! 사실… 지금 당장은 이길 것 같지도 않거든."

헉! 투, 투귀가 저런 말을 하다니… 다른 소리도 아니고 이길 것 같지 않다는 그런 말을 하다니! 난 정말 깜짝 놀랐다. 다른 사람도 아니고 저 투귀가…….

"크크큭! 지금 당장이라는 말이다. 난 반드시 초절정무공을 익혀서 돌아온다. 그때가 되면 네놈을 짓밟아줄 테니, 나 이외의 다른 놈에게 질 생각 따윈 하지 마라."

그 말을 끝으로 투귀는 밖으로 나가 버렸다. 애써 괜찮은 척했지만 속으론 자존심이 상했을 것이다. 항상 자신이 최고라 생각하는 투귀인데, 싸워보지도 못하고 단순히 기의 흐름만으로 실력 차를 알게 되다니…….

하지만 사실이 그렇다. 지금의 투귀는 결코 나를 이길 수 없다. 투귀 혼자 덤벼든다면 초극의 힘을 사용할 필요도 없다. 현재 투귀의 힘은 천추십왕들 개개인과 맞먹을 정도. 그 정도도 이기지 못할 것 같았으면 애초에 난 수련을 하지도 않았다.

또 그럴 리는 없겠지만 만약 단엽이 가세해서 연합 공격을 한다면 초극의 힘을 사용해야 하겠지만, 그래도 이길 수 있을 것이다. 투귀와 단엽이 어떤 수련을 거쳤는지는 모르겠지만, 그동안의 내 수련은 그들로서는 상상도 못할 정도의 것이기 때문에 이 정도의 차는 당연한 것이다.

단엽도 그것을 느꼈는지 아무 말 없이 서 있다가 곧 밖으로 나갔다. 그리고 잠시 후 다시 친구들의 질문 공세가 쏟아졌지만 난 그들의 질문에 집중할 수가 없었다.

다음날 단엽과 투귀는 새벽에 사라졌다. 그리고 그 사실을 알게 된 이 진영의 무사들은 불안해했다. 그들은 아직 나와 광휘의 정체에 대해 알지 못했기 때문이다. 친구들 또한 광휘의 정체에 대해 알고 나자 어찌나 놀라던지…….

특히나 같은 살수인 흑살성 영귀의 눈빛은 예사롭지 않았다. 그도 그럴 것이 사의 직업이란 모든 살수의 목표가 되는 것이기 때문이다.

어쨌든 내가 무신임과 광휘가 사존(死尊)임을 알지 못하는 그들은 가장 믿음직스럽고 최고의 성과를 올리던 투귀와 단엽이 사라진 대신, 웬 얼빵하게 생긴 녀석 한 명과 복면으로 얼굴을 가린 가녀린 여자 한 명의 합류 소식을 전혀 달가워하지 않고 있었다.

우리의 정체를 모르는 그들에게는 투귀와 단엽이 사라짐으로써 그들의 강력한 생명 보험이 사라진 셈이었기 때문이다. 그에 무사들의 사기는 땅에 떨어져 버렸다. 때문에 난 최대한 빨리 무황… 아니, 무신으로의 복귀를 서둘러야겠다는 것을 느꼈다.

하지만 내 한월과 흑립, 백면귀탈, 그리고 승룡갑은 북경에 있는 전장에 맡겨놓은 상태. 직접 가서 가지고 오지 않으면 안 되었다. 그렇기에 친구들에게 그렇게 말을 하자, 친구들은 무척 심각한 일인 줄 알았다는 투로 대수롭지 않게 조금만 기다리라 말했다. 그리고 잠시 후 방으로 초매가 들어왔다.

그녀는 품 안에 흰 천으로 둘러싼 무엇인가를 들고 있었는데, 내 앞에 그것을 내려놓고 흰 천을 풀어 내렸다. 그러자 그 흰 천 안에는 백면귀탈과 흑립, 그리고 승룡갑이 고이 들어 있었다.

이것이 어떻게 된 일인고 하니, 비상의 창고 시스템은 창고의 주인이 바쁠 때 그 수하를 시키는 일도 필요했기에 단 한 명, 주인 이외의 누군가를 주인의 허가 서명 아래 창고에 들여보낼 수 있었던 것이다. 물론 나는 내 창고를 열 수 있는 사람으로 초매를 지목했고, 오래전 서찰을 통해 내게서 받아간 서명으로 창고에서 이것들을 꺼내올 수 있었단다.

그녀는 그것들을 나로 생각하고 잘 관리했다는 것이다. 어쨌든 그녀의 선견지명 덕분에 난 그 즉시 승룡갑과 백면귀탈을 착용할 수 있었다.

그런데 단 한 가지, 한월이 없었다.

하지만 나에게서 그 의문이 나오길 기다렸다는 듯이 강우 형이 깔끔하게 수리된 한월을 들고 숙소에 들어왔다. 강우 형은 대장장이이기에 한월을 들 수 있었지만 나머지들에게는 한월을 들 수 있는 능력치가 없었던 것이다.

어쨌든 그렇게 완벽한 차림을 한 나는 디다 형에게 서찰을 날렸고, 그에 대한 답이 얼마 후에 돌아왔다. 난 디다 형이 보내온 답에 따라 다시 서찰을 써서 비조에 달아 하늘로 날려 보냈다.

이제… 조금만 기다리면 될 것이다.

마침내 불안하기만 하던 대치 구도에 금이 가기 시작했다.

하남의 중앙 경계를 맡고 있던 철령무정검(鐵靈無情劍) 남궁영호(南宮英豪)가 괴한의 습격을 받고 목숨을 잃은 것이다.

철령무정검 남궁영호는 남궁세가에서도 손꼽힐 정도의 검술을 지닌 자라 그가 괴한의 습격에 당할 것이라고는 아무도 예상치 못했다. 물론 평범한 사람들 중에서.

하지만 남궁영호가 괴한의 습격… 아니, 정면 대결을 펼치고도 단 몇 수만에 목숨을 잃게 되자 하남에 버티고 있던 모든 사람들이 경악하게 되었다. 절정고수인 남궁영호를 몇 수만에 제압한 적의 무위가 적어도 현 최강고수 반열인 초절정고수에 속한 것이었기 때문이다.

남궁영호라는 절정고수이자 뛰어난 지휘관을 잃자 남궁영호가 지휘하던 경계에 있는 무사들의 사기가 뚝 떨어졌다. 또한 그것을 눈치 챈 마물들이 더욱더 거세게 밀고 들어와 경계는 위태위태한 처지에 휩싸이게 되었다.

다행히 소림과 무당에서 제자를 파견하여 남궁영호의 자리를 메웠기에 마물들의 습격에서 간신히 경계를 지킬 수 있었지만, 어디까지 떨어지는지 알 수 없을 정도로 계속해서 하락하기만 하는 사기는 막을 수가 없었다.

하락하는 사기는 중앙 경계에만 미치는 것이 아니었다. 그들의 소식은 하남 전역에도 퍼져, 모든 경계의 무사들은 물론 아직 대기 중인 하남 내 무사들의 사기마저 떨어뜨려 버렸다.

그 때문에 마물들은 더욱더 날뛰기 시작했고, 마침내 하남의 경계는 위태로움을 넘어설 듯하고 있었다. 어느 쪽이든 약간의 틈만 나더라도 무너질 단계에 이른 것이다.

마물들의 행보는 더욱더 거세어져만 갔다.

바로 이때 사예가 친구들에게로 돌아온 것이다.

"오랜만이군."

"네."

"그대들의 성과는?"

"결코 실망시켜 드리지 않겠습니다."

"과연… 준비는 다 끝났나?"

"명령을 기다릴 뿐입니다."

"좋다, 그럼 가자."

"네, 명을 받들겠습니다!"

"이 빌어먹을 녀석!"

파팍!

여원은 한바탕 욕을 퍼부으며 눈앞의 마물들을 향해 권기를 쓸어갔다. 여원은 이미 절정무공을 익히고 있었다. 때문에 권강이라는 절대적인 힘을 사용할 수 있었지만, 아직 절정무공의 초기 단계라 권강을 사용하기 위해선 막대한 내공을 사용해야 했다.

점점 숙달될수록 권강을 일으키는데 소모하는 내공의 양이 줄어들 테고, 위력은 더욱 강해지겠지만 아직 여원은 그런 단계를 밟지 못하고 있었다. 때문에 권강에 비해 아직까지는 훨씬 효율적인 권기를 뿌려대고 있는 것이다.

비록 권기이지만 권강을 내뿜을 수도 있는 고수의 권기라 일반 의형진기와는 위력에서부터 큰 차이를 보이고 있었다.

권기가 쓸고 지나가는 자리에 위치한 마물들은 모두 몸이 터져 즉사해 버리기 십상이었고, 그렇게 단엽과 투귀의 빈자리를 여원이 메워가고 있었다. 사실 단엽과 투귀가 워낙 강해 같은 자리에 있던 여원이 상대적으로 약해 보였던 것이지, 여원이란 존재 역시 정파무림에선 큰 기둥으로 꼽힐 정도의 실력을 가진 것이다.

그렇게 여원은 사방에서 밀어닥치는 마물들의 파도에 권기를 뽑아내면서도 계속해서 욕설을 내뱉고 있었다.

"효민이 이 자식!"

그리고 그 욕설의 대상은 다름 아닌, 사예였다.

그러고 보니 전장에 사예의 모습이 보이지 않았다. 사예의 귀환으로 투귀와 단엽이 빠져나간 만큼 그 누구보다 더욱 큰 전력이 되어야 했을 사예이건만, 눈을 씻고 찾아봐도 사예의 모습은 보이지 않았다.

마물들의 습격에 사예의 활약을 기대했던 친구들은 모두 벙찐 표정을 지을 수밖에 없었다. 아직 때가 아니라며, 때가 될 때까지 나서지 않겠다는 사예의 말을 들었기 때문이다.

무엇을 기다리는지 알 수 없었지만 사기가 땅바닥을 기는 지금, 사예가 나서지 않는다면 너무나도 위험한 상황이었다. 정말 예상외의 방법이 아니고선 사예가 무황… 아니, 무신으로 전장에 나서서 조금씩이라도 사기를 회복시키지 않는다면 자칫 경계가 허물어질 수도 있기 때문이다.

자신들은 전장의 틈을 메우며 힘을 실어주는 정도였지, 실제 마물들

과 긴 전투를 벌여야 하는 것은 다름 아닌 일반 무사들이었기에 사기
는 그 어느 것보다 중요했다. 하지만 그 사기를 조금이라도 높여줄 사
예가 저러고 있으니… 이것이 바로 여원의 입에서 욕설이 나오고 있는
이유였다.

그래도 광휘가 긴 흑발을 휘날리며 수많은 마물들을 거의 도륙하다
시피하고 있다는 것이 여원의 마음을 조금 누그러뜨리고 있을 뿐이었
지, 그렇지 않았다면 마물이고 어쩌고 간에 우선 사예 녀석부터 없애
버리겠다고 날뛸 여원인 것이다.

"제길… 도무지 끝이 없잖아!"

남궁영호가 맡고 있는 중앙 경계가 그의 죽음으로 자칫 뚫릴 뻔한
후, 마물들의 행보는 전과 비교할 수 없을 정도로 거세어졌다. 이미 무
사들의 사기가 땅바닥인 것을 깨달은 것이다.

또한 한 번에 쳐들어오는 마물들의 숫자 역시 전과 비교할 수 없을
정도였다. 전에는 그래도 한 번에 100마리 정도의 마물이 경계의 일부
분의 지역에 습격을 감행했다면 이젠 그 3, 4배의 마물이 떼거리로 몰
려드는 것이었다.

때문에 여원과 그 친구들은 쉬어본 적이 언제인지 기억도 안 날 정
도로 계속해서 전장을 누벼야 했다. 그래도 사예가 푸우를 전장에 투
입한 것이 그들에게는 큰 도움이 되었다.

현재 전장을 살펴보자면 푸우와 광휘 쪽에서만은 그들의 반경 1미터
안에는 마물들의 시체밖에 존재하지 않았던 것이다. 오히려 순식간에
마물을 쓸어버린 푸우와 광휘가 다음 마물을 향해 마물들이 모여 있는
지역으로 신형을 옮길 정도였다.

하지만 그런 그들의 선전에도 불구하고 마물들의 수는 줄어들 생각

을 하지 않았다. 어느새 무사들도 지치고 많은 상처를 입었기에 전장에 도입할 수 있는 수는 많지 않았고, 여원을 비롯한 일행도 점점 더 지쳐 가는 중이었다.

광휘와 푸우는 마물들의 틈을 종횡무진 누비고 다닌다지만 나머지 일행이 그러는 것은 죽음을 자초하는 것이었기에 한곳에 몰려 솔하, 초은설, 감 노인은 열심히 부상자를 치료했고, 나머지 일행은 그런 그들을 보호하며 마물에 맞서 나갈 뿐이었다.

그때 하늘에서 비조가 날아들더니 부상자를 치료하던 솔하에게로 내려앉았다. 그리고 잠시 후 여원은 뒤에서 외치는 솔하의 목소리를 들을 수 있었다.

"큰일 났어! 호수 좌측 경계 지역에서도 마물들의 습격이 시작되었대! 그리고 그 수가 5백은 족히 되나 봐!"

"뭐?!"

솔하의 말에 전투에 전력을 쏟아내던 일행은 크게 놀랐다. 지금까지 이런 연합 공격이 한두 번 있었던 것은 아니지만, 지금처럼 대규모의 군대는 아니었던 것이다. 지금 이 전장에서도 쏟아지는 마물의 수가 500은 될 것 같은데 또다시 500의 마물 군단이라니…….

하지만 그때 또다시 몇 마리의 비조가 날아들었다.

"까악! 어떻게 해! 계속 비조가 날아오고 있어. 각 경계에서 계속해서 마물들이 출몰하고 있대! 그것도 하나같이 500가까이 되어 보이는 대군들뿐이래!"

"제기랄!"

큰일이었다. 지금의 이 500도 감당하기 힘든 숫자다. 시간을 두고 나누어져 오는 것이라면 광휘와 푸우의 힘을 빌려 총 500이라는 숫자의 마물은 어렵지 않게 처치할 수 있었다. 하지만 지금 상황은 한꺼번에 쳐들어온 500의 마물이다.

그것도 한곳이 아니라 자신들이 맡고 있는 거의 모든 경계에서 500에 가까운 마물들이 진군을 계시했다는 것이다. 이대로 가다가는 삽시간에 경계가 뚫릴 것은 너무나도 당연한 일이었다.

"제기랄! 효민이 이 자식은 도대체!"

이런 마물들의 대습격에 더 더욱 사예가 미워지는 여원이었다. 하지만 이제 와 사예가 나선다고 하여도 큰 변화는 없으리라는 걸 여원 그 자신이 너무나도 잘 알고 있었다. 아무리 사예가 강하다고 하여도 동시다발적으로 일어나는 습격을 혼자서 모두 제압하기란 절대 불가능한 일이었기 때문이다.

갑작스런 마물들의 대공격에 하남의 모습은 거센 바람에 맞서는 촛불의 모습만 같았다.

캬오—!

쿵! 쿵! 쿵!

끼에엑!

수많은 마물들.

끝을 알 수 없는 마물들의 행렬이 펼쳐져 있었다. 하나같이 흉포하고 두려움을 모르는 마물들의 행렬. 그리고 그런 마물들의 행렬에 두려움을 느끼게 된 경계를 지키는 무사들.

이미 무너진 성책 대신 새로 세운 목책은 마물들의 대군단 앞에 너무나도 보잘 것 없는 방어책일 뿐이었다. 엄청난 위압감을 내뿜으며 다가오는 마물 대군단의 모습에 무사들의 긴장감은 극한에 달할 뿐이었다.

"적의 숫자는 대략 520 정도로 추정됩니다. 그중 소형 마물이 200, 중형 마물이 200, 대형 마물이 80, 특대 마물이 40으로 추정됩니다."

"그래?"

사내의 말은 놀라운 것이었다. 소형 마물 200만으로도 충분히 대단한 전력이다. 소형 마물은 작기에 언뜻 약하게 보일 수도 있지만, 그만큼 숫자와 스피드, 그리고 단결력이 뛰어난 것이 소형 마물이었다. 그리고 중형 마물을 거쳐 대형 마물, 특대 마물로 올라갈수록 숫자와 단결력은 떨어지지만 단일 무력은 강해져 간다.

그런 마물들이 총 520 정도로 추정된다고 한다. 평무사들로는 감히 막지 못할 숫자인 것이다. 하지만 그런 마물들의 돌진을 바라보는 일단의 무리들은 너무나도 안정되어 있었다.

"나와 함께하는 첫 실전이다. 긴장되는가?"

"그렇지 않습니다."

나직하면서도 굳게 답하는 음성에 만족의 미소를 짓는다.

"흠, 그래도 혹시나 긴장하는 이가 있을지 모르니… 이게 좋겠군. 소형 마물은 2점, 중형 마물은 5점, 대형 마물은 10점, 특대 마물은 15점으로 해서… 음, 그래. 이번이 시작이니까 조금 낮춰서 총 50점을 넘기지 못하는 녀석은 오늘 모든 일과가 끝난 후 뺑뺑이를 돌린다. 아아, 물론 1등에게는 선물도 있어야겠지? 1등에게는 내가 나중에 따로 선물을 주도록 하지. 어떤가?"

"좋은 생각입니다."

"좋아, 그럼 그렇게 하지."

말이 끝나자 옆에 서 있던 사내가 갑자기 시작된 마물 사냥 대회를 나머지 무리들에게 알리기 시작했다. 그러자 무리들은 잠시 웅성대는 듯했지만, 잠시 후 다시 고요해졌다.

"자, 모두 준비되었는가?"

"네!"

"좋다. 그럼… 가자!"

마침내 정체를 알 수 없는 흑색 달이 모습을 드러내었다. 그리고 흑색 달의 선두에는 푸른색의 차가운 달을 거머쥔 이가 달리고 있었다.

"연락이 아직도 안 돼?"

"비조를 통해선 그쪽이 연락을 받았는지, 안 받았는지 알 수가 없잖아. 계속해서 비조를 보내고는 있지만 아직까지 답장이 없어."

여원의 물음에 사미는 대답했다.

그들의 모습은 아니, 몰골은 그리 좋지만은 않았다. 그들이 발걸음을 옮길 때마다 그들이 지나온 자리는 피가 흥건할 정도였다.

그 피의 대부분이 자신들의 피가 아닌 것이 다행이긴 하지만, 그만큼 그들의 격전이 얼마나 격렬했는지를 알려주고 있었다. 하지만 그들은 멈출 수 없었다.

어쩌면 이미 뚫렸을지도 모르는 다음 경계를 향해 벌써 세 번째 이동하는 중이었다. 다행히 지금까지 거쳐 온 경계들은 마물들의 공격에 힘들지만 아직 버티고 있었고, 푸우와 광휘, 그리고 여원을 위주로 한 일행의 협력에 힘을 받아 마물들의 대습격을 물리칠 수 있었다. 물론 일시적으로 물러간 것에 불과했지만 한숨 돌렸다는 사실이 그들에게는 얼마나 위안이 되는지 겪어보지 못한 사람은 알 수 없었다.

하지만 지금부터는 불안했다. 광휘와 푸우 덕분에 그나마 빠른 시간 안에 마물들을 몰아냈기에 지금까지의 경계는 모두 지킬 수 있었지만, 이미 세 곳의 경계에서 마물을 몰아내느라 시간이 상당히 지체된 상태였다. 그리고 나머지 경계 중 과연 500이나 되는 마물들의 대습격을 지금까지 방어할 수 있는 곳이 있을까란 의문이 들었다.

하지만 그들은 멈출 수 없었다. 그들이 뚫리면 하남마저 적의 손에 넘어가는 것은 시간문제이기 때문이다. 그들이 지키고 있는 것은 단순한 지역의 경계가 아니다. 사람들의 정신적인 경계인 것이다.

무림의 성지이자 정신적 지주인 소림사가 버티고 있는 하남에 마물들이 발을 들여놓게 된다면, 그것만으로도 사람들은 더 이상 싸울 의욕을 잃게 될지도 몰랐다.

때문에 무슨 일이 있어도 하남에 마물들이 발을 들여놓는 것은 막아야 했다. 이런 다급함에 그들은 감 노인을 비롯한 상대적으로 신법에 약한 솔하를 이전 경계에 놔두고 올 수밖에 없었다.

"제기랄! 서두르자!"

그들의 발걸음은 시간이 갈수록 다급함에 그 속도를 더해가고 있었다. 그런 그들의 다급한 마음 덕분인지 그리 가깝지 않은 거리임에도 불구하고 그들은 목적지에 거의 근접할 수 있었다.

그때 갑자기 여원의 뒤를 따라 달리던 광휘가 멈추어 섰다.

그녀가 멈추어 서자 나머지 일행은 다급한 마음에도 그녀를 따라 멈추어 섰다. 그녀가 무엇인가 느낀 듯한 것이다. 과연 푸우도 무엇인가 느꼈는지 티꺼운 빛으로 세상을 굽어보던 눈가가 씰룩거리기 시작했다.

"도대체 왜……?"

여원은 광휘에게 그 연유를 물어보려다가 멈출 수밖에 없었다. 그것은 여원뿐만이 아니라 푸우와 광휘를 제외한 모든 일행 역시 마찬가지였다.

그들이 멈출 수밖에 없었던 이유, 그것은 다름 아닌 한줄기 비명이 깃든 소리 때문이었다.

크렉!

카르르르륵!

이 비명 소리에 여원을 비롯한 일행의 안색이 밝아졌다. 마물의 비명이 들린다는 것은 곧 싸움을 하고 있다는 것이고, 그것은 아직 마물들에게 경계가 뚫리지 않았다는 것을 의미했기 때문이다.

하지만 곧 그들은 무엇인가 이상함을 느껴야 했다.

"어째……."

"마물들의 비명 소리밖에… 들리지 않아."

이상했다. 아무리 마물들의 비명 소리가 크다지만 그렇다 하더라도 사람들의 비명 소리가 전혀 들리지 않는 것은 분명 이상한 것이었다. 그리고 갑자기 여원이 신형을 멈칫했다. 그 역시 무언가를 느낀 것이다.

"이건……?"

"어서 가보시죠."

평소 한마디 말도 잘 꺼내지 않는 광휘가 입을 열자 나머지 일행이 그녀를 쳐다보았지만, 그녀는 다시 신형을 날려 비명 소리가 들려오는 전장으로 향할 뿐이었다. 그 뒤를 여원과 푸우가 바짝 쫓아갔고, 갑작스런 그들의 행동에 뭔가 이상함을 느낀 나머지 일행도 전력을 다해 신법을 펼치기 시작했다.

그리고 전장과 그들을 막아주던 커다란 계곡의 골목을 지나자 그들의 눈에 전장의 상황이 한눈에 들어왔다. 그들의 위치가 전장과 바로 이어지는 언덕 위였기 때문이다. 그리고 그들은 그 자리에 멈추어 서서 멍하니 전장을 바라볼 수밖에 없었다.

"헉!"

"맙소사……."

참혹. 학살. 도륙.

그동안 그들이 전장을 누비며 가장 많이 본 것 중의 세 가지였다. 그만큼이나 전장은 참혹했으며, 잦은 학살로 인해 엄청난 피가 흘러내렸고, 적아를 구분하지 못한 채 검이 이끄는 대로 움직이며 도륙이 성행하였다.

그야말로 지옥도를 방불케 하는 모습.

이 단어들의 대상은 인간으로, 그들이 겪어야 하는 아픔이었다. 하지만 골목을 넘어 전장을 본 그들의 눈에는 정반대의 결과가 이루어지고 있었다.

참혹. 학살. 도륙.

똑같은 상황이 되풀이되고 있었지만, 그것은 인간이 아닌 마물들에게 이루어지고 있는 것이었다.

흑의에 흑색 갑옷, 그리고 죽립. 또한 음침함마저 느껴지는 각종 모양의 귀면탈까지… 마물들을 대상으로 학살을 자행하는 존재는 다름 아닌, 한 무리의 사람들이었다. 조금 달랐지만 여원을 비롯한 일행의 눈에 상당히 익은 모습의 존재들…….

그들은 하나같이 싸늘함을 발하는 예리한 도를 들고 있었으며, 도에서는 도기가 줄기차게 새어 나오고 있었다. 약 50명 가까이 되어 보이는 이들이 한꺼번에 내뿜는 도기의 위압은 대단한 것이어서 마물들은 그들에게 다가가기도 전에 그 거대한 위압감에 이미 혼이 빠져나간 듯했다.

그렇게 생각될 정도로 그들의 무위는 대단했고, 협력 또한 뛰어났다. 그들은 진영을 이루고 있었다. 진영의 가장 바깥 부분의 이들에게선 푸른색의 거대한 도기가 끊임없이 새어 나와 수많은 마물들을 한번에 베어버리며 지나갔고, 그런 도기의 틈으로 또 다른 도기들이 솟구쳐 올라 나머지 틈으로 끼어들려는 마물들을 모두 처리해 갔다. 그리고 단숨에 뚫고 지나가는 돌파!

약 50명 정도로 이루어진 그들은 그 10배가 넘는 마물들을 아무렇지도 않게 도륙하고 있었다. 그들의 계속되는 돌파로 인해 .마물들의 진영은 중간 중간이 뻥 뚫려서 흡사 일부러 길을 낸 듯이 보일 정도였다.

그들과 마물들의 전투 너머로는 경계에 지어진 성책이 있었는데, 성책의 위에선 현재 여원 일행과 별반 다를 것 없이 멍한 표정으로 전장을 바라보고 있을 뿐이었다.

여원 일행 위로 수많은 비조가 날아들며 무언가를 알리고자 했지만, 그들은 비조들의 존재조차 깨닫지 못하고 전장만을 바라볼 뿐이었다.

한 단체의 엄청난 돌파력에, 이번엔 마물들이 서로 단단히 뭉치기 시작했다. 적의 돌파를 허용치 않겠다는 것이었다. 과연 그 밀집력과 그에 달하는 방어력은 강했기에 아무리 엄청난 위력을 보인 단체의 돌파력이라 하더라도 그것을 뚫기란 지금처럼 쉽지만은 않을 것 같았다.

그때 전장을 지켜보는 모든 이들은 살갗을 찌르는 엄청난 전율(戰慄)

을 느껴야 했다.

웅웅웅!

길게 울려 퍼지는 맑고 웅혼한 도명(刀鳴)! 그 도명을 따라 사방으로 넓게 퍼져 가는, 말로 설명할 수 없을 정도로 강렬한 엄청난 기파! 살갗이 따가워질 정도의 무한한 투기!

이 모든 것이 전장을 휩쓰는 단체의 가장 선두에서 새어 나오기 시작했다. 하지만 그것은 단지 시작에 불과했다. 잠시 후 펼쳐지는 일에 모든 이의 눈은 찢어질 듯 커져야만 했다.

고오오오오오!

뜨거워지는 대지의 열기 사이로 샘솟아 오른 거대한 묵금광의 강기! 거의 10미터에 육박할 정도의 결코 지금껏 그 누구도 해본 적이 없는 엄청난 크기의 도강이었다. 그리고 도강에서부터 퍼져 나오는 엄청난 기운은 그것이 단순히 크기만 큰 것이 아님을 알려주었다.

푸하하하학!

크롸롸롸롸!

캬아아아악!

순식간에 주변에 존재하던 모든 마물들이 사라졌다. 일격에 10이 넘는 숫자의 마물들이 그 명을 달리한 것이다. 이번에는 도강의 끝이 뚝 끊어진다 생각했는데 마물들을 향해 섬광처럼 날아들기 시작했다.

쿠쿠쿠쿠쿠쿠쿠!

비도강이 날아들어 쓸고 간 자리의 땅은 그 기운에 저절로 들어 일어났고, 일렬로 늘어선 마물들은 단숨에 두 동강나 버리는 사태를 맞이했다. 하지만 그것이 끝이 아니었다.

10미터까지 늘어났던 도강이 갑자기 수축하기 시작했다. 그를 지켜보는 사람들의 눈은 안타까움으로 젖어들었으나 그것은 괜한 걱정에 불과했다.

잠시 수축해 그 모습조차 찾아보기 힘들었던 도강은 갑작스런 빛이 터져 나옴과 함께 단숨에 그 크기가 15미터에 육박할 정도로 커졌다. 그리고 이번에는 도강의 전체가 둥글게 뭉쳐지며 하나의 원을 그리기 시작하더니 맹렬한 회전과 함께 앞으로 힘차게 쏘아져 갔다.

쒜엥!

직경이 5미터에 달하는 거대한 쟁반 모양의 도강은 둥근 보름달을 생각나게 했다. 하지만 고요한 달과는 달리 쟁반 모양의 도강은 거칠었고 또한 광포했다.

쿠콰콰콰콰콰!

쟁반 모양의 도강을 뒤따라 거대한 태풍이 휩쓸기 시작했다. 도강의 맹렬한 회전으로 인해 인위적으로 생겨난 태풍이었다.

앞으로 날아가기만 한다고 생각했던 쟁반 모양의 도강은 길게 호선을 그리며 자전(自轉)뿐만이 아니라 공전(쪼轉)을 시작했고, 그로 인해 일어나는 마물의 피해는 끝이 없어 보였다.

단숨에 100이 넘는 마물들이 금묵광의 도강에 죽음을 맞이했고, 멈추지 않는 쟁반 모양의 도강에 그 피해는 점점 더 늘어만 갔다.

그렇게 시작된 엄청난 피해에 마물들은 집결해 있던 상태에서 산산이 흩어지기 시작했다. 묵금광의 쟁반 모양 도강은 그만큼이나 무서웠던 것이다. 그대로 집결해 있었다면 얼마 지나지 않아 절반이 넘는 피해를 입었을 정도였다.

산개(散開)는 마물들로서는 가장 타당한 방법이었지만 그리 좋은 수는 되지 못했다. 다시금 대기하고 있던 단체의 도에서 각자 도기가 피어오르기 시작한 것이다.

그렇게 또 한 번 돌파는 시작되었다. 그리고 언덕 위에서 전장의 모습을 내려다보고 있던 여원 일행은 그 선두에 선 이가 누구인지 똑똑히 볼 수 있었다. 아니, 볼 필요도 없었다. 묵금광 도강의 주인은 비상을 통틀어 한 명밖에 없다는 사실을 누구보다도 잘 알고 있는 이들이었기 때문이다.

역시나 거대한 도강을 일으키며 사방을 압도하던 기세의 주인공은 햇빛에 찬란히 빛나는 은빛 갑옷을 걸치고 흑립을 썼으며, 전율을 일게 하는 은빛 귀면탈을 쓰고 있었다. 또한 그의 손에는 차가운 푸른빛을 발하는 한 자루의 도가 사방을 압도하는 금묵광의 도강을 줄기차게 내뻗고 있었다.

그렇다. 그는 바로 광무제 무신 사예였던 것이다!

꿀꺽!

누군가의 침이 넘어가는 소리가 여원 일행 사이에서 이어지던 침묵을 깨뜨렸다. 먼저 입을 연 것은 미우였다.

"저, 저것이 사예……?"

"어, 엄청나군."

"괴, 굉장해!"

그들이 보기에 사예의 무위는 이미 인간의 것이 아니었다. 어떻게 인간이 10미터에 육박하는 도강을 만들어낼 수 있단 말인가. 또한 그 파괴력이라니!

그것은 인간이 낼 수 있는 무위가 아닌, 말 그대로 신위(神威)였다.

그렇게 멍하니 사예와 그가 이끄는 단체를 보고 있던 그들 중 광휘가 시선을 돌렸다. 아직 여원 일행 중에는 그녀를 제외하고는 아무도 눈치 채지 못하고 있었지만 광휘, 그녀의 눈동자에는 거칠게 날아드는 두 개의 아주 조그만 인영이 반사되고 있었다. 그리고 그 두 개의 인영은 곧바로 전장으로 내리 꽂혔다.

난 이들과 함께 전장을 누비고 있다.

한월에서는 거대한 도강이 빛을 비추고, 나의 전신에선 세상을 압도할 기세가 새어 나온다. 일도(一刀)에 하늘을 부수고, 일보(一步)에 대지를 진동시키며, 일후(一吼)에 모든 존재 위에 군림한다.

이것이… 나의 힘?

나조차도 쉽사리 믿겨지지 않는 나의 힘은 너무나도 막강한 것이었다. 이럴 줄 알았다면 이들이 필요없었을지도 모를 정도다. 아니, 그래도 시간의 단축을 위해 필요하나? 결과는 같았을지 몰라도 그 시간에 따라 능률이 다른 거니까.

나와 함께 있는 이들… 그들은 45명으로 이루어진, 현월대(玄月隊)라는 이름을 가지고 있는 이들이었다. 한때 솔로문이란 이름으로 활동했다가 나한테 박살난 후 내 휘하에 들어온 이들.

사실 이들은 검을 쓰는 검사였다. 나도 처음엔 별 생각 없이 그들을 검사로 키우려고 했다. 하지만 나중에 디다 형이 내게 한 가지 제의를 해왔다. 무황과 현월대를 이어주는 동질성과 그 상징성을 고려하여 검보다는 도를 쥐어주는 것이 어떻겠냐는 것이었다.

그 말은 현월대에게 캐릭터를 새로 키우라는 말이었다. 내가 아무리 현월대의 대주고, 그들의 능력은 형편없다지만 소중한 캐릭터를 마음대로 할 수는 없었다. 난 그들에게 의사를 물었고, 그들은 굳은 의지로 내게 답했다. 나를 따르겠다는…….

난 현월대의 수련을 다다 형에게 부탁했다. 내가 밖으로 여행을 다녀야 하기에 그들을 일일이 맡을 수 없었던 것이다. 물론 그에 해당하는 보상을 하기로 하고 부탁했다. 다다 형은 그 보상이 뭔지 나중에 말해 주겠다고 했지만 뭐, 엄청난 걸 부탁하겠느냐 생각하며 승낙해 버렸다.

어쨌든 내 금전을 투여해서 현월대에게 희귀하다는 단체도법과 단체보법 등을 입수해 가르쳤다. 삼류무공과 이류무공은 단체도법과 단체보법 등을 입수하기가 어렵지 않았지만, 일류부터는 그것도 쉽지 않았다. 하지만 하늘은 스스로 돕는 자를 돕는다고 우여곡절 끝에 외 3등급, 초일류무공까지 그 모든 것을 구할 수 있었다.

그리고 현재의 이들은 초일류무공을 익힌 절정고수인 것이다. 45명 하나하나가 모두.

물론 그중에도 숙련도에 따라 실력이 조금씩 차이가 나겠지만 애초에 캐릭터를 함께 새로 만들고, 함께 수련하고, 함께 사냥을 하며 실력을 키운 이들의 협동력은 실력의 유무와는 관계없이 그야말로 엄청났다. 그들의 단결력은 비상의 그 어디도 따라올 수 없을 것이라 다다 형이 장담했으니 말이다.

난 돌아오자마자 다다 형에게 서찰을 보내 현월대를 출진케 했다. 그리고 나 역시 약속 장소로 나가 현월대와 재회를 했고, 나와 현월대는 하남 남서쪽 경계 끝부터 경계를 따라 질주했다.

경계를 공격하던 수많은 마물들은 나와 현월대의 무위 앞에선 거대한 태풍에 휩싸인 가랑잎일 뿐이었다. 나는 10미터에 해당하는 거대한 도강을 줄기줄기 뻗어내며 단숨에 모든 마물들을 도륙하기 시작했다.

10미터라는 것은 내가 생각하기에 최대한의 효율을 지닌 도강의 크기라는 것이지, 내가 일으킬 수 있는 도강의 최대 크기는 아니다.

파괴력과 그런 걸 다 무시한다면 최대 이의 4배에서 5배까지는 가능할 듯싶지만 무슨 소용이 있겠는가. 그냥 상대를 겁줄 뿐이지. 인공지능의 맹활약(?) 덕분인지 두려움과 아주 극소량이지만 그래도 가지고 있던 이지(理智)를 모두 잃게 된 마물들에게는 아무런 위협이 되지 못한 것이다.

벌써 몇 번째 경계일까? 우리가 지나갈 때마다 경계의 많은 사람들은 어이없으면서도 참혹한 모습에 눈을 동그랗게 뜨고 멍하니 바라볼 뿐이었다. 그리고 이번 역시 마찬가지였다.

하지만 이제 우리는 그들을 상관하지 않으며 모든 마물들을 베어버리기 시작했다. 그렇게 이번 역시 마물들에게 펼쳐지는 비릿한 피의 향연이 끝나갈 때였다.

이미 광휘와 푸우, 그리고 친구들의 기파는 포착해 놓았다. 하지만 그들 이외에 더욱 강한 두 개의 기파가 다가오는 것을 느낄 수 있었다. 그리고 마침내 내 앞으로 그들이 떨어져 내렸다.

쾅!

자욱이 피어오르는 구름과도 같은 모래가 나와 현월대를 덮어갔다.

하지만 난 아무런 감정도 없는 눈으로 전방만을 바라볼 뿐이다. 이미 상대의 정체를 알고 있었고, 이 모래 역시 최대한 상대에게 공포를 주기 위한 연출이라는 것을 알고 있다. 하지만 그것과는 상관없이 이제 그들은 나에게 공포를 줄 수 있는 존재가 아니었다.

난 현월대를 뒤로 물렸다.

"허어, 마물들이 갑자기 엄청난 피해를 입고 순식간에 격퇴되고 있다더니… 그 주범이 너였나, 무황?"

"아미타불."

나타난 이. 그들의 정체는 다름 아닌 천추십왕 중의 잔왕과 파왕이었다.

잔왕은 나의 등장에 깜짝 놀랐다는 듯이 말했고, 그 뒤를 파왕의 불호가 따랐다.

"오랜만에 보는군."

"어른한테 하는 말버릇이라니… 에잉!"

"아미타불. 잔왕 시주, 시간을 끄는 것은 옳지 못합니다. 무황 시주, 본의 아니게 예전 시주의 목숨을 가져가는 일에 동참했었지만, 그런 일이 다시 발생할 줄은 빈승도 몰랐소. 하지만 어쩔 수 없는 일. 부디 극락왕생하시오, 아미타불……."

파왕의 말투에는 이미 나의 죽음이 정해져 있다는 것과 같은 뜻이 담겨 있었다. 그들의 눈에는 뒤에 나열해 있는 현월대가 보이지 않겠지. 현월대가 다 덤빈다고 해도 천추십왕의 무위를 격파해 내진 못할 테니까.

"너희는 두 가지 착각을 하고 있다. 난 무황이 아니다. 무신이다. 그리고 더 이상 너희는 나에게 공포를 줄 수 없다. 난… 예전의 내가 아니다."

프화아아아아!

"크윽!"

"아미타불……."

나를 중심으로 강력한 기파의 소용돌이가 몰아쳐 간다. 끝을 알 수 없는 무궁무진한 힘. 그리고 그 힘을 나타내는 기파. 잔왕과 파왕의 표정에는 나의 기파를 읽으면 읽을수록 믿을 수 없다는 생각이 짙어져 가고 있었다.

난 한월을 들어 올렸다.

"죽어라."

난 일보를 내디뎠다. 그러자 나의 몸은 빛살을 가르고, 공간을 넘어 앞으로 쑤욱 나갔다. 단지 일보만의 엄청난 돌진력. 이것이 바로 생사일보! 귀환 여정 중에 성취할 수 있었던 생사일보 6성의 힘이었다.

"헉!"

나의 눈앞에 나타난 잔왕은 갑자기 내가 자신의 앞에 모습을 드러내자 미처 벽력탄을 꺼내 들 생각조차 하지 못하고 있었다. 난 가볍게 한월을 아래로 그어 내렸다.

쇄악!

공기를 긋는 한월의 소리는 맑고 깨끗한 정도를 이미 넘어서고 있었다. 오랫동안 떨어져 있었지만 한월은 누구보다 내 마음을 알아주고 있었다. 아니지, 마음을 알아주는 것으로 치면 백야가 더 뛰어나겠군. 하지만 백야의 이끌림과 함께 도를 펼치고 거두는 것보다 나의 생각에 동조해 주는 한월의 움직임이 훨씬 맛깔스러웠다.

아마 내가 도를 다루는 능력이 증가해서 그런 것 같았다.

한월은 나의 갑작스런 등장에 잔왕이 내뱉은 헛바람을 미처 되돌리기도 전에 떨어져 내리고 있었다. 이대로 간다면 잔왕이라는 존재는 이것으로 끝이 날 터.

하지만 아무리 내가 강해졌다고는 해도 천추십왕이라는 존재는 그리 약한 존재이지만은 않았다.

"아미타불."

불호와 함께 나의 전신을 덮쳐오는 맹렬한 권력(拳力)에 난 원주미보를 밟으며 신형을 이동시켰다.

쾅!

권력의 정체, 바로 파왕의 권기는 내가 있던 자리를 산산조각으로 부숴놓았다. 하지만 나는 이미 원주미보를 밟으며 잔왕을 향해 잔월향의 초식을 뿌려가는 중이었다.

"잔월향!"

여덟 줄기의 거부할 수 없는 잔인한 달의 향기가 잔왕의 전신을 덮어갔다. 그리고 한월을 쥐지 않은 손에서는 시동어를 발동하기도 전에 진기를 나 스스로가 일섬지의 흐름에 따라 쏘아내며 파왕의 접근을 막았다.

사사사삭!

단숨에 그어가는 여덟 줄기의 공격이었으나, 파왕의 권기를 피하며 나타난 잠시의 틈은 잔왕에게 나의 공격에 대비할 시간을 주었던 것 같았다.

"이거나 먹어라!"

잔왕은 품에서 작고 검은색을 띠는 구슬을 꺼내 자신이 있던 자리에 띄워놓고 자신은 뒤로 빠졌다. 예의 그 폴짝폴짝 뛰는 신법이었다.

어느새 잔왕을 따라붙는 잔월향의 초식이었지만, 그것들은 중간에 막혀진 벽력탄을 그으며 지나갔기에 난 급히 잔월향을 거두며 도강을 피어 올려 망월막을 펼칠 수밖에 없었다.

쿠아앙!

폭발의 여파 안에만 있다면 사람의 목숨을 앗아가는 것은 식은 죽 먹기라는 벽력탄의 파괴력은 가히 치를 떨게 할 정도였지만, 그 파괴력 역시 도강으로 이루어진 망월막을 뚫지 못하고 있었다.

"크하하하하! 아무리 제놈의 무공이 세졌다고는 해도, 아직 애송이란 말이다! 이 폭발 속에서 살아남을 것 같으냐!"

내가 죽었을 것이라 확신하는 잔왕의 목소리가 들렸다. 난 폭발의 파괴력이 조금 가시자마자 망월막을 거두고는 급히 생사일보를 펼쳤다. 폭발의 파괴력이 조금 가셨다지만, 말 그대로 조금이다. 아직까지 사람 따위는 간단히 죽일 수 있는 힘을 가지고 있다는 말이다.

하지만 생사일보를 통한 나의 움직임은 그런 파괴력 따윈 접근치 못하게 했다.

"크하하하! 이제 다 죽어… 헉!"

생사일보는 사람의 눈이 따를 수 없는 속도를 가지고 있었다. 하지만 역시 폭발의 여파로 인해 속도가 늦어졌는지 잔왕은 폭발을 뚫고 나오는 내 모습을 언뜻 본 것 같았다.

때문에 잔왕은 급히 뒤로 물러서면서 품 안에서 많은 수의 벽력탄을 꺼내 전방으로 던졌다. 하지만 나 역시 이미 그 정도는 눈치 채고 있었다.

"일섬탄지."

일섬탄지의 시동어와 함께 이미 다섯 손가락에선 수많은 일섬탄지들이 뻗어나가며 잔왕이 뿌린 벽력탄들을 오히려 물러서는 잔왕에게로 되돌려 보냈다. 하지만 그것이 끝이 아니었다.

"초월파."

쇄악!

도강을 잔뜩 머금은 초승달은 급히 직선을 그리며 날아가 잔왕 위에 떠 있는 벽력탄들을 모두 동강 내놓고 있었다.

"크억! 말도 안 돼!"

잔왕은 그렇게 소리쳤지만, 이미 말은 되고 있었다.

콰콰콰콰콰콰쾅!

한 번에 터지는 벽력탄은 수많은 연계 폭발로 이어졌다. 게다가 그 폭발의 여파에 있는 잔왕이 가진 모든 벽력탄까지 전부 터지고 있는지 폭발은 끝날 생각을 하지 않았다. 그 폭발은 세상을 붉게 물들여 가고 있었다.

난 그런 폭발을 한 번 흘겨보고는 고개를 돌려 파왕에 맞서 나갔다.

파왕은 계속해서 이어지는 성운추명과 운영초각, 운하난각 등 공격을 담은 운영각의 세 가지 초식에 여태껏 접근하지 못하고 있었다. 하지만 난 폭발이 일어나자마자 운영각을 거두고는 다시 한 번 원주미보를 밟아 파왕의 시야에서 벗어난 후 생사일보를 밟으며 순식간에 파왕과의 거리를 좁혀가고 있었다.

"아미타불!"

불호의 연발과 함께 이어지는 파왕의 끊이지 않는 권장지각이 나를 향해 쏟아져 왔지만 난 생사일보에 원주미보를 섞어내었다. 이렇게 하니 생사일보의 속도는 조금 떨어졌지만, 원주미보의 유려한 방어력이 빛을 발해 파왕의 모든 공격을 피해내면서도 순식간에 그의 품으로 접근할 수 있었다.

"건룡초풍!"

앞으로 달려나가며 일시에 한 점에 파괴력을 싣는 공격!

건룡초풍의 한 수는 어느새 뻗어오는 파왕의 일장과 마주쳐 가고 있었다.

쾅!

장과 권이 부딪쳤는데도 마치 거대한 철구(鐵球)끼리 부딪친 것과 비슷한 소리가 울려 퍼졌다. 결코 물러설 수 없는 두 개의 철구끼리 부딪친 소리가 울렸지만, 현실에서는 이미 판가름이 나 있었다.

한 점에 모든 힘을 실은 건룡초풍의 한 수와 강력한 힘이 담겨 있지만 넓게 퍼져 공격하는 일장.

"커억!"

그 결과로 파왕은 끊어진 고무줄처럼 뒤로 형편없이 날아가 뒹굴었다. 나는 그렇게 멀어져 가는 파왕에게로 거대한 진기의 파동을 밀어내었다.

"받아라! 투공전뇌!"

기를 터뜨려 밖으로 분사시키는 격공장의 투공전뇌는 파왕의 신체를 단숨에 오체분시(五體分屍)시켜 놓을 듯했다.

그때 투공전뇌가 향하는 투로 위로 작고 검은 구슬이 떨어져 내렸다.

쾅!

"큭! 아직 살아 있었나?"

"크헤헤헤헤! 그런 폭발은 내게 아무런 영향도 줄 수 없다!"

나의 투공전뇌의 투로에 벽력탄을 던져서 투공전뇌의 한 수를 무효로 돌린 것은 다름 아닌 잔왕이었다.

그의 옷은 폭발의 여파로 인해 걸레라 해도 좋을 정도였으며, 그의 머리카락은 번개라도 맞은 듯 사방으로 뻗쳐 있었다. 그리고 그 머리카락의 끝은 아직도 작은 불씨에 타 들어가고 있는 중이었다. 또한 온통 그슬린 그의 피부…….

확실히 아무런 영향도 받지 않은 것치고는 상당히 처절해 보이는 몰골이었지만, 과연 그 폭발의 여파에서도 큰 상처를 입지 않은 듯 보였다. 하긴 자신의 벽력탄에 자기가 죽으면 그건 또 무슨 망신이람.

잔왕은 자신의 벽력탄으로 나의 공격을 막았다고 생각하여 좋아했지만 난 그런 모습을 그냥 봐줄 만큼 너그럽지 않았다.

"일섬탄지!"

피융!

"또 당할 듯싶으냐!"

일섬탄지의 섬광이 곧은 직선을 그리며 날아가자 잔왕은 다시 예의 폴짝 뛰는 신법을 발휘하여 일섬탄지를 피해 버렸다. 하지만 그런 잔왕의 반응은 이미 나의 눈에 읽히고 있었다.

"합!"

내 고도의 집중력이 일섬탄지의 섬광과 내 손끝에서 이어지는 가느다란 기의 선에 이르자 일직선으로 뻗어가던 일섬탄지는 급격히 각도를 틀며 위로 솟구치기 시작했다.

"헉!"

잔왕은 그런 일섬탄지의 모습을 예상하지 못했기에 헛바람을 삼켰지만, 이미 벽력탄을 다시 꺼내 던지기에도 늦은 감이 없지 않았다.

퍽!

"끄억!"

결국 가죽 공 터지는 소리와 함께 잔왕은 턱에 일섬탄지를 얻어맞고는 하늘 높이 솟구쳤다가 땅에 힘없이 떨어졌다.

난 떨어지려는 잔왕의 타이밍에 맞춰 생사일보를 밟았고, 일보에 생사를 결정짓는다는 그 명칭에 걸맞게 단숨에 앞으로 쏘아져 나가 잔왕의 목 줄기를 거머잡았다.

"끄으… 노, 놓아라."

내가 미쳤냐? 애써 잡은 걸 놓아주게?

그때 다시 나에게로 큰 기운이 날아왔다. 그것은 권기였고, 다름 아 닌 파왕이 쳐낸 것이었다. 하지만 한월에는 이미 도강이 어려 있었기 에 난 권기에 맞춰 한월을 내려 그었고, 권기는 도강에 의해 힘없이 사 라졌다.

"아미타불! 시주, 이것도 받아보시지요! 백보신권(百步神拳)!"

파왕은 그렇게 말하며 나를 향해 주먹을 떨쳤다. 그러자 파왕의 주 먹에선 지금까지 나를 향해 뻗어내던 권기가 아닌, 권강이 무서운 속도 로 뻗어오기 시작했다.

그 권강은 속도뿐만이 아니라 막대하면서도 웅혼한 파괴력까지 담 고 있었기에, 단순히 한월에 도강이 어려 있다고 하여 쉽게 막을 수 있 는 공격이 아니었다. 이게 말로만 듣던 백보신권인가?

"과연 백보신권! 그 힘이 어느 정도인지 지켜보지!"

난 그렇게 외치며 내 손에 목 줄기가 잡힌 채 대롱대롱 매달려 있는 잔왕을 백보신권의 투로 속으로 던져 넣었다. 물론 그전에 잔왕의 복 부를 힘껏 차서 신법을 펼칠 수 없도록 만들어놓은 후였다.

"헉!"

"아미타불……."

잔왕의 계속되는 헛바람 삼키는 소리와 파왕의 침음성이 섞인 불호 가 내 귓가에 어른거렸다.

쾅!

"케엑!"

백보신권에 격중당한 잔왕은 경망스런 비명을 지르며 나를 향해 다시 날아오기 시작했다. 호오, 잔왕에게 이 정도의 파괴력을 주고 사람을 이렇게나 날려 버릴 정도라? 백보신권도 쓸 만한데?

그런 나의 생각과는 달리 난 이미 나를 향해 짓쳐 오는 잔왕의 신형에 맞서가는 중이었다. 좋아, 다시 보내주자고!

"건룡초풍!"

다시 한 번 더 발동한 건룡초풍에 따라 가슴 정중앙을 맞은 잔왕은 파왕처럼 끊어질 고무줄과도 같이 뒤로 힘없이 날아갔고, 파왕은 갑자기 날아오는 잔왕을 받았다.

츠츠츠츠츳!

"헙!"

날아오는 잔왕을 받아낸 파왕이었지만 그 힘을 이겨내지 못하고 받아낸 채 뒤로 질질 물러서고 말았던 것이다.

"아미타불… 잔왕 시주……."

"크아아악! 저 자식 죽여 버리겠어!"

파왕은 잔왕을 땅에 세웠고, 잔왕은 땅에 서서 고통이 조금 진정되자마자 품속에서 수많은 벽력탄들을 꺼내었다. 어라? 저 벽력탄은 그 폭발 속에서도 터지지 않는 거야?

"크흐흐흐, 폭발의 여파로 벽력탄들이 다 터진 줄 알았겠지? 하지만 그 벽력탄과는 별도로 이 벽력탄들은 특수 제작한 것이기에 내가 원하지 않으면 폭발 속에서도 터지지 않는다!"

"잔왕 시주… 흥분하시면 안 됩니다. 무황… 아니, 무신 시주의 무위가 예전의 그것이 아닙니다. 혼자서는 승산이 없습니다. 합공을 해야 합니다."

"크윽! 별수없지!"

아주 쌍으로 놀고들 있구만!

난 그 둘이 나누는 대화에 어이가 없었다. 저렇게 다 들리게 말하면 도대체 무슨 소용이 있데? 그리고 누가 기다려 준다나?

"우선 이것부터 받아보아라!"

"에잇! 이 치사한 애송이! 지금까지 그렇게 때려먹었으면 우리가 공격할 시간쯤은 줘야 하지 않느냐!"

"아미타불… 잔왕 시주, 할 수 없습니다. 지금 공격하시죠!"

"에잇! 받아라! 진폭만폭(振爆萬爆)!"

"백보신권!"

내가 잔왕의 어이없는 소리에 잠시 주춤한 사이, 결국 잔왕과 파왕이 먼저 공격을 해왔다. 잔왕의 손에서는 수많은 벽력탄들이 뻗어 나오기 시작했으며, 파왕의 주먹에선 아까 전의 백보신권과는 비교도 할 수 없는 강맹한 힘을 담은 백보신권이 날아오기 시작했다.

그 둘의 연합 공격은 엄청날 것이 분명했기에, 난 그것을 써야 함을 깨달았다. 좋아, 간다!

"차압!"

크게 기합을 지르며 난 정신을 집중하기 시작했다. 그러자 모든 사물들의 시간이 느려지기 시작했다. 세상을 이루는 결들이 생겨나 세상을 색색들이 물들이고, 내 몸속에서는 거대한 힘이 꿈틀거리며 일어나기 시작했다. 그 힘은 지금까지 내가 사용한 힘을 억누를 정도로 거대한 힘이었다.

난 생사일보를 밟아갔다. 단숨에 거리를 좁혀가던 생사일보 역시 분경의 위력에 제 속도를 발휘하지 못했다. 하지만 여타 다른 모든 것들에 비하여, 마치 섬전과도 같은 속도였다.

생사일보로 길게 신형을 뽑아 올린 나는 어느새 진폭만폭과 백보신권의 결들을 흘려보냈고, 곧이어 그 실체들도 흘려보내며 돌진했다. 그리고 잔왕과 파왕 앞에 도착한 난 몸속에서 꿈틀거리는 기운들을 이끌기 시작했다.

"풍혼유룡!"
"으악!"
잔왕과 파왕은 동시에 커다란 비명을 지를 수밖에 없었다. 그들은 보았던 것이다. 거대한 용의 모습을.
그들의 몸은 움직여지지 않는데 거대한 용 한 마리가 바람의 소용돌이를 타고 날아오며 자신들을 향해 포효하는 모습. 그리고 그 거대한 입에 자신들이 빨려들 것만 같은 모습.
만약 그 순간 그들을 잡아채는 누군가의 그림자가 아니었다면 분명 그들은 풍룡의 입에 삼켜졌을 것이었다. 그리고 그 결과는 당연히 죽음.
잔왕과 파왕은 자신을 구한 그림자의 정체를 바라보았다. 그 그림자의 정체는 다름 아닌 얼마 전에 영입한 비왕이었다. 인공지능은 사예에게 죽은 비왕을 살리기보다 새로이 비왕을 영입하는 것을 택했다. 그리고 전 비왕의 모든 능력을 그 새로운 비왕에게 이전시켰다.
때문에 새로이 끼어든 비왕이 별로 마음에 들지 않던 나머지 천추십왕이었지만, 이 순간만큼 잔왕과 파왕은 신입 비왕에게 무한한 고마움을 느껴야 했다.
하지만 비왕의 모습을 보는 순간, 그들은 깜짝 놀라고 말았다. 솔직히 신입 비왕은 전대 비왕보다 모든 면에서 뛰어났다. 특히 비왕의 주

특기인 신법은 가히 예전의 비왕과 비교조차 할 수 없을 정도였다. 그만큼 엄청나게 빠르고 화려했다.

그렇게 빠른 비왕의 한쪽 어깨가 날아가 버렸다. 바로 사예의 공격 때문이었다. 아무리 파왕과 잔왕을 구하느라 속도가 줄어들었다지만 그 빠른 비왕의 한쪽 팔이 날아가 버릴 정도라니…….

잔왕과 파왕은 새삼 사예의 무서우리만치 강한 무력을 생각하자 등줄기를 타고 내려가는 싸늘한 식은땀을 느껴야 했다.

"크, 크윽! 대, 대단하오. 나의 신법으로도 그대의 공격을 미처 피하지 못하다니……."

신입 비왕은 사예를 향해 그렇게 말을 건넸다.

하지만 사예는 무엇 때문인지 신입 비왕을 주시할 뿐 대답을 하지 않았다. 그런 사예의 모습에 신입 비왕은 뭔가 이상하다는 표정을 지었지만, 이내 표정을 굳히고 잔왕과 파왕을 잡은 손에 힘을 주었다.

"오늘은 이만 가겠소. 하지만 내가 패했다고는 생각하지 마시오. 이 승부는 다음으로 미루어진 것이오. 다음번엔 반드시 이기겠소."

멍한 사예의 모습에 신입 비왕이 그리 말하고 신형을 날리려 할 때였다. 갑자기 사예의 목소리가 들렸다.

"당신은… 누구인가?"

"난 비왕이오. 그대의 손에 전대 비왕이 죽음을 맞고 그 자리를 내가 대신 차지했소. 하지만 난 전대 비왕처럼 당신에게 죽지 않을 것이오. 반드시 당신을 쓰러뜨리겠소."

그 말을 마지막으로 비왕은 신형을 띄웠다. 그렇게 천추십왕의 세 명이 사라졌지만, 사예는 그들의 뒷모습만 바라볼 뿐이었다.

이미 모든 마물들은 전멸한 뒤였기에 사위는 고요했다. 그 누구도 입을 열 생각을 하지 못했다. 입을 열었다가는 사방에서 쏟아지는 시선에 질식사할지도 몰랐다.

절대적인 무위.

그들은 그것을 보았다. 적의 대장으로 보이는 이들을 단숨에 격파한 사나이. 그가 그들의 눈앞에 있었다.

잠시 멍하던 사예는 그런 이들의 눈빛에 모든 내기를 이끌었다. 그리고 목소리에 담아 크게 외쳤다.

"들어라! 보아라! 외쳐라! 여기에 무신이 강림했다!"

사예의 한마디가 모든 사람의 귀에 똑똑히 들렸다.

무황… 아니, 무신. 그가 강림한 것이다.

"우와아아아아아아아아!"

경계가 떠나갈 듯한 환호성이 그 자리에 존재하는 모든 이들의 입에서 터져 나왔다.

그렇게 무신이 그들에게 강림했다. 마물들에게 의해 물러나던 것은 과거일 뿐이었다. 무신이 강림한 지금, 그들에겐 이제부터가 시작이었다.

〈제7권 끝〉

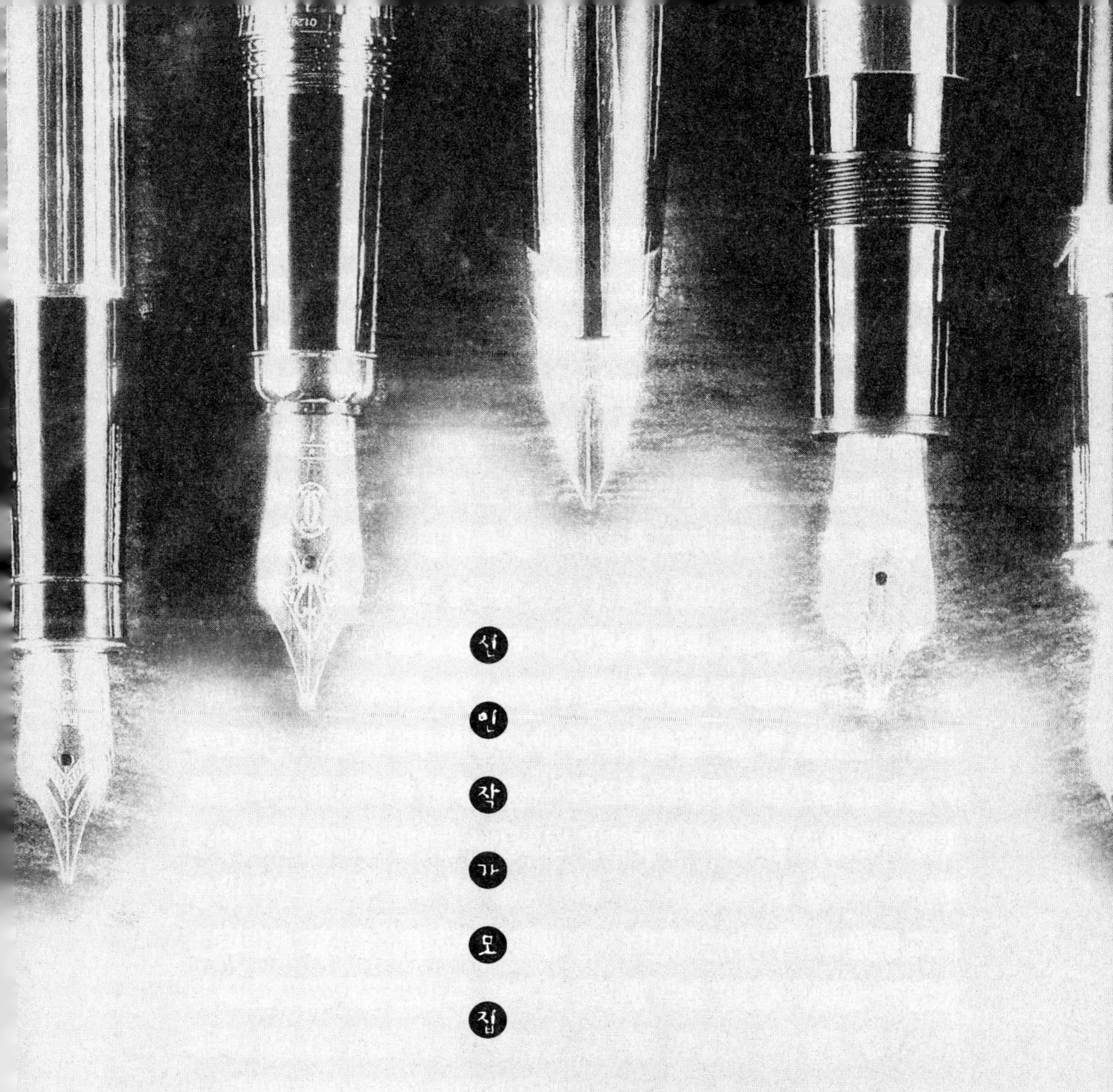
신
인
작
가
모
집

시작이 반이라고 했습니다.
작가의 길에 대한 보이지 않는 벽을 과감히 깨뜨리십시오!
청어람은 작가 지망생 여러분들의
멋진 방향타가 되어드리겠습니다.

저희 도서출판 청어람에서는
소설 신인 작가분들을 모집합니다.
판타지와 무협을 사랑하시는 분들의 많은 참여를 바랍니다.
소정의 원고(A4용지 150매)를 메일이나 우편으로 보내주시면
검토 후 출판 여부를 알려드리겠습니다.

주소:경기도 부천시 원미구 심곡1동 350-1 남성B/D 3F 우편번호420-011
TEL:032-656-4452 · FAX:032-656-4453
http://www.chungeoram.com
e-mail:chungeoram@chungeoram.com